Fritz Peter Heßberger

Schwache Prosa

Erzählungen

Inhalt

1. Der Teufel, Gott und ich 5
2. Neptun 99
3. Facetten 107
4. Begegnung in Tours 193
5. Das Beziehungsexperiment 201
6. Das verschwundene Dorf 253
7. Eine seltsame Begegnung 263
8. Die Geschichte von der dünnen Frau 271

Umschlagphoto: Mond bei Karlstein am Main, August 2017;
F.P. Heßberger, Privatarchiv

Bibliographische Information der Deutschen Nationalbibliothek:
Die Deutsche Nationalbibliothek verzeichnet diese Publikation in
der Deutschen Nationalbibliographie; detaillierte bibliographische
Daten sind im Internet über http://dnb.d-nb.de abrufbar

© 2018 Fritz Peter Heßberger
Herstellung und Verlag
BoD – Books on Demand, Norderstedt

ISBN 978-3-7528-2512-1

Der Teufel, Gott und ich

So I asked this God a question
And by way of firm reply,
He said – I'm not the kind you have to wind up on Sundays
(Ian Anderson – Wind Up)

I.

Es wird mir immer unverständlich bleiben, wieso man diese Ansammlung von Wohnblocks als eine Stadt bezeichnet. Alles, was nach meinem Dafürhalten eine Stadt ausmacht, ein alter Kern mit winkligen Gäßchen und zahlreichen kleinen Cafés oder Restaurants, wo man an warmen Sommerabenden draußen sitzen und sich ungezwungen unterhalten kann, oder breite Geschäftsstraßen mit schier endlosen Schaufensterfronten, an denen man gemütlich entlang flaniert während man die Auslagen betrachtet, oder Sehenswürdigkeiten, wie prächtige Kirchen, ein schmuckes Schloß, Museen mit wertvollen Sammlungen, besonders schön erhaltene historische Gebäude - dies alles fehlt hier. Statt dessen wandert der Besucher an wohl tausend oder mehr häßlichen Mietskasernen, die, gleich aussehend, entweder aufgereiht wie eine Kompanie Soldaten, entlang schnurgerader, sich rechtwinklig kreuzender Straßen stehen oder, ohne erkennbares System, willkürlich verstreut, durch breite Rasenflächen getrennt, aus denen hier und dort ein Baum oder eine Buschgruppe herausragt, in die Landschaft gesetzt wurden. Die wenigen Ladengeschäfte gleichen in ihrem Aussehen den benachbarten Wohnblocks und ein Fremder braucht schon ein geübtes Auge, um sie ausfindig zu machen, denn er erkennt sie lediglich an den stilisierten Bildern von Waren, die auf die Fensterscheiben gemalt sind. Im Innern sehen sie fast ebenso trostlos aus, denn zu kaufen gibt es nur wenig; statt dessen suggerieren die großformatigen Photos an den Wänden, auf denen Autos, Möbel, Kleidung, Gemüse, Brot und andere Dinge abgebildet sind, einen Überfluß, der aber aus offenbar unerklärlichen Gründen bisher niemals seinen Weg in diese kahlen Verkaufsstätten fand. Waren des täglichen Bedarfs, das heißt im wesentlichen Bier, Schnaps und Zigaretten erhält man allerdings in ausreichender Menge in jenen kleinen, roh zusammengezimmerten Holzbuden an den staubigen Wegen zwischen den gewaltigen Häuserblocks, welche den hochtrabenden Namen 'Kiosk' tragen.

Eine Kirche sucht der Fremde hier vergebens – schließlich wurde diese Stadt zu einer Zeit gegründet als Gott für tot galt. Ein Theater dagegen soll es hier zwar geben, zumindest entdeckte ich auf meinen Spaziergängen ein Gebäude, welches diese Bezeichnung trug. Ob dort allerdings Aufführungen stattfinden, weiß ich nicht; ich würde auch keine besuchen, da ich den Dialekt, der hier üblicherweise gesprochen wird, nur sehr ungenügend verstehe.

Der von zuhause gewohnte Autoverkehr fehlt ebenfalls, was ich nicht unbedingt als negativ empfinde. Da zur Zeit der Stadtgründung vor fünfzig Jahren die Motorisierung in jener Gegend noch schwach war und zudem der Wunsch nach einem Auto als Anzeichen eines krankhaften Individualismus galt, hat man auf die entsprechenden Abstellplätze bei den Häusern verzichtet. Später, als sich die Sehnsucht nach einem eigenen Kraftfahrzeug nicht mehr mit propagandistischen Floskeln unterdrücken ließ, wurden am Stadtrand riesige Garagensiedlungen errichtet, in denen die Bewohner nicht nur ihre Autos aufbewahren wenn sie nicht benutzt werden, was wegen der hohen Treibstoffpreise die Regel ist, sondern insbesondere in den Sommermonaten auch regelrechte Trinkorgien feiern. In den Garagen sind die Kraftwagen auch, nebenbei bemerkt, vor dem Diebstahl begehrter, weil in den Geschäften nicht erhältlicher Einzelteile wie Scheinwerfer, Reifen, Spiegel oder Scheibenwischer geschützt. Durchgangsverkehr gibt es hier

ebenso nicht, da die Stadt nur über eine hier endende Zufahrts-
straße zu erreichen ist, ein Relikt aus ihrer Anfangszeit, in der
sie als geheime Produktionsstätte für Waffen diente.

Es ist aber nicht so, daß man absichtlich eine häßliche Stadt
bauen wollte; ihre Lage, nach Norden hin durch einen großen,
breiten Strom begrenzt, ansonsten von dichten Birken- und
Kiefernwäldern eingerahmt, könnte man sogar als idyllisch bezeichnen. Es lag vielmehr an dem Geist jener Zeit: man wollte
einen neuen Menschen schaffen und ihm auch gleich ein neues
soziales Umfeld geben, das sich von allem alten, gewohnten,
das ja damals als degeneriert galt, abheben sollte. Die Unfä-
higkeit, durch zentrale Planung in der Hauptstadt hier eine tatsächlich lebenswerte Stadt zu schaffen, verhinderte jedoch
zum einen die Vollendung dieses kühnen Unternehmens, während zum anderen infolge mangelnder Qualität der Arbeit hier
vor Ort das Bestehende innerhalb weniger Jahre schon wieder
zu verfallen begann. Und da der Hang zur Reparatur und Er-
haltung in jener Gegend nur wenig ausgeprägt ist, erreichte die
Stätte allmählich jenen trostlosen Zustand, in der ich sie bei
meiner Ankunft vorfand. Ein Beispiel für das Scheitern bietet
die Uferpromenade, ein breiter, gepflasterter, aufgrund von
Bodenabsenkungen nun recht holpriger Weg, geschmückt
durch – mittlerweile weitgehend umgestürzte – Säulenreihen
und Statuen, ab und zu von großen, runden Plätzen unterbrochen, die zum Stromufer hin durch ehemals prachtvolle stei-
nerne Geländer begrenzt werden und mit Tischen und Bänken,
die zum Picknick oder auch nur zu einem Plausch einladen,
bestückt sind.

Aber ich will nicht abschweifen und außerdem habe ich kein
Recht, mich zu beschweren. Ich bin schließlich freiwillig hier,
habe mich bereit erklärt, für ein Jahr in dieser Stadt zu arbeiten
und erhalte, nebenbei bemerkt, außer meinem normalen Gehalt
noch eine hübsche Zulage. Andererseits komme ich, zwecks
besseren Verständnisses der Geschichte, jedoch nicht umhin,
dem Leser einiges über die Stadt und die Lebensbedingungen
zu schildern.

Man wird leicht verstehen, daß dieser Ort Fremden, insbesondere wenn sie den Dialekt jener Gegend nicht beherrschen, kaum Abwechslung bietet. Tanzlokale gibt es nicht, die Filme in den Kinos, meist zudem aus einheimischer Produktion, versteht er ebenso wenig wie die Sendungen in Fernsehen und Radio; ausländische Zeitungen kann man nirgends kaufen, und da die Postzustellung unregelmäßig erfolgt, erhält man abonnierte Druckerzeugnisse erst Wochen nach ihren Erscheinen. Auch findet man keine kleinen gemütlichen Kneipen, möglichst noch mit diversen Spielgeräten ausgestattet, wie man sie von zuhause her kennt. Sicher, es gibt einige Lokalitäten, die diesen Namen tragen, die Mehrzahl der Gäste läßt sich aber eher unter der Rubrik ‚Gesindel' einordnen, so daß man gerade als Fremder gut beraten ist, solche Orte zu meiden.

So blieben mir in den ersten Wochen nur lange Wanderungen entlang des Flusses. Natürlich fand ich hier nur selten Gesellschaft; das lag nicht nur an meinen mangelnden Sprachkenntnissen. In den Zeiten als die Stadt noch ein geheimer Ort war, durften die Menschen hier selbstverständlich zu Fremden, und als solche galten schon Landsleute aus Dörfern und Städten außerhalb der Provinz, die sich aus dienstlichen Gründen hier aufhalten mußten, keinerlei Kontakt unterhalten. Das wirkt heute noch nach. Außerhalb des dienstlichen notwendigen Verkehrs vermeiden sie wo immer möglich jeglichen Umgang mit Ausländern. Nur äußerst selten erwiderte ein Vorbeigehender meinen Gruß oder wechselte ein paar Worte mit mir. Solange es noch Frühjahr oder Sommer war, mochte dies noch angehen, der Anblick der reizenden Landschaft, die vielfältigen Düfte der Blüten, Pflanzen und Früchte, das Zwitschern der Vögel mochte wohl als Ausgleich für mangelnde Gesellschaft gelten, aber mit Grauen dachte ich damals an den langen, kalten Winter, den ich wohl oder übel allein in meiner kleinen Zwei – Zimmer – Wohnung in einem riesigen Wohnkomplex würde verbringen müssen. Eines Abends jedoch fiel mir ein unscheinbarer Wellblechbau am Flußufer auf, der etwa in der Mitte zwischen den beiden einzigen Hotels lag, in denen

Fremde, die nur kurze Zeit in der Stadt blieben, sich einmieten konnten. Das Innere des Baus hatte zwar den Charme eines Bahnhofswartesaals, die Gaststube war jedoch hell und sauber, und wenn auch einige Einheimische hier verkehrten, so bestand die wesentliche Kundschaft doch aus Fremden, so daß ich hoffen konnte, ab und zu einen Gesprächspartner zu finden; das würde schließlich eine Abwechslung sein. Es wurde mir daher zur lieben Gewohnheit, in dieser Kneipe zum Abschluß des Tages ein Bier zu trinken.

Ich muß allerdings gestehen, daß sich die Hoffnung, wenigstens hier Gesellschaft zu finden, nur gelegentlich erfüllte, obwohl die Fremden in dieser Stadt, wie ich rasch merkte, regelmäßig in diesem Lokal verkehrten. Dies lag nun nicht unbedingt daran, daß die Fremden selbst unterschiedlichen Völkern entstammten; vielmehr war es so, daß die Fremden in der Regel in Gruppen in die Stadt kamen, und diese bildeten sozusagen geschlossene Gesellschaften, die kein sonderliches Interesse an Kontakten mit Außenstehenden hatten. Und Menschen wie ich, die ohnehin nicht sehr kommunikativ sind, finden da nur schwer Zugang.

Selten gesellte sich jemand zu mir, wenn ich so einsam, eine Zigarette rauchend, vor meinem Bierglas saß. Einmal trat ein älterer Mann heran und fragte, ob er Platz nehmen dürfe. Er war etwa Anfang fünfzig, einen knappen Kopf kleiner als ich, von kräftiger Gestalt. Ich bejahte. Er setzte sich, bestellte Bier, schwieg eine Weile.

„Nun, mein Sohn, wie geht es dir?" fragte er schließlich. Seine Worte ärgerten mich etwas. Was sollte das Geschwätz ‚mein Sohn' ? Wie kam er überhaupt dazu, mich zu duzen ? Unter anderen Umständen hätte ich ihn wohl zurechtgewiesen, aber hier, froh, überhaupt von jemandem angesprochen zu werden, sah ich über diese Unhöflichkeit hinweg und antwortete:

„Schlecht ! Ich komme mir hier vor wie allein auf einem fernen Planeten, abgetrennt vom Rest der Welt."

„Beklage dich nicht, du bist schließlich freiwillig hier", entgegnete er schulmeisternd. Das ärgerte mich.

„Ich beschwere mich auch nicht", erwiderte ich ungehalten, „ich weiß, ich bin hier, um eine Verpflichtung zu erfüllen. Aber Sie haben mich gefragt und ich antworte ehrlich. Es ist doch wahr, nicht einmal die neuesten Fußballergebnisse erfährt man hier."

„Die ‚Löwen' haben ihre beiden letzten Spiele verloren und rangieren jetzt in der Tabelle ziemlich weit unten. Vielleicht steigen sie sogar ab."

Ich starrte den Fremden an. Woher wußte er, daß gerade dies mich interessierte?

„Sie können wohl Gedanken lesen?" fragte ich ihn.

Der Fremde lächelte: „Ja, ich bin nämlich allwissend."

„Dann wissen Sie sicherlich auch, was aus jener hübschen Polin geworden ist, die mir so gut gefiel, warum sie verschwand, ob sie noch lebt und wo sie jetzt wohnt."

Ich spielte hier auf eine junge Frau an, die für einige Zeit in unserer Firma arbeitete und in die ich mich verliebt hatte, ohne daß sich allerdings eine nähere Bekanntschaft entwickelt hätte.

„Du meinst sicher Agathe. Ja, das weiß ich."

Ich erstaunte noch mehr, er kannte tatsächlich den Namen, den ich ihr gegeben hatte.

„Ja, und?"

„Das sage ich dir nicht."

„Und warum?"

„Du brauchst nicht alles zu wissen, besser gesagt: das geht dich nichts an!"

„Und warum nicht?"

„Darüber bin ich dir keine Rechenschaft schuldig."

Das war wirklich grob; ich hatte nun gute Lust, das Gespräch zu beenden und zu gehen. Aber dieser unheimliche Alleswisser hatte mich neugierig gemacht und so setzte ich die Unterhaltung fort.

„Agathe ist nicht ihr richtiger Name. Können Sie mir wenigstens sagen, wie sie in Wirklichkeit heißt?"

„Ich könnte schon, aber ich tue es nicht."
„Wieso?"
„Das nutzt dir ja doch nichts; außerdem wirst du sie sowieso nie wieder sehen."
„Doch, ich wüßte wenigstens wie sie heißt."
„Was hättest du davon? Vielleicht hat sie einen Namen, den du völlig abscheulich findest und Agathe klingt doch ganz hübsch. Außerdem – ich könnte dich ja anlügen."
Das glaubte ich aufs Wort, ihm konnte man alles zutrauen. Um dennoch das Gespräch nicht absterben zu lassen, fragte ich weiter:
„Na ja, was ich hier treibe wissen Sie sicherlich, aber was machen Sie hier?"
„Ich schaue mich um."
„Ja, verbringen Sie Ihren Urlaub hier – in dieser Stadt?"
„Nein, nein", lachte er, „das gehört sozusagen zu meinem Beruf."
„Sind Sie etwa Journalist?"
„Nein, nein. Ich beobachte nur was hier so passiert, wie es passiert, warum es passiert, wie sich die Menschen benehmen und so fort. Das sieht man von hier unten besser als von oben."
Dabei bewegte er den Kopf in Richtung Himmel. Ich maß aber in diesem Augenblick jener Geste keine Bedeutung zu, schaute ihn jedoch mißtrauisch an.
„Ja, wenn ich Ihre Worte so überdenke, scheint mir fast Sie haben sich nicht zufällig zu mir gesetzt."
Der Fremde grinste:
„Stimmt, ich wollte dich einmal näher kennenlernen."
„Und wieso?"
„Du hast ein gestörtes Verhältnis zu mir und da wollte ich mir einmal Klarheit über dich verschaffen."
Ich schüttelte ungläubig den Kopf.
„Ein gestörtes Verhältnis zu Ihnen? Wie kommen Sie denn darauf?"

„Ich weiß, wie du denkst, redest, welche Bücher, welche Musik, welche Lieder, dir gefallen und vor allen Dingen, warum sie dir gefallen; das ist doch eindeutig."
Ich war verwirrt. Was sollte die Rede?
„Aber ich kenne Sie doch gar nicht", stotterte ich verlegen.
„Ach, Fritz, du bist doch sonst nicht so schwer von Begriff; natürlich kennst du mich, ich bin nämlich - Gott."
„A-aber, wie kommen Sie hierher, Herr Gott, das ist doch unmöglich, Sie machen sich über mich lustig."
Gott lächelte: „Aber nein, du hast doch gehört, ich weiß alles über dich. Übrigens, du darfst mich Karl nennen."
Mir verschlug es die Sprache.
„Was wunderst du dich eigentlich? Du kennst doch die alten Geschichten. Ich steige oft zu den Menschen auf die Erde hinab."
„Aber diese Geschichten sind doch Märchen für Kinder!"
„Ha, Märchen! Du siehst es doch selbst: ich bin hier!"
Ich war in der Tat entsetzt, unfähig eine Antwort zu geben, Karl merkte das und versuchte, mich zu beruhigen.
„Übrigens, ich bin wirklich kein Gott, den man sonntags in der Kirche wie ein Spielzeug aufziehen muß, damit er dann die Woche über tanzt wie es den Menschen beliebt."
„Ich habe schon lange keinen Gottesdienst mehr besucht", sagte ich kleinlaut.
Karl lachte: „Das macht nichts, auf die Zeremonien dort lege ich sowieso keinen großen Wert, die sind für die Kirche, nicht für mich. Und die Pfarrer dort reden ohnehin nur dummes Zeug, wollen meine Schöpfung nach ihren Vorstellungen interpretieren, bilden sich auch noch ein, sie könnten den Menschen anders machen als ich ihn geschaffen habe, diese Schwachköpfe."
„Ja, unser Pfarrer hat einmal gesagt, ich glaube es war in der Unterprima, er habe keine große Lust mehr, weiterhin den Zeremonienmeister für die Gemeinde zu spielen und er würde einen anderen Job annehmen, wenn er etwas passendes fände."

(Dem Leser mag dieser Satz zwar ziemlich dämlich erscheinen, aber ich hatte in diesem Augenblick den Drang, gerade dies sagen zu müssen. Das ist nicht verwunderlich, ich habe schon öfters erlebt, daß Menschen in Gegenwart Höhergestellter dummes Zeug schwätzen, weil sie der Meinung sind, daß gerade diese Aussagen die Ansicht des Höhergestellten am besten bestätigt.)

„Ich erinnere mich an den Typen; er suchte eine Stelle als Seelsorger in einem großen Konzern, so etwas ähnliches wie ein psychologischer Berater. Also eine Stelle, wo er schwätzen konnte, aber nichts arbeiten mußte. Er hat nichts gefunden und endete als Pfarrer in einer evangelischen Gemeinde im hinteren Kahlgrund. Aber im Grunde genommen hatte er auch nicht unrecht. Ich lege jedenfalls mehr Wert darauf, daß man mich als den Herrn anerkennt und meine Gebote befolgt. Die Typen, die alle naselang in die Kirche rennen, meine Gebote aber nur in dem Maße einhalten, um die herrschende Moral zu erfüllen, sind mir zuwider. Und am übelsten sind die Kerle, die auch noch moralische und ethische Regeln aufstellen, die ich gar nicht geboten habe und auch gar nicht gut heiße."

„Dann hältst du die Kirche also für überflüssig ?"

„Das kann man so nicht sagen; die Kirche hält die Herde zusammen und gibt meinen Namen und meine Gebote weiter, wenn auch letztere nur in der Theorie und nicht ohne noch neue Gebote dazu zu erfinden. Das ist ihre Aufgabe, denn sonst würde mich bald niemand mehr kennen. Mehr sollte sie nicht tun, alles andere ist reiner Selbstzweck."

„Das verstehe ich nicht ganz; denn wenn sich die Kirche nicht in den Mittelpunkt stellt und Autorität zeigt, dann hört bald niemand mehr auf sie und beachtet auch deine Gebote nicht mehr. Bei uns in Deutschland läuft die Entwicklung ja in diese Richtung, das kannst du nicht bestreiten. Eine gewisse Furcht vor der Hölle ist doch notwendig, damit die Menschen nicht übermütig werden."

„Das ist genau das Problem, aber sie sollten berücksichtigen, daß ich der Herr bin und nicht die Pfarrer, Bischöfe oder wie sie alle heißen."

Wir schwiegen eine Weile. Schließlich fragte ich erneut:

„Ja, was machst du hier auf der Erde außer dich umzuschauen?"

„Nichts! Ich habe dir doch schon gesagt, ich schaue, wie es hier so läuft. Aus der Nähe sieht man die Details besser als vom Himmel aus."

Die leutselige Art zu reden und seine freundliche Stimme hatten mir die Fassung wiedergegeben, ich wurde unbekümmerter:

„Aber wieso mußt das sehen? Ich denke, du bist allwissend und allmächtig, das heißt, du weißt wie es laufen wird und kannst jederzeit korrigierend eingreifen."

„Ja, das ist so eine Sache", meinte Karl, „allwissend bin ich übrigens nur bezüglich der Vergangenheit und der Gegenwart, mit der Zukunft hapert es etwas, da gibt es zu viele Möglichkeiten. Ich kann zwar mit einiger Sicherheit voraussagen, was in nächster Zeit geschehen wird, aber was sich in ferner Zukunft abspielt, das weiß auch ich nicht. Um deinen mathematischen Geist zu befriedigen: Ich kann zum Beispiel mit fünfundneunzig prozentiger Wahrscheinlichkeit voraussagen, was in einer Minute geschehen wird; was in fünf Minuten passiert, weiß ich dann nur noch mit einer Wahrscheinlichkeit von siebenundsiebzig Prozent und was in einem Tag geschieht weiß auch ich nicht mehr. Das kannst du leicht nachrechnen. Das gilt natürlich nur für menschliches Verhalten und liegt daran, daß ich euch eine Seele und damit eine freie Willensentscheidung, die ich nicht beeinflussen will, gegeben habe. Bei Naturabläufen ist das besser, da habe ich schließlich eine Anzahl von Regeln vorgegeben; ihr nennt sie Naturgesetze und glaubt daher, es gäbe keinen Gott und es brauche auch keinen zu geben, weil alles von alleine abläuft."

„Läuft es denn nicht?"

„Doch, schon, und das ist eine große Erleichterung für mich, denn sonst müßte ich ja ständig herummanipulieren und dazu habe ich keine Lust. Deswegen habe ich mir dieses Regelwerk ja auch ausgedacht."

„Und du greifst nie ein ?"

„Selten und dann nur ungern. Siehst du, wenn ich an einer Stelle eingreife, muß ich mindesten eine der Regeln verletzen und das hat Folgen; vieles kann durcheinander kommen und ich habe dann alle Hände voll zu tun, um das Ganze wieder ins Gleichgewicht zu bringen. Daher lasse ich die Finger aus dem Spiel wenn es nicht unbedingt notwendig ist."

„Aber bei den Menschen ist es doch anders. Du könntest zum Beispiel einen Diktator an einem Herzinfarkt sterben lassen, um ein Massaker oder einen Krieg zu verhindern."

„Das sagst du so, aber wer weiß, wer hinterher die Macht an sich reißt. Vielleicht wird dann alles nur noch schlimmer. Außerdem, ich habe es dir bereits vorhin gesagt, ich habe euch Menschen eine Seele gegeben; und erinnerst du dich, was die Schlange zu Eva sagte, um sie zu verführen vom Baum der Erkenntnis zu essen ? Sie sprach: ‚Ihr werdet keineswegs des Todes sterben, sondern Gott weiß: an dem Tage, da ihr davon esset, werden eure Augen aufgetan und ihr werdet sein wie Gott und wissen, was gut und böse ist.' So wie ich seid ihr zwar nicht geworden, aber was gut und böse ist, das wißt ihr schon, auch wenn ihr eure Handlungen nicht danach richtet; das ist allerdings euer Problem, ihr seid für euch alleine verantwortlich. Ich hätte das damals natürlich verhindern können, nachdem ich euch jedoch schon die freie Willensentscheidung gegeben hatte, wollte ich auch sehen, was ihr daraus macht. Ihr seid schließlich meine Geschöpfe, mein Spielzeug und ich bin neugierig zu erfahren, was bei euren Handlungen herauskommt."

„Und wenn Millionen Unschuldige dabei sterben müssen ?"

„Auch dann. Und glaube mir, für mich gibt es keine Unschuldigen, dieses Wort ist eure Erfindung."

„Aber das ist grausam."

Karl lächelte: „Was heißt ‚grausam' ? Du vergißt eines: ich bin der Schöpfer, der Herr und ihr seid mein Material. Ihr sagt: alle Menschen sind Gottes Geschöpfe; deswegen ist das menschliche Leben auch das wertvollste Gut auf der Welt. Ich sehe das nicht so: ich kann jederzeit menschliches Leben erschaffen, hundertfach, millionenfach, wie es mir einfällt. Warum sollte es dann einen besonderen Wert für mich haben ? Ich bin euch keinerlei Rechenschaft schuldig. Wenn das Experiment mit euch schiefläuft, mache ich eben ein neues."

Das war hart und klar, aber im Grunde genommen hatte ich von ihm nichts anderes erwartet. Gott ist der Herr, kein demokratischer Politiker; und wir sind nicht das Wahlvolk, das mitzubestimmen hat oder ihm gar Vorschriften machen darf. Das Gespräch interessierte mich trotzdem.

„Sind wir eigentlich deine einzigen Geschöpfe ?"

„Ach nein, ich habe viele Planeten besiedelt."

„Kleine grüne Männchen ?"

„Die sind auch darunter, ich probiere viele Formen und Farben aus; mal sehen, was sich am besten bewährt."

„Du weißt es noch nicht ?"

„Die Experimente laufen noch. Vermutlich werden sie immer laufen, weil ich ja ständig neue Versuchsreihen starte. Und wenn es mir nicht zu langweilig wird, kann es in alle Ewigkeit weiterlaufen."

„Ist das möglich ? Manche Wissenschaftler glauben, daß die Expansion der Welt irgendwann zum Stillstand kommt und sie dann wieder kollabiert. Dann herrschen doch irgendwann Bedingungen unter denen selbst du kein Leben mehr zustande bringst ?"

„Du bist wirklich spitzfindig. Ob das so ist, verrate ich dir aber nicht, das müßt ihr selbst herausfinden. Laß dir eines gesagt sein: Bildet euch nicht zu viel ein; es gibt bessere und auch schlechtere Lebewesen, ihr liegt auf einem Mittelplatz."

„Was heißt das ? Haben wir eine Chance zu überleben ?"

„Um ehrlich zu sein, im Moment steckt ihr ziemlich in der Scheiße, aber das wißt ihr ja selbst. Strengt euer Hirn an, dann kriegt ihr vielleicht noch die Kurve."

Es war mittlerweile schon fast halb elf geworden, Karl rief den Kellner um zu bezahlen.

„Eines muß ich noch wissen bevor du gehst: Viele Leute beten; wenn ich dich richtig verstanden habe, dann hat das doch gar keinen Zweck."

„Das hast du klar erkannt: Wo käme ich da hin, selbst wenn ich nur jedes tausendste Gebet erhören würde ? Und stell dir einmal vor: Zwei Armeen stehen sich kampfbereit zur Schlacht gegenüber. Jede betet um den Sieg. Wen soll ich gewinnen lassen ? Ungerecht wäre ich in jedem Fall."

„Du könntest die Schlacht verhindern oder den Kampf unentschieden ausgehen lassen."

Karl prustete sich vor Lachen.

„Unentschieden ! Die Schlacht verhindern ! Das ist doch typisch liberaldemokratisch, grünlich angehaucht ! Die beten doch um den Sieg, nicht um ein Unentschieden oder eine Schlachtvermeidung. Nein, nein, in solch einem Fall würde ich beide betrügen. Aber sei beruhigt. Laß sie beten, wenn sie wollen, auch wenn es nichts nutzt. Vielen gibt es aber Kraft und sie fassen hinterher Mut und verzweifeln nicht. So, jetzt muß ich aber gehen. Tschüs ! Wir sehen uns wieder."

Er erhob sich und ging in Richtung Tür. Beim Hinausgehen rief er mir noch zu:

„Und schimpfe nicht über das Beten; es beruhigt die Seele. Und wenn es zufällig erfüllt wird, denken die Menschen, ich hätte es gerichtet. Das bringt mir Punkte. Auf Wiedersehen."

„Ja, aber sie können falsche Schlüsse daraus ziehen", rief ich ihm nach.

Karl antwortete jedoch nicht mehr.

II.

Es war mir an jenem Abend unmöglich gleich in meine Wohnung zurückzukehren. Ich ging noch lange am Stromufer entlang spazieren. Es war so die Zeit um die Sommersonnenwende und daher recht warm und noch taghell. Wer war dieser Kerl eigentlich wirklich? Man trifft in den Kneipen ja mitunter die seltsamsten Typen. Erst jetzt wurde mir gewahr, daß wir uns auf Deutsch unterhalten hatten. Er sprach es korrekt und völlig akzentfrei. Er konnte schwerlich ein Einheimischer sein. Und woher wußte er gewisse Dinge; er mußte mich kennen, einiges über mich erfahren haben, konnte ein Bekannter eines Kollegen sein, von ihm wissen, daß ich mich in dieser Stadt aufhielt. Dies würde manches erklären, die Fußballergebnisse beispielsweise. Aber wie kam er auf ‚Agathe‘? Möglicherweise hatte der eine oder andere in unserer Firma mitbekommen, daß ich diesem äußerst hübschen Mäuschen außergewöhnlich oft nachblickte, aber diesen Namen hatte ich bei niemandem erwähnt, in dieser Beziehung war ich mir völlig sicher. Er konnte also niemand sein, der nur seinen Spaß mit mir trieb, er mußte ein höheres Wissen besitzen. War er wirklich Gott? Wenn ja, was wollte er von mir? Es hatte keinen Zweck, darüber nachzudenken, weshalb er sich ausgerechnet mich als Gesprächspartner ausgesucht hatte, ich würde ja doch keine Antwort finden. Er hatte beim Abschied gesagt, daß wir uns wiedersehen würden. Warten wir es ab, dachte ich schließlich, kehrte in meine Wohnung zurück und legte mich schlafen.

Drei Tage später traf ich ihn wieder, natürlich in der besagten Kneipe.
„Komm, setz dich zu mir", rief er mir zu als ich das Lokal betrat. Ich folgte seiner Aufforderung, bestellte Bier, zündete eine Zigarette an und schwieg zunächst, weil ich es ihm überlassen wollte, ein Gespräch zu beginnen.
„Du solltest nicht so viel rauchen", sagte er endlich.

„Ich weiß", entgegnete ich leicht ungehalten, „es ist ungesund."

„Und trotzdem tust du es."

„Ja!"

„Warum?"

Ich zuckte mit den Achseln. „Keine Ahnung."

„Keine Ahnung! Bist du süchtig?"

„Ich denke nicht. Aber warum fragst du? Du weißt doch sicher, warum ich rauche."

„Gewiß, aber ich will es von dir hören."

Ich fand seine Rede unverschämt, antwortete deshalb trotzig.

„Ich bin kein Schuljunge, der sich rechtfertigen muß, ich kann tun was ich will."

Doch Karl blieb gelassen.

„Sei doch nicht gleich so patzig. Ich habe dich nur höflich gefragt. Ist es dir unangenehm, darüber zu reden oder reagierst du nur so unwirsch, weil du keine Antwort weißt, es eben aus Gewohnheit tust und zu träge bist, über die Folgen deiner Handlungen nachzudenken?"

„Es ist nicht einfach nur Gewohnheit", bemerkte ich schließlich zögernd, „ich denke, ich glaube, es verstärkt meine Handlungen, wenn ich dabei rauche."

Karl schaute mich fragend an.

„Kannst du dich etwas klarer ausdrücken?"

„Na ja", bemerkte ich, „ich bilde mir eben ein, ich kann intensiver arbeiten, handeln, denken, wenn ich dabei rauche. Es sieht geschäftiger aus, man erledigt sozusagen mehrere Dinge gleichzeitig."

Karl schüttelte den Kopf.

„Weißt du eigentlich, was du für einen Unsinn daherredest? Gerade eben hast du dich gesetzt, Bier bestellt, eine Zigarette angezündet, geschwiegen und gewartet, daß ich ein Gespräch beginne. Was wolltest du eigentlich verstärken, intensivieren? Das Warten etwa? Oder das Schweigen? Andererseits, du rauchst auch beim Fernsehen. Und was die Arbeit betrifft, beim Schreiben zum Beispiel stört es nur; der Rauch steigt dir in die Augen, in die Nase, du mußt husten und niesen. Ich sage dir eines: das hast du dir irgendwann einmal abgeschaut und nun bildest du dir ein, es gehört dazu. Dabei weißt du selbst, daß das, was du eben angeführt hast, gar nicht stimmt."

„Kann sein", erwiderte ich nur.

„Ihr Menschen seid schon seltsam. Ich habe euch mit Vernunft ausgestattet, aber ihr benutzt sie nicht. Andererseits sind die meisten von euch, und gerade du gehörst zu dieser Sorte, natürlich fest davon überzeugt, stets vernünftig zu handeln. Da mag es Unterschiede geben, manche rauchen, manche fahren ein bestimmtes Auto, andere sind von gewissen Denkrichtungen überzeugt. Das Grundmuster ist jedoch stets dasselbe: ihr habt irgendeine Idee, irgendein Handlungsvorbild aufgeschnappt, haltet das aus irgendwelchen Gründen für der Weisheit letzter Schluß und geht euren Weg, ohne darüber nachzudenken, ob er zum Ziel führt oder in die Irre. Selbst wenn ihr euch selbst damit schädigt, kümmert euch das wenig. Und auf der anderen Seite beschimpft ihr jeden, der andere Denkrichtungen verfolgt, der andere Werte für wesentlich hält als ihr. Und ihr werft sie dann als Verbrecher ins Gefängnis. Früher nannte man sie Ketzer, heute politisch Unkorrekte, Neonazis und so weiter. Warum macht ihr das eigentlich ?"

„Keine Ahnung; ich bin jedenfalls der Meinung, daß die Vernunft das Gefühl beherrschen sollte, nicht umgekehrt."

„Ja, das redest du dir nur ein, wenn du in einer Sache nicht weiterkommst. Sonst jedoch läßt du dich genauso von deinen Gefühlen treiben wie alle oder fast alle anderen auch. Mach dir selbst nichts vor."

Ich wußte nicht genau, worauf er hinaus wollte, fühlte mich in die Enge getrieben, deshalb trat ich nun die Flucht nach vorn an:

„Du hast den Menschen doch die Gebote gegeben. Warum hast du nicht das Rauchen verboten, wenn du dagegen bist ?"

Karl schüttelte den Kopf:

„Jetzt werden deine Fragen dümmlich. Die Israeliten kannten den Tabak doch gar nicht ! Es wäre Unsinn gewesen, ihnen etwas zu verbieten, was sie sowieso nicht tun konnten. Nein, soweit darf man es nicht treiben. Verbote ja, aber das muß seine Grenzen haben; treibt man es zu weit, wird sehr schnell erkannt, daß manche Regelungen Unfug sind und keine Beachtung verdienen. Das wäre nicht weiter schlimm, wenn diese Ansicht nicht auch allmählich auf andere Anordnungen übergreifen würde, so daß am Ende das gesamte System einstürzt."

„Aber du hättest ja später noch ein elftes Gebot verkünden können."

„Auch das wäre ein Fehler gewesen, hätte bedeutet, daß mein System der Zehn Gebote nicht vollständig ist, hätte einmal zum Zweifel an meiner Weisheit aufgerufen, zum anderen sicherlich den einen oder anderen falschen Propheten auf den Plan gerufen, der ein zwölftes, dreizehntes und so weiter Gebot verkündet hätte. Der dadurch angerichtete Schaden wäre unabsehbar gewesen. Nein, auch ich muß mich manchmal beschränken, schweigen, tatenlos bleiben, anstatt an falscher Stelle einzugreifen. Ich habe dir das aber schon erklärt. Außerdem – wieso rufst du, der du glaubst, alles mit Vernunft lösen zu können, nach göttlichen Verboten. Ihr glaubt doch, ihr hättet Verstand, unterlaßt doch auch einmal etwas, was, obwohl nicht ausdrücklich verboten, dennoch unvernünftig ist."

Damit waren wir wieder an den Ausgangspunkt der Diskussion zurückgekehrt, das Gespräch drohte sich im Kreise zu drehen. Um etwas abzulenken fragte ich daher:

„Gibt es da eigentlich eine Rangfolge in der Wichtigkeit deiner Gebote ?"

„Du kennst doch die Zehn Gebote. Sie sind sogar durchnummeriert; damit ist die Sache klar. Was fragst du noch ?"

„Das heißt, das erste Gebot ist für dich wichtiger als das zehnte ?"

„Genau so ist es."

„Das sehen viele aber anders, sie halten das fünfte Gebot ‚Du sollst nicht töten' für das wichtigste."

„Und du, glaubst du auch, daß dies wichtiger ist als mich als den Herrn anzuerkennen und keine fremden Götter neben mir zu haben ?"

Karl blickte mich streng an.

„Nein", antwortete ich vorsichtig.

„Ich glaube dir nicht", entgegnete er heiter, „das sagst du jetzt nur, weil du mich nicht ärgern willst. In Wirklichkeit ist es jedoch so, daß ihr Menschen euch eure eigene Moral macht, ihr verwendet von meinen Geboten nur das, was euch gerade gefällt, dem Zeitgeist entspricht, könnte man zynisch sagen, und werft den Rest auf den Müll. Darum könnt ihr auch so schön streiten oder philosophieren; es geht dabei allerdings keinesfalls um meine Worte, sondern um eure. Aber das ist eure Sache, ihr werdet sehen, wohin es führt."

Ich versuchte, mich zu verteidigen:

„Ja, aber wir Menschen sind doch deine Geschöpfe, du hast uns über die Pflanzen und Tiere gestellt, wenn ich den Religionsunterricht richtig verstanden habe. Die Maxime, daß ein Menschenleben den höchsten Wert besitzt und daher nicht ausgelöscht werden darf, bedeutet doch, daß wir dich als den Herren anerkennen und nicht andere Götter, die durchaus Menschenopfer verlangen."

Karl runzelte die Stirn:

„Du windest dich jetzt und versuchst, die Sache so hinzudrehen, daß ich glauben soll, eure Wertvorstellungen stimmen mit meiner überein. Aber das nutzt nichts, ich durchschaue dich. Ich habe dir das auch schon einmal erklärt; ich bin der Herr, der Schöpfer und ihr seid meine Geschöpfe. Ein Menschenleben hat für mich keine besondere Bedeutung. Außerdem, was das Töten betrifft, so heißt es ‚Du sollst nicht töten' und nicht ‚Du darfst nicht töten'. Das ist ein gewaltiger Unterschied und bedeutet, daß es durchaus Situationen gibt, wo es erlaubt oder gar zwingend erforderlich ist. Aber das müßt ihr entscheiden", er grinste und meinte spitz, „schließlich habt ihr ja euren Verstand. Im übrigen waren es auch Regeln, die ich den Israeliten für ihr Verhalten mir gegenüber und untereinander gab. Wo kämen wir hin, wenn innerhalb einer Gruppe, eines Volkes oder, modern ausgedrückt, innerhalb einer Gesellschaft, Mord und Totschlag herrschen würden ? Das Gebot hatte daher rein praktische Gründe, hatte nichts mit höherer Moral oder Ethik zu tun."

Dann wurde er aber wieder ernst und sagte mit betont fester Stimme:

„Es gibt sogar Situationen, in denen ich das Töten von euch verlange. Erinnerst du dich an die Geschichte mit den Amalekitern. Da habe ich Saul befohlen ‚Gehe nun hin und schlage Amalek, vollstrecke an allem, was ihm gehört, den Bann und verschone nichts; töte Männer und Frauen, Kinder und Säuglinge, Rinder und Schafe, Kamele und Esel.' Saul hat den Auftrag nicht meinem Willen entsprechend durchgeführt und deshalb habe ich ihn als König verworfen."

„War das nicht ein bißchen hart; immerhin lag die Sache mit den Brunnen schon mindestens zweihundert Jahre zurück, und außerdem hatten die Amalekiter damals Recht. Sollten sie es sich gefallen lassen, daß ein fremdes Volk ihre Wasserlöcher leer säuft ?"

Karls Miene verzog sich, er blickte mich mit funkelnden Augen an:

„Es war gegen meinen Willen. Und wenn du schon so argumentierst, dann lies wenigstens genau. Es waren nicht deren Wasserlöcher. Ich habe zu Moses gesagt, er solle mit dem Stab an den Felsen schlagen damit er Wasser gebe. Es war also mein Wasser. Die Amalekiter waren nichts als Räuber und handelten gegen meinen Willen. Außerdem habe ich schon damals gesagt, der Herr führt Krieg gegen Amalek von Kind zu Kindeskind, und ich habe die Israeliten vor dem Einmarsch ins gelobte Land nochmals ermahnt, ‚die Erinnerung an die Amalekiter austilgen unter dem Himmel. Das vergeßt nicht.' Das genügt. Oder hast du schon wieder vergessen, daß ich der Herr bin und alle Lebewesen nur meine Geschöpfe sind ?"

„Aber wir Menschen sind doch die höchsten", entgegnete ich etwas ausweichend, „es heißt doch, ‚es sollen wimmeln die

Gewässer von Lebewesen und Vögel am Himmelsgewölbe sollen fliegen und die Erde bringe lebende Wesen nach ihrer Art hervor: Vieh, Kriech- und Feldtiere nach ihren Arten.' Das ist allein durch das Wort geschehen. Bei uns Menschen war das anders; hier steht geschrieben ‚Lasset uns Menschen machen, nach unserem Abbild, nach Gottes Bild schuf er ihn, als Mann und als Frau.' Du mußt doch zugeben, daß dies ein qualitativer Unterschied ist."

„Für euch ist es vielleicht sogar ein sehr großer, weil ihr euch den anderen Geschöpfen gegenüber überlegen fühlt, aus meinem Blickwinkel dagegen sieht das anders aus; es besteht zwar ein Unterschied zwischen euch und den Tieren, aber so groß wie ihr euch das einbildet, ist er für mich nicht. Ihr seid mein Experiment, das sagte ich dir ja schon. Und letztlich streitet ihr sogar ab, daß ich den Menschen erschaffen habe. Es heißt doch, daß Gott den Menschen als Mann und Frau erschuf. Und ihr behauptet, der Mensch existiere in sexueller Vielfalt. Solche Lebewesen habe ich nicht erschaffen. Und außerdem habe ich nur die beiden ersten Menschen gemacht, dann habt ihr euch selbst vermehrt."

„Du hast aber gesagt ‚seid fruchtbar und mehret euch'; ich würde da denken, verzeih mir, wenn ich unrecht habe, das göttliche in uns setzt sich damit fort."

„Ach, was glaubst du, wie viele Menschen nur aus Zufall oder Gedankenlosigkeit gezeugt werden, selbst in deinem so aufgeklärtem Volk: mal hat die Pille versagt, mal ist der Pariser geplatzt, mal hat der Vater den Schwanz nicht rechtzeitig herausbekommen, mal hat sich die Mutter bei den fruchtbaren Tagen verrechnet. Und das alles soll mein Wille gewesen sein ? Sei doch nicht naiv !"

„Du hast uns also in die Welt geworfen und überläßt uns jetzt unserem Schicksal ! Ja, und was ist mit all unseren Wertvorstellungen, unserer Moral ? Gilt das alles nicht ? Das ist schlecht von dir !"

Karl verzog das Gesicht.

„Was du da redest ist ungerecht. Ich habe dir schon gesagt: ich habe euch nicht einfach in die Welt geworfen, ich habe euch eine Seele gegeben, euch nach meinem Abbild geschaffen, mir ähnlich, aber nicht gleich. Außerdem habt ihr meine Gebote, das ist eine gute Grundlage. Und ihr wißt auch, was gut und was böse ist. Was wollt ihr denn noch mehr ? Den Rest müßt ihr selber machen. Und was den Sinn des Lebens betrifft: seid doch froh darüber, daß ich nichts festgelegt habe; ihr dürft eurem Leben selbst einen Sinn geben, das ist eure Freiheit."

„Das sagst du so einfach. Aber wir leben nicht allein, sondern in einer Gesellschaft; da gibt es Obrigkeiten, Gesetze, Sprachregelungen, die man beachten muß, sonst landet man im Gefängnis. Außerdem muß man arbeiten, um seinen Lebensunterhalt zu verdienen, hat Frau und Kinder, die Ansprüche stellen. Wo hat man da noch Zeit, den Sinn des Lebens zu finden und vor allen Dingen, ihn zu verwirklichen ?"

„Natürlich mußt du etwas tun, um dein Leben zu erhalten, das ist der erste Sinn. Was darüber hinausgeht ist deine Sache. Sicher, du lebst in einer Gemeinschaft, die Regeln hat. Du kannst dagegen ankämpfen, versuchen, sie zu ändern, wenn du sie für falsch hältst. Viele sind diesen Weg gegangen, unter schwierigeren Umständen als sie bei euch heute herrschen und haben Großes dabei geleistet. Das ist doch ein Sinn, auch wenn du dabei umkommst. Manche Ideologien fordern das ja auch. Aber das braucht dich ja nicht zu beunruhigen: du taugst sowieso nicht zum Revolutionär. Aber auch da macht ihr es euch zu einfach; ihr trottet dem allgemeinen Trend hinterher, weil es der angenehmste und bequemste Weg ist; doch hinterher, wenn ihr eine innere Leere fühlt, stellt ihr euch hin und sagt ‚es war nichts'. Ihr habt eure Geistesgrößen, eure Koniferen oder Koryphäen, wie man sie auch nennen mag, eure Experten, Professoren, Politiker und so weiter. Und je höher einer im Rang steht, desto eher glaubt ihr ihm, selbst wenn er den größten Unsinn verzapft. Wer zwingt euch denn dazu ? Wer hat euch denn überhaupt gezwungen das zu tun, was ihr getan habt ? In deinem Fall doch sicherlich niemand; deine

Alte bist du ja jetzt schon seit einiger Zeit los. Ja, ja, du hast es dir immer einfach gemacht, beschwere dich also nicht. Aber so seid ihr doch alle. Ihr habt es zugelassen, daß sich solche Geistesmafien herangebildet haben, die überwiegend aus Dummköpfen bestehen, sich aber immer weiter vermehren und den Ton angeben. Und was unternehmt ihr dagegen ? Nichts !"

Ich schwieg; vielleicht war es nur eine faule Ausrede von ihm, vielleicht hatte er auch Recht. Ich mußte, ich würde darüber nachdenken. Im Augenblick jedenfalls sah ich mich außerstande, diese Diskussion fortzusetzen. Zuviel war auf mich eingestürzt. Ich brauchte Zeit, dies alles zu verarbeiten. Karl sah das offensichtlich auch so.

„Ich denke, für heute ist es genug. Wir sehen uns ja noch öfter, dann können wir weiter reden."

Er bezahlte seine Zeche und ging. Ich folgte ihm bald darauf, kehrte jedoch nicht gleich in meine Wohnung zurück, sondern spazierte noch eine Weile die Uferpromenade entlang, wollte nachdenken, was allerdings nicht recht gelingen wollte. Zuviel schwirrte in meinem Kopf umher, ich sann bald über dies oder jenes nach, ohne dabei einen klaren Gedanken zu fassen.

„Wir sind für uns selbst verantwortlich", sagte ich schließlich leise vor mich hin. Dann kehrte ich um und legte mich schlafen.

III.

In den nächsten Tagen vermied ich ein Zusammentreffen mit Karl. Nicht, daß mir seine Gesellschaft unangenehm gewesen wäre, vielmehr fühlte ich mich den langen Diskussionen nicht ganz gewachsen. Bisher hatte ich nur wenig über mein Leben nachgedacht. Vieles, was ich ihm gegenüber angeführt hatte, war, wie ich nun sah, unausgegoren, nicht bis zum Grunde durchdacht. Darüber mußte ich mir Klarheit verschaffen. Ich konnte von ihm sicher noch vieles erfahren, aber ich brauchte einen Plan, eine Strategie, die richtigen Worte zu finden, wenn es darauf ankam.

Die langen Sommerabende und das anhaltende schöne Wetter gaben mir reichlich Zeit für mein Vorhaben. Meine Arbeit forderte mich nicht allzu sehr, Schwierigkeiten, die mich übermäßig belastet hätten, gab es nicht. Nach Dienstschluß lief ich daher lange durch die Straßen der Stadt. Die Fremdheit schuf eine gewisse Distanz gegenüber den üblichen Alltagsproblemen, die mich in der Heimat wohl stärker beansprucht hätten. Hier dagegen erschienen sie als ferne Last, abgestreift, irgendwo aufbewahrt, um irgendwann in ferner Zukunft wieder abgeholt zu werden.

Seltsamerweise drängte sich im Laufe der Zeit immer stärker eine Frage auf, die ein Problem betraf, dem ich bei meinen Grübeleien eigentlich keinen Gedanken verschwendet hatte. Aber so ist es nun mal im Leben; Dinge aus dem Unterbewußtsein arbeiten sich an die Oberfläche, um dort dominant zu werden. Ich war mir allerdings lange nicht sicher, ob ich die Frage Karl überhaupt stellen dürfe, weil sie wohl pure Blasphemie beinhaltete. Ich gewann allerdings immer mehr die Überzeugung, da ich Karl bisher als verständnisvollen Gesprächspartner kennen gelernt hatte, daß ich mich nicht zieren müsse und fragte ihn deshalb bei unserer nächsten Zusammenkunft, kaum daß er sich zu mir an den Tisch gesetzt hatte, ohne Umschweife:

„Bist du eigentlich wirklich der einzige Gott ?"

„Wieso fragst du?"

„Nun ja, daß Christen glauben, daß es einen Gott gibt und die Moslems glauben auch, daß es einen Gott gibt, das macht schon zwei."

„Es könnte ja derselbe Gott sein."

„Das ist unmöglich."

„Wieso?"

„Die Christen glauben, daß Jesus Gottes Sohn ist und die Moslems glauben, daß ihr Gott keinen Sohn hat und auch niemals einen zeugen wird. Du bist zwar allmächtig, aber gleichzeitig einen Sohn haben und keinen Sohn haben, das kannst auch du nicht. Das ist wirklich unmöglich."

„Die Juden glauben doch auch nicht, daß Jesus Gottes Sohn ist, und trotzdem bin ich für Juden und Christen der gleiche Gott."

„Lax gesagt, die Juden halten Jesus für einen Schwindler, bestreiten aber nicht grundsätzlich, daß du einen Sohn haben könntest, denke ich."

„Du bist spitzfindig wie immer. Und was willst du jetzt von mir wissen? Ob Gott einen Sohn hat oder nicht?"

Das letztere war spöttisch gemeint, im Grunde auch überflüssig, weil sich unser Gespräch bisher um nichts anderes gedreht hatte. Ich spürte einen leichten Hohn in seinem Tonfall, zumal er die Worte 'Gott' und 'Sohn' besonders deutlich betont hatte. Aufgefallen war mir obendrein, daß er von 'Gottes Sohn' gesprochen, nicht den Ausdruck 'mein Sohn' verwandt hatte, was ich eigentlich für angebracht gehalten hätte. Ich griff diesen Umstand auf.

„Wieso sagst du eigentlich 'Gottes Sohn' und nicht 'mein Sohn', du bist doch schließlich Gott."

Karl lachte: „Wer sagt denn eigentlich, daß Jesus wirklich mein Sohn ist?"

„Na hör mal, das ist doch die Grundlage unserer Religion. Und außerdem heißt es zum Beispiel im Markus – Evangelium, nachdem Jesus getauft worden war: ‚Und da geschah eine

Stimme vom Himmel: Du bist mein lieber Sohn, an dir habe ich Wohlgefallen.' Also, du hast es selbst gesagt."

„Moment mal", warf Karl ein, „erstens war der Evangelist gar kein Zeuge der Taufe, hat erst viele Jahre später aufgeschrieben was er so gehört hatte; es steht damit gar nicht fest, daß da eine Stimme ertönte, und zweitens heißt es nur, daß es eine Stimme vom Himmel war, von mir ist nicht die Rede."

„Wer sollte es sonst gesagt haben ?"

Karl zuckte mit den Schultern: „Ein vorwitziger Engel vielleicht." Dann fuhr er mit ernster Stimme fort: „Jesus hat jedenfalls nie behauptet, mein leiblicher Sohn zu sein. Das weißt du genau. Andere haben das getan oder ihm unterstellt; der Teufel, zum Beispiel, als er ihn verführen wollte. Oder auch zum Beispiel Simon Petrus, der einmal sagte 'du bist Christus, des lebendigen Gottes Sohn'; das kannst du im Matthäus – Evangelium nachlesen. Jesus dagegen nannte sich oft der 'Menschensohn'. Merkst du den Unterschied ?"

Ich widersprach: „Aber Jesus selbst sagte doch, er war damals zwölf Jahre alt, als man ihn suchte und schließlich im Tempel fand: ,wißt ihr nicht, daß ich sein muß in dem was meines Vaters ist ?' Oder, um ein anderes Beispiel zu geben, als er am Kreuz hing, kurz bevor er verschied: ,Vater, ich befehle meinen Geist in deine Hände.' Das kannst du doch nicht ableugnen !"

Karl schüttelte den Kopf: „Mach dich doch nicht lächerlich, das ist symbolisch gemeint, das weißt du genau: ich bin der Vater aller Menschen, weil ich im Grunde, trotz der Zeugung durch die Eltern euer aller Schöpfer bin, auch wenn du glauben magst, daß du nur das Zufallsprodukt jener Zeugung und Geburt bist. Du betest ja auch: 'Vater unser, der du bist im Himmel ...'; und Jesus sprach auch oft den Menschen gegenüber von mir als ihrem himmlischen Vater. Das heißt doch, wenn ihr Jesus als Gottes Sohn bezeichnet, könnt ihr euch genauso gut als meine Söhne und Töchter bezeichnen."

Ich blickte ihn dabei leicht scheel an.

„Na gut, zumindest hast du das früher so gebetet. Aber abgesehen davon: was du wegen des Kreuzes gesagt hast steht nur im Lukas – Evangelium, bei Matthäus lautet das: ‚er schrie abermals und verschied‘, nachdem er kurz zuvor gerufen hatte: ‚Mein Gott, mein Gott, warum hast du mich verlassen ?‘ Wohlgemerkt, er sagte nicht ‚mein Vater‘. Bei Markus sagt er etwas ähnliches und bei Johannes schließlich heißt es lapidar: ‚es ist vollbracht !‘ Du siehst, es gibt fast ebenso viele unterschiedliche letzte Worte wie Evangelisten. Was hat er denn nun wirklich gesagt ?“

Das wußte ich natürlich nicht. Gegen sein Argument war jedenfalls nichts einzuwenden. Aber dennoch gab ich nicht auf.

„Es heißt doch, daß Jesus von einer Jungfrau geboren wurde und kein Mensch bringt es fertig, eine Jungfrau zu schwängern ohne daß sie ihre Jungfernschaft verliert.“

„Bei künstlicher Befruchtung mittels einer Spritze kann man das schon machen wenn man vorsichtig ist“, entgegnete Karl belustigt.

„Soll das etwa heißen, daß du das bei Maria auch so gemacht hast ?“

Karl lachte lauthals: „Du bist wirklich ein Clown. Außerdem“, er wurde wieder ernst, „das mit der Jungfrauengeburt behauptet ihr Christen, besonders die Katholiken, die einen gewaltigen Kult daraus machen. Ich habe das nie gesagt.“

„Das behaupten nicht nur die Christen, das steht auch in den Evangelien.“

„Was heiß hier in den Evangelien ? Markus und Johannes lassen sich über Zeugung und Geburt Jesu gar nicht aus, und Matthäus und Lukas widersprechen sich. Bei Matthäus steht: ‚Als Maria, seine Mutter, dem Josef vertraut war, fand es sich, ehe er sie heimholte, daß sie schwanger war von dem heiligen Geist‘ und dann weiter, als Josef darüber nachdachte, sie zu verlassen, ‚siehe, da erschien ihm der Engel des Herrn im Traum und sprach: Josef, du Sohn Davids, fürchte dich nicht, Maria, deine Frau, zu dir zu nehmen; denn was sie empfangen hat, das ist vom heiligen Geist. Und sie wird einen Sohn gebären, dem sollst du den Namen Jesus geben, denn er wird sein Volk retten von ihren Sünden.' Das ganze besagt doch nur, daß Maria und Josef im Prinzip schon verheiratet waren, aber noch nicht zusammen wohnten. Und außerdem: es ist nicht ungewöhnlich, daß unverheiratete Frauen schwanger werden, Josef war schließlich ein Bauarbeiter. Das gab es zu allen Zeiten, deswegen muß sie ja vorher noch lange keine Jungfrau mehr gewesen sein. Daß sie vom heiligen Geist empfangen hat, ist jedenfalls eine reine Schutzbehauptung. Josef könnte genauso gut in Frage kommen. Es heißt zwar, daß er ein frommer Mann war, aber die Frömmsten sind in dieser Beziehung oft die Schlimmsten."

„Was du eben gesagt hast, erscheint mir unlogisch. Wenn Josef sie selbst geschwängert hat, warum hätte er sie da verlassen wollen?"

Karl lachte.

„Sei nicht naiv. Das wäre weder das erste noch das letzte Mal gewesen, daß einer seine Braut verlassen hätte, weil sie schwanger ist. Außerdem, das schreibt nur einer der Evangelisten. Der könnte die Sache auch ausgeschmückt haben, um sie spannender oder dramatischer zu machen."

„Warum redest du im Konjunktiv. Du weißt doch genau, wie das vor sich gegangen ist."

„Sicher, aber ich werde es dir nicht auf die Nase binden."

An diesem Punkt kam ich also nicht weiter. Ich ließ aber dennoch nicht locker.

„Aber der Engel bezieht sich im weiteren, und das hast du unterschlagen, auf Jesaja, der gesagt hat: ,siehe, eine Jungfrau wird schwanger sein und einen Sohn gebären, und sie werden ihm den Namen Immanuel geben.' Also ist doch von einer Jungfrau die Rede."

„Hm", brummte Karl, „im hebräischen Urtext war von einer ,jungen Frau' die Rede, eine 'Jungfrau' wurde daraus erst in der griechischen Übersetzung. Daran siehst du natürlich auch, wie man bei der Übertragung eines Textes in andere Sprachen den Sinn verändern kann. Außerdem hieß der Knabe Jesus und nicht Immanuel, es muß also nicht von dem gleichen die Rede sein."

„Nun ja", wandte ich ein, „ich habe gelernt, 'Jesus' soll soviel wie 'Gott ist die Rettung' oder 'Gott hilft' bedeuten und 'Immanuel' soviel wie 'Gott ist mit uns'. Da kann man natürlich einen Punkt daraus machen. Aber so groß ist der Bedeutungsunterschied ja auch wieder nicht."

„Aber es geht ja noch weiter, wenn wenn wir unbedingt Haarspalterei betreiben wollen. Bei Lukas wird sie zwar als Jungfrau bezeichnet, aber dann heißt es: ‚siehe, du wirst schwanger werden und einen Sohn gebären und du sollst ihm den Namen Jesus geben.' Ich brauche da nicht fortzufahren. Hast du den Widerspruch bemerkt? Einmal sagt der Engel zu Maria, sie solle das Kind Jesus nennen, ein andermal zu Josef. Also, zu wem wurde jetzt was gesagt? Und dabei will ich noch gar nicht einmal darüber spekulieren, ob es jedes mal der gleiche Engel war."

Gott schaute mich herausfordernd an.

„Warum sollte der Engel nicht beiden erscheinen? Und beiden sagen, sie sollten die Buben Jesus nennen? Damit wird zumindest möglicher Streit bei der Namensgebung vermieden. Es können natürlich auch verschiedene Engel gewesen sein, du hast ja genügend", erklärte ich.

Karl schüttelte den Kopf: „Und wenn ich dich jetzt frage, warum jeder der beiden Evangelisten nur eine der Begebenheiten erzählt, hältst du sicherlich dagegen, daß sie Papier sparen wollten und der Meinung waren, eine Anekdote genügt. Außerdem sei der scheinbare Widerspruch ein Beweis, daß sie nicht voneinander abgeschrieben haben. Ja, ja, so ist das mit euch; wenn man euch etwas lange genug einredet, so glaubt ihr es, auch wenn es sich widerspricht. Ja, ihr zermartert sogar euer Hirn, um Argumente zu finden, daß der Widerspruch logische Gründe hat, sinnvoll ist und zum Beweis der Behauptung beiträgt. Übrigens, der heilige Geist ist ja auch angeblich über die Jünger gekommen, ohne daß einer von ihnen schwanger wurde."

„Was heißt hier, angeblich sei der heilige Geist über die Jünger gekommen ?"

Karl hatte, eher beiläufig, ein anderes Stichwort gegeben.

„Bist du denn sicher, daß es den heiligen Geist überhaupt gibt ?"

„Nachdem was du da alles erzählt hast, nicht mehr so ganz."

„Da hast du auch Recht. Was ich tun will, kann ich selbst tun oder einen Engel damit beauftragen. Einen weiteren Helfer brauche ich nicht."

Mich verwirrte immer mehr, wie belustigt und geradezu abwertend zynisch Karl über dieses Thema sprach. Aber die entscheidende Frage war noch immer nicht beantwortet.

„Ja, und was ist jetzt mit Jesus ?"

„In einem Punkt sind die Evangelisten sich allerdings einig: daß mit der Taufe der Geist Gottes, ich spreche nicht von eurem heiligen Geist, auf ihn hernieder fuhr und sozusagen haften blieb. Und das ist das entscheidende: fasse ihn als meinen geistigen Sohn auf, von mir ausgesandt und bevollmächtigt, in meinem Namen mit euch einen neuen Bund zu schließen."

Ich blickte Karl erstaunt an.

„Glotz doch nicht so blöde. Was wunderst du dich ? Ich bin schließlich der Herr. Ich kann meinen Bund mit euch sooft erneuern und ändern wie ich will und wann ich es für richtig halte. Ich kann das selbst tun oder euch einen Mittler schicken. Du weißt selbst, ich kann nur bedingt in die Zukunft schauen, manches entwickelt sich anders als ich mir das ursprünglich vorstellte, zumal ihr ja auch euren eigenen Willen habt, euren freien Willen. Und auf diese Art und Weise kann ich in das Weltgeschehen eingreifen. Belaste dich deshalb nicht mit dem kleingeistigen Geschreibe der Chronisten an den Stellen, wo sie letztlich auch nur den Zeitgeist befriedigen mußten, sondern behalte das Ganze als Ganzes im Blick. So, jetzt habe ich aber genug geredet, ich muß gehen."

Er stand auf, bezahlte an der Theke seine Zeche, ging zur Tür.

„Warte noch einen Augenblick", rief ich ihm nach, „das heißt, du kannst auch in Zukunft jederzeit einen neuen Bund schließen, neue Lehren verkünden, neue Gesandte schicken ?"

„Richtig ! Ich habe es doch gesagt", antwortete er, „je nach Belieben. Ich bin in meinen Entscheidungen frei, euch gegenüber zu nichts verpflichtet."

„Aber Mohammed behauptete, er sei der letzte Prophet und er habe die endgültigen göttlichen Wahrheiten oder Offenbarungen erhalten."

„Jetzt fang mir nicht auch noch damit an !"

Dann verschwand er.

IV.

Es war einer jener Spätsommerabende, die zu genießen niemand versäumen will. Der Herbst kündigt sich bereits an und jeder weiß, daß er dann die nächsten Monate zuhause im warmen Zimmer verbringen wird, welches er nur verläßt um die notwendigen Geschäfte zu erledigen, zur Arbeitsstätte oder zurück nach Hause zu fahren oder zu einem kurzen Spaziergang um ein wenig frische Luft zu schöpfen. Es saßen zahlreiche Leute auf der Veranda vor der Kneipe, rauchten, tranken und redeten miteinander. Karl hockte allein an einem Tisch, blickte mißmutig auf den Fluß hinunter.

„Was ist los ?" fragte ich jovial, nahm neben ihm Platz, „schau nicht so verbissen, genieße lieber die herrliche Abendsonne. Oft wird das in diesem Jahr nicht mehr möglich sein; oder ?"

Ich zwinkerte dabei etwas mit den Augen. Karl verstand die Anspielung, blickte mich giftig an.

„Noch oft genug ! Und was dich betrifft, sauf dich voll und wanke dann heim. Laß mich in Ruhe !"

„He, he, welche Laus ist dir denn über die Leber gelaufen", entgegnete ich keck, „so eine üble Laune habe ich bei dir ja noch nie erlebt."

Karl starrte eine Weile auf den Fluß.

„Keiner achtet mich mehr", brummte er dann, ohne sich umzuschauen.

„Ist das was neues ?"

„Nein !"

Wir schwiegen eine Weile.

„Und warum hast du damit ausgerechnet heute Abend ein Problem ?"

„Der Frust überkommt einen eben ab und zu, das kennst du doch auch. Ich habe am Nachmittag ein Gespräch mitangehört und dabei ist mir wieder einmal bewußt geworden, wie wenig ich den Menschen noch bedeute."

Die Kellnerin erschien am Tisch und ich bestellte ein Bier.

„Daran bist du selbst schuld", setzte ich die Unterhaltung fort.

Karl murmelte ein paar unverständliche Worte.

„Man ist immer an allem selbst schuld", meinte ich, „wer sollte denn sonst schuld sein?"

Karls Blick wurde noch giftiger.

„Du hinterhältiger Kerl, ich weiß genau, auf was du jetzt wieder anspielst. Wer sollte sonst schuld sein? Gott? Der Teufel? Nein! Dann ist Gott auch wieder schuld, weil er es nicht schafft, den Teufel in die Hölle zu verbannen! Alles wollt ihr auf mich abladen! Das meinst du doch, oder?"

„So ähnlich; nicht auf mich persönlich bezogen, eher allgemein."

„Du liederlicher Heuchler, natürlich meinst du das auf dich bezogen. Du fühlst dich doch als halber Hiob."

„Ganz so ist es nicht. Ich gehöre ja auch zur Allgemeinheit, ich meine eben nur, nicht allein ich denke das, sondern sehr viele. Siehst du, wir Guten haben den Eindruck, daß dein Segen nur auf den Schlechten ruht. Was bringt uns da Gott?"

Karl fühlte sich provoziert.

„Ja, was bringt euch Gott? Immer soll ich euch etwas bringen. Ihr sollt mir dienen, weil ich der Herr bin, nicht um eine Belohnung zu ergattern. Ihr sollt meinen Geboten um euer Seelenheil willen folgen, aber ihr denkt ja nur ans Geld. Aber es steht schon geschrieben, daß ihr nicht Gott und dem Mammon gleichzeitig dienen könnt!"

Ich zuckte mit den Achseln.

„Wir denken ja auch fast nur ans Geld."

„Diese Bemerkung mußte ja kommen."

„Na ja, das ist eben die real existierende Lage auf der Welt."

Ein heftiges, sehr vulgäres Schimpfwort, das hier nicht wiedergegeben werden soll, entschlüpfte seinem Mund.

„Beschwere dich nicht, du hast schließlich die Welt so erschaffen."

„Nein!" protestierte Karl, „ich habe es dir schon einmal gesagt: ich habe euch eine Seele gegeben, damit ihr selbst unterscheiden könnt, was gut und was schlecht ist."

„Das können wir auch, müssen allerdings leider feststellen, daß das Gute nichts bringt und das Schlechte triumphiert. Was ist dann der Sinn des Guten?"

Da Karl schwieg fuhr ich fort.

„Siehst du, wer das Gute vertritt, aber immer nur verliert, wird irgendwann bezweifeln, daß es einen gerechten Gott gibt. Wenn Gott aber ungerecht ist, braucht man ihm nicht zu dienen, weil dies dann ohnehin zwecklos ist. Wer aber immer Glück hat, wird das entweder seiner eigenen Tüchtigkeit zuschreiben oder glauben, daß Gott ohnehin auf seiner Seite steht, ob er ihm dient oder nicht; und das denkt er umso mehr, je weniger er die ganze Zeit vorher geglaubt hat."

„Berechnend seid ihr Menschen, eingebildet und eigennützig!" schrie Karl zornig, „hol euch der Teufel."

Ich grinste.

„Ich hoffe nur, er hat es nicht gehört, er könnte dich sonst beim Wort nehmen. Und reg dich nicht auf. Was erwarten denn die Menschen von einem gütigen und gnädigen Gott; doch sicherlich, daß er ihnen schon auf Erden die eine oder andere Wohltat zukommen läßt. Und? Wie war das denn zum Beispiel mit meinen Aktienfonds? Kaum hatte ich gekauft, da fielen schon die Kurse bis auf die Hälfte runter! Was mich das an Nerven gekostet hat, über Monate hinweg! War das gütig oder gnädig?"

„Aha, darauf wolltest du also hinaus. Jetzt paß gut auf: erstens, dieser ganze Spekulationskram ist nicht meine Sache, das habt ihr erfunden, nicht ich. Gib also mir nicht die Schuld, wenn du auf schlechten Rat hin kaufst nur weil deine Gier größer ist als dein Verstand; ich habe dir genügend Verstand gegeben. Drittens, letzten Endes hast du das Zeug doch noch mit Gewinn verkauft."

„Hm", brummte ich, „zwanzig Prozent in fünf Jahren."

„Jetzt werde nicht unverschämt. Auf der Bank hättest du auch nicht mehr an Zinsen bekommen, wenn man die Steuer berücksichtigt."

„Trotzdem war es kein gutes Geschäft."

„Ich bin nicht für deine Geschäfte zuständig. Was willst du eigentlich ? Mußt du hungern, dürsten, frieren ? Es geht dir doch gut, du leidest keine Not, höchstens ein bißchen an Neid, weil andere vielleicht ein bißchen mehr von jenem Krempel besitzen, den im Grunde niemand wirklich braucht. Schaut euch doch mal eure Wohnungen an, wie viel überflüssiges Zeug da herumsteht oder herumliegt. Und warum ist das alles für euch wichtig ? Weil ihr von mir nichts mehr wissen wollt ! Nicht meine fehlende Güte oder Gnade ist das Problem, sondern eure Gottlosigkeit ! So ist das !"

Karl leerte sein Glas in einem Zug. Dann schwieg er, ich auch.

„Dir fehlen jetzt die Worte ?" meinte er schließlich, „weil du merkst, daß ich Recht habe."

„Du meinst also, reich zu sein ist nicht ein Zeichen, daß deine Gnade auf einem ruht ? Das ist doch die Quintessenz des Glaubens mancher Religionsgemeinschaften."

„Vergiß das, das ist Menschenwerk und hat mit mir nichts zu tun. Ich habe dir dich schon des öfteren gesagt, ihr sollt mir nicht ständig Ideologien unterschieben, die ihr euch ausgedacht habt um die Mißachtung meiner Gebote zu rechtfertigen. Materieller Reichtum ist kein Zeichen meiner Gnade, innerer, seelischer Reichtum schon eher. Oder warum, glaubst du, begehen so viele Reiche Selbstmord, verfallen dem Alkohol, nehmen Drogen oder leiden unter unstillbarem Geltungsbedürfnis ? Etwa weil meine Gnade auf ihnen ruht ? VIPs nennt man diese lackierten Affen oft ? Weißt du, was das bedeutet?"

Ich nickte.

„Ha, ,sehr wichtig', daß ich nicht lache. Wenn einer von denen abkratzt, merkt keiner die Lücke, die er hinterläßt. Das sollen ,sehr wichtige Personen' sein ? Ich gebe zu, manchen habt ihr so viel Macht gegeben, daß sie Abermilliarden hin und her schieben, Regierungen ebenso wie kleine Sparer von deiner Sorte zum Zittern bringen, ganze Volkswirtschaften in den Abgrund stürzen können, aber wenn denen nachts im Park einer einen Schlagring an die Nase hält, scheißen sie in die Hose. Und wenn der Kerl ihnen dann die Birne einschlägt, sitzt am nächsten Morgen ein anderer auf ihren Stuhl und macht den gleichen Job. Nein, nein, ich kenne unzählige Frauen und Männer, die in meinem Namen sich in den armen Ländern der Elenden annehmen und dabei viel zufriedener sind als jene Prominente, die für ein Abendessen mehr bezahlen als die Speisung einer ganzen Schule irgendwo in Afrika im ganzen Monat kostet. Diese Menschen sind mir wichtig. Sie repräsentieren meine Gebote."

Die Kellnerin hatte mittlerweile Karl ein neues Bier gebracht. Er leerte das Glas in einem Zug.

„So, jetzt habe ich genug für heute Abend. Genieße noch den Sonnenuntergang oder auch nicht. Mach's gut oder auch nicht. Ich verschwinde jetzt."

Er legte das Geld fürs Bier auf den Tisch, erhob sich und ging.

V.

In manchen Situationen betrachtet man Kleinigkeiten, die unter normalen Umständen kaum Beachtung finden schon als Glücksfälle. Hier handelte es nur eine deutsche Zeitschrift, die ich eines Abends in der Kneipe auf dem Tisch liegen sah. Ein Gast hatte sie offenbar absichtlich liegen lassen, denn sie war schon mehrere Wochen alt. Ich blätterte sie zunächst oberflächlich durch, entdeckte dabei einige Artikel, die mich interessierten, vertiefte mich dann so sehr in die Lektüre, daß ich Karls Kommen gar nicht bemerkte und förmlich erschrak als unverhofft jemand ‚was liest du denn da Schönes ?' zu mir sagte. Ich blickte auf, sah ihn an, hatte plötzlich eine etwas sarkastische Idee.

„Das Horoskop", antwortete ich. Das war leicht provozierend gemeint, Karl merkte das am Klang meiner Stimme.

„Das Horoskop", meint er langsam, runzelte dabei die Stirn, „du glaubst doch nicht etwa so einen Firlefanz ?"

Ich schaute ihn mit der unschuldigsten Miene an, die ich in jenem Moment aufsetzen konnte.

„Doch, warum nicht ?"

„Und du willst Naturwissenschaftler sein ?"

„Wo ist da ein Widerspruch ? Wir suchen doch nach Zusammenhängen zwischen Phänomenen, die oft sehr chaotisch, sogar widersprüchlich erscheinen, mit dem Ziel, deinem Ordnungsplan auf die Spur zu kommen. Vielleicht ist auch unser Leben Teil eines tieferen Systems, das über die chemisch - biologisch - physikalischen Prozesse, die es bestimmen, hinausgeht und mit der übrigen Natur verbunden ist. Ich meine damit, vielleicht gibt es einen Zusammenhang zwischen den Geschehnissen in der Natur und unserem Schicksal. Möglich wäre das ja und zutrauen würde ich dir auch, daß du so etwas eingerichtet hast.."

„Den gibt es sicher. Wenn dich heute ein Blitz trifft, bist du hin. Das ist ein evidenter Zusammenhang zwischen einem Ge-

schehnis in der Natur und deinem Schicksal. Oder etwa nicht ?"
Damit hatte er zweifelsfrei Recht.
„Aber glaubst du wirklich, daß du deine Zukunft, zum Beispiel ob dich der Blitz trifft oder nicht, aus irgendwelchen Sternbewegungen herauslesen kannst. Da hätte ich es ja hineinbasteln müssen. Meinst du, ich hätte die Zeit, das für jeden einzelnen zu bewerkstelligen ? Und außerdem: ich habe dir doch schon gesagt, daß ich die Zukunft nicht voraussehen kann. Bleiben wir beim Blitzschlag. Du mußt doch genau zum richtigen Zeitpunkt am Ort des Einschlages sein, nicht fünf Sekunden vorher oder zehn Sekunden später. Nehmen wir an, du kommst aus irgend einer Kneipe. Du hättest dich ja auch entschließen können, noch ein Bier zu trinken oder eine Zigarette zu rauchen. Dann wäre der Blitz schon längst vorüber gewesen. Und woher soll ich schon Wochen im voraus wissen, wie viel Bier du an diesem Abend trinkst. Letztlich ist das doch eine Entscheidung vor Ort, die deiner Seele entspringt. Und darauf habe ich keinerlei Einfluß."
„Da bin ich mir gerade nicht so sicher. Ist unsere Seele wirklich unabhängig, völlig frei ? Oder ist sie vielleicht nicht doch gewissen Rhythmen unterworfen, die durch den Lauf der Natur bestimmt werden und die unsere Entscheidungen beeinflussen. Ich meine ja nicht, daß unsere Zukunft exakt bestimmt, auf die Sekunde genau festgelegt ist, sondern, daß es Fixpunkte gibt, an denen wir uns orientieren können, das heißt, daß du uns Zeichen gibst, aus denen wir erkennen können, wann die Zeiten für bestimmte Unternehmungen gut sind und wann wir aufpassen müssen. Das wäre doch ein guter Zug von dir."
Karl atmete tief durch.
„Treib kein Kaffeesatzleserei. Das ist alles viel zu kompliziert und kann auch auf Dauer nicht durchgehalten werden und außerdem kann ich mich nicht um alles kümmern. Schau mal, wenn die Aktienkurse fallen, ist das für alle gleich schlecht, egal ob sie nun Löwe, Widder oder Krebs sind. Wenn ich da etwas tun wollte, jedem eine andere Chance geben wollte, je

nachdem wann und wo er geboren wurde, müßte ich ständig meine Naturgesetze manipulieren. Das muß doch alles unter einen Hut gebracht werden, zusammenpassen, sich in den allgemeinen Ablauf einfügen. So einfach, wie sich das manche vorstellen ist das nicht: der Mars steht da, der Jupiter dort und schon passiert das und das. Nein, nein, das kannst du vergessen. Ich habe dir schon einmal gesagt: ich greife nur höchst ungern ins Naturgeschehen ein, nur wenn es sich gar nicht vermeiden läßt, weil mich das in des Teufels Küche bringt. Meine Naturgesetze geben den Rahmen vor, innerhalb dessen jede Menge Spielraum für allerlei Chaos ist. Damit müßt ihr fertig werden. Ich habe euch den Verstand gegeben, damit ihr euch eure eigene Ordnung schaffen könnt. Ihr seid für euch selbst verantwortlich und müßt selbst erkennen, wann die Zeiten günstig oder ungünstig für irgend etwas sind. Aber darüber haben wir schon gesprochen. Unsere Diskussion dreht sich langsam im Kreis."

Das mochte so sein. Ich bin kein großer Redner und vielleicht war der Themenvorrat für heute wirklich erschöpft. Anstatt Unsinn zu reden oder mich erneut zu wiederholen schwieg ich daher, allerdings nicht lange, denn ein Gedanke blitzte in mir auf.

„So, du greifst also nicht gern in das Naturgeschehen ein? Und wie war das damals bei den Ägyptern mit den zehn Plagen. Da hast du doch gewaltig eingegriffen."

„Lies wenigsten richtig", maßregelte er mich, wurde unvermittelt energisch, „das habe ich getan, um zu zeigen, daß ich der Herr bin, nicht um irgendwelche Kinkerlitzchen zu machen. Das müßtest du eigentlich wissen."

„Die Idee war doch nicht so gut", dachte ich, lehnte mich zurück, trank einen Schluck Bier, zündete eine Zigarette an.

Da ich schwieg, setzte Karl das Gespräch fort.

„Euren ganzen übersinnlichen Kram habt ihr euch doch nur ausgedacht, weil ihr nicht an mich glaubt und mir nicht vertraut. Und da selbst die Klügsten von euch nicht wissen wie die Welt funktioniert, erfindet ihr irgendwelche Theorien und

Heilslehren, die jedoch nichts weiter als Aberglauben sind. In Wirklichkeit ziehen euch mit diesem Geschwätz nur irgendwelche Gauner das Geld aus der Tasche um selbst die große Kohle zu machen. Und ihr seid so blöd und glaubt das, was sie daherlabern. Wenn ich nur den ganzen Mist über Erdstrahlen, wechselnde Magnetfelder oder wechselnde Gravitationsfelder und deren Einfluß auf die Psyche und das Wohlbefinden höre! Natürlich gibt es ständig Fluktuationen durch die Planetenbewegungen, Änderungen der Energieemission der Sonne, auftauchende Kometen und was weiß ich. Aber glaubt ihr wirklich, ich wäre so ein Stümper und hätte das nicht berücksichtigt als ich euch schuf? Diese kleinen Änderungen machen euch gar nichts aus, und wer etwas anderes behauptet, bildet sich das nur ein. Aber es ist doch so: wenn sich einer ein Leiden einbildet und das laut hinausposaunt, dann haben es bald tausend andere auch. Und warum ist das so? Weil es euch zu gut geht, ihr keine wirklichen Sorgen habt!"

Er hatte sich so richtig in Rage geredet. Ich versuchte ihn zu beruhigen, indem ich versuchte etwas vom Thema abzulenken.

„Kann man es den Menschen früherer Zeiten verdenken, wenn sie in Naturvorgängen, die sie nicht verstehen konnten, das Wirken von Göttern oder übernatürlichen Wesen wie Kobolden, Hexen, Luftgeistern und so weiter sahen?"

„Ich rede gar nicht von früher, sondern von heute", fiel mir Karl ins Wort, „ihr glaubt nicht an mich, sondern dient mit diesen Lehren nur fremden Göttern. Wenn einer von euch nachts nicht schlafen kann, weil er sich am Tag über etwas aufgeregt und sich bis zum Abend nicht wieder beruhigt hat oder sich selber auf die Nerven geht, weil der Tag nicht seinen Wünschen entsprechend verlaufen ist, und ihn nun die Fliege an der Wand ärgert, dann sind keine höheren Mächte daran schuld. Sie sind auch nicht im Spiel, wenn jemand nicht das erreicht, was er gerne möchte, weil ihm die Werbung eingeredet hat, er sei der Größte, obwohl er nur eine Lusche ist. Euch fehlt einfach die Fähigkeit euch richtig einzuschätzen und das führt zu Neurosen. Das liegt nur daran, weil ihr glaubt ihr seid wie Gott. Aber da hat die Schlange Eva angelogen ! Ihr werdet nie so sein wie ich ! Und merke dir eines: ich erlaube euch nur das zu verstehen, was ihr mit dem Verstand, den ich jedem gegeben habe, begreifen könnt ! Und nicht mehr ! Eure ganze Esoterik ist nur dummes Zeug."

Er machte eine Pause.

„Warum machst du mir eigentlich Vorwürfe ? Ich bin doch kein Anhänger dieser Lehren !"

„Wirklich nicht ? Du beschäftigst dich auch damit und wärst froh, wenn da etwas dahinter steckte; du bist nur etwas skeptisch, weil du noch nichts gefunden hast, was dir Nutzen brachte. Aber das ist egal. Du zweifelst auch an mir. Aber jetzt habe ich genug geredet. Das wäre es dann für heute. Ich gehe jetzt noch ein Stück spazieren."

Er bezahlte sein Bier und verschwand.

VI.

Restaurants, in denen man als Fremder essen konnte, gab es nur in den beiden Hotels, die ich oben schon erwähnt habe. In einem dieser Speiseräume lernte ich Martha kennen. Sie war für drei Monate hier, arbeitete in einer Kosmetikfabrik und sollte dort, wenn ich das richtig verstanden habe, eine neue Kollektion vorbereiten. Es geschah an einem Samstag Abend. Das Lokal war gut gefüllt und ich hatte gerade noch einen kleinen, freien Tisch erwischt. Wenig später betrat eine schwarzhaarige, nicht ganz schlanke Frau den Raum, schaute sich zunächst um, als suche sie jemanden, einen Bekannten vielleicht, fand wohl aber niemanden und lief daher einige Zeit unschlüssig zwischen den Tischreihen hin und her. Schließlich trat sie zu mir heran, deutete auf den anderen Stuhl an meinem Tisch und fragte mit leiser, freundlicher Stimme:
„Entschuldigen Sie, ist dieser Platz noch frei?"
„Sicher", antwortete ich und lächelte. Sie war immerhin recht hübsch, hatte kurzes, bis knapp zur Schulter reichendes Haar, dunkle Augen, die eine Mischung aus Sinnlichkeit und Stolz ausstrahlten und einen kleinen Leberfleck auf der Oberlippe, der dem Gesicht eine besondere Prägnanz gab. Mit Sicherheit war sie eine angenehmere Gesellschaft als irgendein alter, bärbeißiger Kauz.
„Danke", entgegnete sie und setzte sich. Sie stellte sich vor, begann über ihre Arbeit zu erzählen und fragte mich dann, in welcher Angelegenheit ich hier sei. So entwickelte sich im Laufe des Abends eine recht nette Unterhaltung über die verschiedensten Dinge, eben in der Weise, wie sich zwei unterhalten, die sich zunächst fremd sind, aber mit fortschreitender Dauer ihres Gesprächs einander vertrauter werden. Zwischendurch aßen wir, tranken Wein und von jenem scharfen Schnaps, der sich in jener Gegend besonderer Beliebtheit erfreut.

Gegen dreiviertel elf kündigte ein kurzzeitiges Verlöschen des Lichtes, ich kannte das Signal mittlerweile schon, den Zapfenstreich an.

„Was machen wir mit dem angebrochenen Abend?" fragte Martha, schon leicht beschwipst.

„Wir könnten noch eine Runde spazieren gehen, was meinst du?"

„Ach nein, es ist kühl draußen, außerdem nieselt es leicht. Ich weiß etwas besseres. Wir gehen auf mein Zimmer und feiern dort weiter."

„Nichts dagegen, aber geht das?"

„Ich denke schon."

Die dicke, ältere Frau an der Rezeption blickte finster und zögerte zunächst, den Zimmerschlüssel herauszugeben. Erst ein Trinkgeld von zehn Dollar stimmte sie versöhnlicher.

„Das ist hier immerhin ein Wochengehalt", meinte Martha als wir den Aufzug betraten.

Martha hatte vorgesorgt und sich ein kleines Weinlager zugelegt. Wir konnten weiter trinken und weitererzählen. Wir saßen auf ihrem Bett und rückten allmählich näher und näher zusammen. Schließlich begann sie, mit einer Hand mein Gesicht zu streicheln und sagte dabei leise: „Komm!"

Sie war schon ziemlich betrunken, ich nicht sosehr. Da ich nicht gleich reagierte, begann sie, ihre Bluse zu öffnen, erfaßte meine rechte Hand, führte sie zunächst zu ihrem Busen, dann tiefer den Bauch hinab zum Knopf ihrer Hose, veranlaßte mich, ihn zu öffnen und hauchte dabei:

„Zier dich nicht."

Ich war auch nicht mehr ganz klar im Kopf, aber Martha war betrunken, das stand fest, und so schrieb ich ihr Verhalten der enthemmenden Wirkung des Alkohols zu, anders ausgedrückt, ich war mir nicht sicher, ob sie wirklich mit mir schlafen wollte oder ob sie infolge ihrer Trunkenheit ihre Handlungen nicht mehr kontrollieren konnte. Ich hatte andererseits Gefallen an ihr gefunden und wollte sie nicht kompromittieren, ihre durch den Alkoholeinfluß bewirkte Bereitschaft nicht zu einem

Schäferstündchen nutzen, das ihr morgen möglicherweise peinlich sein würde. Ich löste sachte meine Hand aus ihrem Griff, streichelte sanft ihr Gesicht und ihre Haare, küßte sie auf die Stirn und sagte leise:

„Ach weißt du, es ist schon spät und wir sind betrunken, da macht es sowieso keinen richtigen Spaß. Morgen ist auch noch eine Nacht."

Ich streichelte weiterhin ihr Gesicht und merkte wie sie allmählich einschlief.

„Gute Nacht", flüsterte ich und verließ das Zimmer.

Kurz nach zwölf Uhr am Sonntag betrat ich das Restaurant um Mittag zu essen. Mein Kopf schmerzte noch etwas, aber sonst fühlte ich mich wohl. Martha war auch schon hier. Sie saß allein am Tisch. Ich tat zu ihr hin.

„Hallo, wir geht's ? Fühlst du dich wieder wohl ?" fragte ich lachend und setzte mich. Sie blickte mich böse an.

„Was willst du eigentlich von mir ? Habe ich dir überhaupt erlaubt, dich zu setzen ?"

Ich war schockiert, begreiflicherweise.

„Was ist denn mit dir los ?"

„Gar nichts, du blöder Idiot. Mach dich fort !" giftete sie mich an.

Ich begriff nichts und blieb sitzen. Bevor ich jedoch etwas erwidern konnte, war sie aber schon aufgestanden und hatte sich einen anderen Platz gesucht, außer Sichtweite. Ich überlegte, ob es wohl Sinn habe, ihr zu folgen, entschied mich allerdings zu bleiben und rätselte, während ich auf mein Essen wartete, über ihr seltsames Verhalten nach, fand aber keine rechte Antwort.

Irgendwann erschien Karl und setzte sich zu mir. Ich erzählte ihm die Geschichte, obwohl er natürlich schon Bescheid wußte.

„Kannst du mir die Sache erklären ?" fragte ich ihn.

„Ich weiß nicht", antwortete er zögernd.

„Was heißt hier ‚ich weiß nicht', du bist doch schließlich allwissend."

„Ja, schon, aber mit den Weiberseelen ist das so eine Sache, da pfuscht mir ständig der Teufel ins Handwerk."

„Was hetzt du da schon wieder gegen mich, ich habe damit überhaupt nichts zu tun !" protestierte eine Stimme rechts neben mir.

Ich blickte mich um und gewahrte an dem etwas erhöht stehenden Nebentisch einen Mann. Er mochte etwa vierzig Jahre alt sein, hatte helle Haut und lange, zu einem Pferdeschwanz zusammengebundene, blonde Haare. Ich hatte nach Marthas entsetzlichem Auftritt Wein geordert, der mir nicht sehr gut bekam und war daher schon wieder nicht mehr ganz klar im Kopf. Dennoch war ich ziemlich sicher, mich nicht verhört zu haben. Ich schaute Karl fragend an:

„'Was hetzt du da schon wieder gegen mich ?' hat dieser Kerl gesagt als du vom Teufel sprachst; das kann doch nur bedeuten, er ist der –"

„Ja, ich bin der Teufel", unterbrach mich der Blonde mit dem Pferdeschwanz und grinste dabei.

„So hast du dir mich nicht vorgestellt, ha", fuhr er fort, „ich habe keine Hörner und auch keinen Bocksfuß, sieh nur !"

Dabei senkte er den Kopf und hob erst das linke und dann das rechte Bein.

„Na ja, in dieser Stadt wundert mich überhaupt nichts mehr", entgegnete ich kühl.

„Was hast du hier eigentlich zu suchen ?" fragte Karl streng.

Der Teufel zuckte mit den Achseln.

„Das sozialistische Paradies ist die reinste Hölle. Du siehst, ich passe genauso gut hierher wie du. Ihr habt doch sicherlich nichts dagegen, daß ich mich zu euch setze."

Und schon saß er an unserem Tisch, seinen Stuhl hatte er mitgenommen.

„Ja, wie ist das jetzt mit den Weiberseelen, Herr Teufel ?" fragte ich ihn nun vorsichtig.

Der Teufel klopfte mir leutselig auf die Schulter.

„Nenne mich einfach Franz."

„Franz?"

„Warum nicht? Wenn Gott sich Karl nennt, kann ich doch Franz heißen. Außerdem, glaube dem Kerl nicht alles, er lügt oft."

„Lügt? Aber in einem Gebot heißt es doch ‚du sollst nicht falsch Zeugnis reden wider deinen Nächsten'. Ich glaube, es ist das siebte."

„Das achte", verbesserte Karl.

„Ja", erwiderte Franz, „schau dir das einmal genau an: Du sollst nicht ..., heißt es da; das bedeutet, es gilt für euch Menschen. Von sich hat er nicht geredet, der alte Spitzbube. Stimmt's?"

Er grinste Gott an, Karl schwieg.

„Ja, und mit den Weiberseelen ist das so: er war nämlich besoffen als er sie gemacht hat! Ich habe ihm noch gesagt, er solle die Finger davon lassen und warten bis er wieder nüchtern ist. Weißt du, das war damals als wir noch Partner waren. Und, was ist dabei herausgekommen? Das reinste Chaos, ein fürchterliches Gemisch aus Launenhaftigkeit und grundlosem Unmut, gepaart mit Neid und Eifersucht. Alles geht bei ihnen durcheinander; keine Spur von Logik im Denken und im Wollen; jetzt hü und im nächsten Augenblick hott, je nach Lust und Laune und die wechseln oft im Sekundentakt. Was vor einer Stunde noch das Wichtigste im Leben war, ist jetzt bedeutungslos. Der Geliebte von gestern ist heute das fürchterlichste Ekel. Eben wären sie noch für einen gestorben, durch die Hölle gegangen und im nächsten Augenblick treiben sie es schon mit einem anderen und der Vorgänger ist vergessen. Ganz zu schweigen von den Fällen, wo sie bei einem liegen und sich einbilden es sei der andere. Mich wundert es immer wieder, daß sie so selten die Namen verwechseln. Und wenn sie lieb und freundlich sind, dann ist meistens eine Hinterhältigkeit im Spiel. Sie schenken dir nichts, wollen für jede Freundlichkeit und Zärtlichkeit eine Belohnung, insbesondere für das andere da, du weißt, was ich meine. Und wenn sie dich erst einmal für sich eingenommen haben, dann bist du verloren, Keine Sau blickt da noch durch. Aber alles auf mich schieben !"

„Du bist doch nur neidisch, weil du keine gescheiten Menschen hingekriegt hast und erst recht keine Seele", rief Karl spitz.

„Was ? Er hat auch Menschen gemacht ?" fragte ich erstaunt.

„Na klar", sagte Franz stolz, „es steht doch schon in der Bibel ‚lasset uns Menschen machen'. Gott war also nicht allein am Werk."

„Von dir sind doch nur die schlechten", spottete Karl.

„Der Adolf etwa ?"

Franz warf Karl einen fürchterlich bösen Blick zu.

„Da sieht man wieder, wie weit deine Hetze schon gediehen ist! Mit diesem Kerl habe ich überhaupt nichts zu tun, der ist noch nicht einmal in der Hölle, das schwöre ich, notfalls sogar bei Gott !" empörte sich Franz, „und überhaupt, kein einziger eurer Staatsmänner, Diktatoren oder Generäle und so weiter ist von mir."

„Die Intelligenz hat er nämlich auch nicht hinbekommen", grinste Karl schadenfroh, „seine Leute kann man höchstens als Straßenkehrer oder Stallausmister verwenden, nicht einmal zum Lastwagenfahrer taugen sie."

Das Gespräch hatte an Hitzigkeit zugenommen, es machte mir Spaß.

„Na ja, du solltest nicht so kraß sein. Die meisten Politiker sind ja nicht unbedingt so intelligent wie sie gerne wären. Sonst würden sie nicht so viel Unsinn von sich geben. Aber der Dicke und die Mutti aus der Uckermark könnten von dir sein", warf ich jetzt ein, an Franz gewandt; der wurde wütend.

„Also so ein Pfuscher bin ich jetzt auch wieder nicht ! He Karl, erzähl ihm mal die Story."

Doch Karl schwieg.

„Na ja, wenigstens bin ich nicht von dir", grinste ich Franz zu, dann wandte ich mich an Karl.

„Also das will ich jetzt genau wissen: wenn der Adolf nicht in der Hölle ist, wo ist er dann ?"

Karl wurde verlegen, zögernd antwortete er: „Na ja, er ist im Himmel."

„Im Himmel? Wieso?"

„Na ja, ich denke mir halt, vielleicht kann ich die Seele irgendwann noch einmal gebrauchen. Deshalb hüte ich sie auch gut."

„Da kann man nichts machen", grinste ich, „aber gib sie nicht wieder einem Österreicher."

Franz lachte schallend. Wir schwiegen eine Weile.

„Franz sagte vorhin, ihr wart einmal Partner", unterbrach ich schließlich die Stille, „weshalb habt ihr euch eigentlich verkracht?"

Da Karl schwieg antwortete Franz.

„Im Grunde genommen wegen der Neger."

„Wegen der Neger? Wieso das?"

Franz grinste: „Wer waren denn die ersten Menschen?"

„Hm, in der Bibel steht: Adam und Eva."

„Richtig; und wie waren die?"

Mir war nicht klar, worauf er hinauswollte und blickte ihn daher unschlüssig an.

„Ich meine, welche Hautfarbe hatten sie?"

„Auf allen Abbildungen, die ich kenne, sind sie als Weiße abgebildet", antwortete ich unschuldig.

„Siehst du!" warf Franz ein.

„Das hat nicht viel zu bedeuten, da diese Bilder von Europäern gemalt wurden und diese Adam und Eva natürlich so darstellten, wie sie ihre Mitmenschen erlebten, nämlich als Weiße. Ein Neger hätte sie vermutlich schwarz gemalt und ein Mongole mit Schlitzaugen. Außerdem, das Paradies soll ja im Orient gelegen haben, also müßten Adam und Eva doch etwas dunkelhäutig gewesen sein", erwiderte ich.

„Ach, diese leichte Brauntönung kannst du vergessen, darauf kommt es nicht an. Der Punkt ist, das hast du richtig erwähnt, daß das Paradies im Orient lag und da kommen nun einmal die Hellhäutigen her, sagen wir das einmal so, wenn du dich an dem Worte ‚Weiße' störst, und nicht die Neger oder die Mongolen. Wenn nun Adam und Eva hellhäutig waren und alle

Menschen von ihnen abstammen, dann müßten doch alle hellhäutig sein."

„Das klingt logisch."

„Das klingt nicht nur logisch, das ist wahr ! Stimmt's Karl ?"

„Ja", gab er zerknirscht zu; er wußte, was jetzt folgen würde,
ich nicht.

„Und wie sind dann die Neger entstanden ?" fragte Franz nun
mit zynisch klingender Stimme.

„Keine Ahnung. Hast etwa du sie gemacht ?"

„Nein, natürlich nicht. Faktum ist, Karl hat schon vorher welche gemacht, auch hinterher. Er hat auch andere Planeten besiedelt, aber das weißt du ja schon."

„Aber Adam war doch der erste."

„Nein, der letzte, zumindest auf der Erde. Aber die anderen
verschweigt er. Er hat dir ja selbst gesagt, er hätte nur die ersten beiden gemacht. Stimmt's ?"

Ich erinnerte mich an diese Worte.

„Das steht aber nicht in der Bibel."

„Natürlich, du mußt nur genau lesen. Du kennst doch die Geschichte von Kain und Abel. Da heißt es, ‚und der Herr machte
ein Zeichen an Kain, daß ihn niemand erschlüge, der in fände‘.
Hast du kapiert ? Wer sollte denn Kain erschlagen, wenn es
außer ihm nur noch Adam und Eva gab ? Kain war jung und
kräftig, Adam schon alt und Eva eine Frau. Vor wem sollte
sich Kain eigentlich fürchten ?"

„Das hat doch nur symbolische Bedeutung, das darf man nicht
zu wörtlich nehmen. Die Welt wurde ja auch nicht in sieben
Tagen erschaffen, das hat die Wissenschaft schon lange bewiesen."

„Symbolisch !" höhnte Franz, „damit wollen sich eure Kutten-
brunzer doch nur rausreden; ich weiß das besser, ich habe ja
schließlich alles miterlebt. Tatsache ist, Karl hat vor Adam
und Eva schon Menschen erschaffen, schwarze, rote, gelbe,
braune, weiße. Es heißt ja auch weiter, ‚Kain erkannte sein
Weib; die ward schwanger und gebar den Henoch‘. Wo hätte
er denn ein Weib hernehmen sollen, wenn es keines gab ?"

„Ich habe nie behauptet, nur Adam und Eva erschaffen zu haben. Schließlich habe ich die Bibel nicht geschrieben oder diktiert", verteidigte sich Karl.

„Siehst du", Franz wandte sich an mich, „nun gibt er es selber zu", und fuhr dann, Karl anblickend fort, „aber es war dir ganz recht, daß sie das so geschrieben haben und du hast es auch gefördert, weil du nämlich der Meinung warst, die Hellhäutigen seien die gelungensten, die eigentlichen Menschen."

Dann drehte er sich wieder zu mir hin:

„Heute, nachdem er gemerkt hat, wie sehr ihr Weiße ihm in seiner Schöpfung herumgepfuscht und vieles verdorben habt, ist er etwas anderer Meinung, du weißt es ja schon. Doch damals war er fest überzeugt, mit euch die Krone der Schöpfung erschaffen zu haben."

„Und das hast du bestritten?" fragte ich verwundert.

„Genau", lachte Franz, „und ich habe mich auch geweigert, Adam und Eva anzubeten, was er tatsächlich von mir verlangt hat. Ich habe ihm immer gesagt, alle deine Rassen sind gleich – gleich beschissen. Und weißt du, ich habe da kürzlich ein Buch von so einem Forscher mit italienisch klingendem Namen gelesen, daß er herausgefunden haben will, daß alle Rassen genetisch gleich sind. Karl ist entlarvt und ich habe recht."

„Aber von beschissen steht da nichts drin", wandte Karl ein.

Ich mußte lachen.

„Und wie ist euer Streit ausgegangen?" fragte ich jetzt.

„Es kam zu einer Prügelei, Franz zog den Kürzeren, mußte den Himmel verlassen und bekam, sozusagen als Entschädigung, die Hölle und die schlechten Seelen zugesichert, so ist das heute noch. Na ja, und damit er nicht ganz leer ausgeht habe ich ihm gestattet, daß er versuchen darf, die Seelen der Guten zu verderben. Hätte ich mich darauf nur nicht eingelassen."

Karl seufzte.

„Und warum sitzt du hierher, anstatt deiner Arbeit nachzugehen und Seelen zu verderben?" fragte ich Franz scherzhaft.

Auch der jammerte nur.

„Ach, ich bin weitgehend arbeitslos, schließlich gibt es heute Amerikaner, Kommunisten und Grüne."

Wir schwiegen nun eine Weile und wandten uns unserem Essen zu.

„Aber das mit den Negern verstehe ich immer noch nicht", begann ich schließlich erneut.

„Wieso?" fragte Franz, „ich habe es dir doch genau erklärt. Hast du mal wieder nicht zugehört, sondern von hübschen Mäuschen geträumt, wie es bei dir die Regel ist?"

„Nein, ich habe genau aufgepaßt, aber eine Sache haben wir übergangen – die Sintflut."

„Die Sintflut? Ach, die Sintflut, jetzt fängst du auch noch damit an."

Franzens Stöhnen war nur gespielt, denn tatsächlich warf er Karl einen triumphierenden Blick zu; der schaute betreten.

„Ja, was habt ihr denn nur!" begann ich spöttisch, „jedenfalls sind außer Noah und seinem Anhang alle anderen Menschen damals ersoffen, auch die Urneger. Egal, wie viele Sorten er vorher gemacht hat, nach der Sintflut waren sie jedenfalls alle tot und hinterher hat Karl keine Menschen mehr gemacht. In der Bibel steht ganz klar: ‚das sind die drei Söhne Noahs – gemeint sind Sem, Ham und Jafet - ; von ihnen kommen her alle Menschen auf Erden.' Wenn aber keiner von ihnen ein Neger war, kann es theoretisch auch keine Neger geben. Also, wie ist das nun?"

Ich blickte Karl frech an. Da er nicht gleich antwortete, hakte ich bissig nach: „Woher hast du eigentlich das viele Wasser hergenommen? Es müßten doch an die fünf Milliarden Kubikkilometer gewesen sein."

Karls Miene verfinsterte sich und ich fürchtete schon, er würde mich jetzt in Wasser verwandeln. Franz dagegen fühlte sich ermutigt und begann:

„Siehst du, das ist auch wieder eine von seinen Tücken. Es hätte ja nur eines Wortes von ihm bedurft und alle wären gestorben, aber er liebt eben das Spektakuläre; daher kam ihm auch die Idee mit der Flut und der Arche; und dann hinterher der Bund mit Noah, der Regenbogen und das ganze Geschwafel. So etwas macht Eindruck, bleibt im Gedächtnis haften. Genau das will er ja. Stimmt's?"

Wieder blickte er Karl frech an. Dann, zu mir gewandt, fuhr er fort:

„In Wahrheit war das aber nur ein lokales Ereignis und es sind bei weitem nicht alle Menschen umgekommen, aber eine Wirkung hatte es natürlich schon. Wer nicht von Noahs Söhnen abstammte, konnte damit auch kein richtiger Mensch sein, höchstens ein Geschöpf des Teufels, aber kein Kind Gottes und konnte daher auch ohne Gewissensbisse versklavt, verkauft oder umgebracht werden."

„Also diese Unverschämtheit brauche ich mir wirklich nicht bieten zu lassen", polterte Karl jetzt los, „die Sintflut war wirklich nur ein lokales Ereignis; ich wollte niemals alle Menschen und Tiere auf der Erde ausrotten, sondern nur die in einem bestimmten Gebiet bestrafen. Und außerdem: die Bibelchronisten haben die Geschichte aus älteren sumerischen Berichten abgeschrieben und vieles hinzugedichtet. Du kennst ja das Gilgamesch Epos. Was kann ich dafür? Und außerdem", er warf mir einen wütenden Blick zu, „das wußtest du ganz genau und du hast keinen Grund, ständig so scheinheilig provozierend zu fragen. Und laß dir gesagt sein: du und dein Volk, ihr stammt auch nicht von Noah und seinen Söhnen ab, ihr könnt euch nicht einmal auf Adam berufen."

Ich schaute Franz grinsend an:

„Von dir können wir aber auch nicht sein, obwohl es viele denken: denn du hast die Intelligenz nicht hinbekommen. Aber, wie dem auch sei, ich habe keine Probleme damit solange es Bier gibt."

Karl beruhigte sich allmählich wieder und wir wandten uns erneut unserem Essen zu, das mittlerweile kalt geworden war und würgten es so recht und schlecht hinunter.

„Karl, in alten Büchern steht, daß du guten Menschen immer einen Wunsch erfüllst, wenn du auf der Erde bist. Du könntest mir eigentlich auch einen Wunsch erfüllen", begann ich jetzt.

„Nein", lautete die Antwort.

„Aber warum ? Ich bin doch ein guter Mensch."

„Da bin ich mir gar nicht so sicher; außerdem – ich kenne deinen Wunsch."

„So ?"

„Ja !"

„Und was ist da Schlimmes dran ?"

„Das mit der Polin schlage dir aus dem Kopf."

„Wieso ?"

„Das gestatte ich dir nie !"

„Warum nicht ?"

„Das ist gegen meinen Plan !"

„Was heißt denn Plan ? Ich denke, du überläßt die Menschen im allgemeinen sich selbst."

„Werde jetzt nicht unverschämt !"

„Ja, wenn du doch einen Plan hast, was besagt er denn ?"

„Das verrate ich dir nicht, das geht dich alles nichts an."

„In diesem Fall schon !"

Karl wurde mit einem Male äußerst grantig.

„Halte jetzt endlich die Klappe, sonst entziehe ich dir die Stimme", fauchte er mich an.

„Sei vorsichtig", warnte Franz, „der meint es ernst und macht seine Drohung am Ende noch wahr."

Ich zog es daher vor zu schweigen, denn Karl war mittlerweile noch unmutiger geworden. Mürrisch bezahlte er seine Zeche und ging. Franz und ich blieben zurück. Franz bestellte Schnaps.

„Komm, wir trinken einen !"

„Gib die keine Mühe", sagte ich, „meine Seele verdirbst du nicht."

„Das ist auch nicht mehr notwendig."

Franz schenkte ein.

„Prost !"

Wir tranken und schwiegen eine Weile.

„Sag mal, was ist eigentlich mit der Polin ?" begann ich schließlich zögernd, „warum will er sie mir nicht geben ?"

„Ach, nichts weiter, sie ist eine ganz normale Frau", antwortete Franz ausweichend, seine Stimme klang allerdings unsicher.
„Komm, ich laß mich nicht so leicht täuschen; da steckt doch
etwas dahinter."
„Nein, nichts. Außerdem brauchst du wirklich nicht alles zu
wissen", entgegnete der Teufel, „und selbst wenn ich dir etwas
sagen würde, woher willst du wissen, daß ich nicht lüge ?"
Seine Stimme klang mittlerweile ebenfalls ziemlich böse. Ich
wollte ihn nicht auch noch verärgern und bemerkte daher gespielt resignierend:
„Na ja, wenn er mir keine Frau gönnt, dann kann ich nichts
machen."
„Jetzt reite nicht diese Tour !" erwiderte Franz scharf, „du hattest deine Chance ! Gestern Abend !"
„Martha ?"
„Ja, Martha ! Was glaubst du eigentlich, wie viel Mühe er sich
gegeben hat, etwas passendes für dich zu finden ? Und du
verdirbst nicht nur alles, sondern fängst auch wieder mit dieser
Polin an; damit hast du ihn doch vor einigen Wochen schon
genervt. Verstehst du jetzt, warum er wütend war ?"
Ich blickte Franz erstaunt an.
„Eigentlich hätte ich es dir ja nicht sagen dürfen. Aber Karl
hat in dieser Sache wirklich das bestmögliche getan und du
solltest ihm eigentlich dankbar sein, anstatt herumzumeckern.
Schließlich ist es nicht seine Schuld, daß du dich gestern
Abend wie der letzte Depp benommen hast. Ja, ja, Martha, intelligent, gebildet, gut aussehend, hübsch, im passenden Alter,
willig; was willst du eigentlich mehr ? Aber nein, anstatt die
günstige Gelegenheit zu nutzen und zuzupacken, sagst du zu
ihr, sie sei besoffen und da mache es dir keinen richtigen
Spaß."
„Ich habe gesagt, ‚wir sind betrunken'", verteidigte ich mich.
„Eine Ausrede war das, denn gemeint hast du allein sie, nicht
dich, du warst ja gar nicht voll, höchsten ein bißchen angedö-
delt."

„Sie hat mir wirklich gefallen, und ich kann doch mit so einer kostbaren Frau nicht gleich ins Bett gehen, zumal, wenn sie betrunken ist."

„Schwätz doch nicht so geschwollen daher. Ja, wo liegt denn das Problem, wenn ihr Wunsch dein Bedürfnis ist? Die Sache war schon in Ordnung, aber sie ist eben etwas schüchtern und mußte sich Mut antrinken. Außerdem war sie noch bei wesentlich klarerem Verstand als du! Rede dir bloß nicht das Gegenteil ein!"

„Karl hätte es ja auch so einrichten können, daß dies nicht notwendig gewesen wäre."

„Ja, ja, du willst es immer ganz klar und einfach haben, aber so läuft das bei ihm nicht. Ein bißchen eigenen Grips mußt du schon aufbringen. Jetzt hast du sie beleidigt, als Säuferin hingestellt und wunderst dich noch, daß sie mit dir nichts mehr zu tun haben will."

„Man kann das aber auch anders sehen: daß nämlich die Weiber nur mit mir bumsen wollen wenn sie besoffen sind."

„Das ist dein Problem, wenn du so denkst; aber was soll's, die Sache ist sowieso gelaufen."

„Und da ist wirklich nichts mehr zu machen?"

„Vielleicht, vielleicht auch nicht, aber wenn ich dir einen Rat geben darf: vergiß es, verpfuscht ist verpfuscht."

Ich hielt vorsichtig nach Martha Ausschau, sie schien jedoch das Lokal bereits verlassen zu haben. Der Teufel bestellte eine zweite Flasche Schnaps.

„Saufen ist besser als in der Hölle zu schmoren", meinte ich lachend.

„Wer sagt eigentlich, daß man in der Hölle schmort?" entgegnete Franz entrüstet.

„Na ja, was soll man sonst tun, wenn man so im Fegefeuer hängt?"

„Fegefeuer! Das ist doch wieder so ein Pfaffenspruch. Woher wollen die eigentlich wissen, daß es überhaupt ein Fegefeuer gibt?"

„Gibt es das nicht?"

„Ach Quatsch ! Natürlich nicht ! Warum auch ? Wer kommt denn in die Hölle ?"

„Die Bösen."

„Siehst du, da gibt man sich Mühe, die Seelen der Menschen zu verderben, und dann soll ich die Braven, die mir glauben auch noch bestrafen. Für wie hinterhältig hältst du mich eigentlich ?"

„Du bist schließlich der Teufel."

„Ja, ja, alle hetzen nur gegen mich."

Ich versuchte ihn zu beruhigen.

„Gott bestraft die ‚Guten', die in den Himmel kommen ja auch."

„Wie kommst du jetzt darauf ?"

„Na ja, so den ganzen Tag auf einer Wolke zu sitzen, ‚Halleluja' singen müssen und kein Bier zu bekommen ist doch eher Strafe als Belohnung."

„Für dich und den Engel Aloisius vielleicht, aber mach dir da keine Gedanken, du kommst sowieso nicht in den Himmel. Nein, ich sage dir, in der Hölle ist es toll, da geht es heiß her und deine Polin triffst du dort auch wieder, wenn du Glück hast."

„Ja, ja, im Fegefeuer vielleicht."

Der Teufel lachte; inzwischen war übrigens die dritte Flasche Schnaps bereits fast leer.

„Du gefällst mir, du bist wirklich ein fixer Bursche."

Wir tranken den restlichen Schnaps.

„So, jetzt muß ich aber gehen, um in der Hölle wieder einmal nach dem Rechten zu sehen."

Franz verabschiedete sich. Ich bezahlte ebenfalls meine Zeche und machte mich auf den Heimweg. Erst im Freien spürte ich die Wirkung des Alkohols, aber mit einiger Mühe gelang es mir, unauffällig zu laufen. Auf der Uferpromenade, ich mußte höllisch aufpassen, um nicht über die lose herumliegenden Gehwegplatten zu stolpern, begegnete mir Martha. Oh, sie hatte Besuch von ihrer Zwillingsschwester. Beide schauten mich böse an. Nitschewo – ich war heute ohnehin zu betrunken.

VII.

Es dauerte einige Tage bis ich die Folgen des sonntäglichen Trinkgelages überwunden hatte. Ich mußte in dieser Zeit alle Kräfte aufbieten, um meine Arbeit halbwegs ordentlich zu erledigen, war abends daher völlig erschöpft, blieb zuhause, legte mich früh schlafen. Erst am Donnerstag suchte ich die Kneipe wieder einmal auf.

Karl saß alleine an einem Tisch.

„Tut mir leid, daß ich dich enttäuscht habe und dazu noch frech war. Bist du mir deswegen noch böse?"

„Komm, nimm Platz. Es war mein Fehler, ich habe dich falsch eingeschätzt, ich dachte, du wolltest nur ein bißchen Spaß mit einer guten Frau. Daß du mehr Wert auf das legst, was du als ‚innere Bindung' bezeichnest, habe ich übersehen."

„Ja, Martha ist wirklich eine interessante Frau. Wir haben uns gut unterhalten, ich schätze sie sehr, ihre Gesellschaft war mir äußerst angenehm und ich hatte, ehrlich gesagt, auch Lust auf sie. Aber weißt du, nach dem Motto zu handeln ‚genug geschwätzt, Schätzchen, jetzt geht's zur Sache', das ist mir zu vulgär. Außerdem war sie ja auch noch betrunken, so daß ich nicht wußte, ob ihre Gefühle echt waren."

„Das war nicht ganz die Situation, du redest dich schon wieder heraus. Du bist doch mit ihr auf ihr Zimmer gegangen. Hast du dir da wirklich nichts dabei gedacht ? Ach, lassen wir das; aber jetzt siehst du, warum ich mich nicht gerne in die Angelegenheiten der Menschen einmische, ich kann da nur Fehler machen, weil ihr euren eigenen Willen habt. Ich kann die Sache allerdings wieder hinbiegen, das ist kein Problem."

„Ach, nein, laß es lieber. Nun, wo ich alles weiß, könnte ich mich ihr gegenüber nicht mehr ungezwungen verhalten, ich würde mich bei allem, was ich tue, dir gegenüber verpflichtet fühlen. Das wäre auf die Dauer schlecht, außerdem ..."

Karl unterbrach mich: „Also, eines sage ich dir, das ist die allerletzte Warnung: wenn du in meiner Gegenwart noch einmal

die Polin erwähnst, werfe ich dich der Russenmafia zum Fraß vor !"
Seine Stimme klang äußerst streng, er schaute mich grimmig an.
„Aber denken .."
In diesem Augenblick öffnete sich die Tür und ein finster blickender Bursche betrat das Lokal. Er hatte pechschwarzes Haar, einen kräftigen Schnurrbart, eine riesige Hakennase. Eine gräßliche Narbe, die sich von links quer über die Wange vom Kinn bis zum Ohr hinzog, gab seinem Gesicht ein furchterregendes Aussehen. Er fixierte mich scharf mit seinen dunklen, bösen Augen. Ich erschrak zu Tode, die Worte blieben mir im Hals stecken. Karl grinste:
„Siehst du, ich spaße nicht."
„Schon gut", sagte ich ängstlich, „ich bin ja ruhig."
Der Unheimliche setzte sich an einen Nebentisch, zog einen riesigen Dolch aus seiner Jackentasche und begann, sich damit die Fingernägel zu schneiden, wohl um so die Schärfe der Klinge zu demonstrieren.
„Reine Vorsichtsmaßnahme", bemerkte Karl.
Diese Begebenheit hatte mich begreiflicherweise äußerst erschreckt, ich fürchtete mich. Am liebsten wäre ich gegangen, hätte mich in mein Bett verkrochen.
Karl lachte.
„So seid ihr Menschen: großspurig, vorlaut; glaubt, niemand könne euch etwas anhaben, aber zeige ich euch auch nur ein winziges Fleckchen meines wahren Gesichtes, dann werdet ihr klein wie eine Maus. Vergiß das nie: Ich bin der Herr und kein Gott, der sich wie ein Spielzeug aufziehen läßt !"
Ich schwieg lange, weil ich nicht zu sprechen wagte. Karl lächelte schließlich und redete mit freundlicher Stimme:
„Beruhige dich wieder, es ist dir doch nichts passiert – noch nicht."

An den Heimweg erinnere ich mich noch heute nur mit Grausen. Ständig blickte ich ängstlich zurück, um mich zu vergewissern, daß mir der Unheimliche nicht folgte. Ich überlegte, wie ich ihn am besten abschütteln konnte, dachte mir Umwege aus, was bei klarer Überlegung eigentlich lächerlich erschien, denn wenn er wirklich der Racheengel Gottes war, so wußte er natürlich wo ich wohnte. Ich gab daher den Plan mit den Irrwegen auf und kehrte geradewegs nach Hause zurück, verrammelte dort aber vorsichtigerweise Wohnungstür und Fenster.

Die Drohung Karls hatte mich nachhaltig eingeschüchtert. Ich ging ihm daher in den nächsten Wochen aus dem Weg, nicht zuletzt aus Furcht, allein mein Anblick oder meine Gegenwart könnte seinen Zorn erneut wecken und ihn auf die Idee bringen, die ‚Bestrafung‘ tatsächlich zu veranlassen. Sowohl in den Restaurants als auch in der Kneipe lugte ich vor dem Betreten vorsichtig in den Gastraum. War er anwesend, so verließ ich das Lokal umgehend. Auf Spaziergängen blickte ich mich ständig vorsichtig nach allen Seiten um; erspähte ich ihn irgendwo von weitem, schlug ich sofort die entgegengesetzte Richtung ein. Auch dieses Benehmen war im Grunde genommen lächerlich, denn wenn er wirklich wollte, konnte er mich jederzeit und an jedem Ort treffen und ich gab ihm mit meinem Verhalten nur den Genuß, sich an meiner Furchtsamkeit zu ergötzen. Damals sah ich das alles jedoch anders, ließ nicht ab, denn mein Tun bewies mir Eigeninitiative, ließ mich im Glauben, ich hätte es in der Hand, mögliches Unheil abzuwenden. Und das beruhigte mich.

Einmal, als die Luft ‚rein‘ war und ich mich auf ein Bier in die Kneipe wagte, erschien kurz darauf Franz. Auch ihn hatte ich in den Wochen zuvor kaum getroffen, da ich argwöhnte, Karl könne unser Beisammensein nutzen, um sich zu uns zu gesellen.

„Hallo, du machst dich in der letzten Zeit ziemlich rar“, grüßte er jovial und setzte sich zu mir. Er schaute mich grinsend an, Hohn lag auf seinem Gesicht.

„Na, Karls Drohung hat dir wohl einen ziemlichen Schrecken eingejagt“, meinte er spitz.

Es war wenig sinnvoll zu leugnen, daher erwiderte ich ehrlich:

„Das kann man wohl sagen."

Franz lachte.

„So sind die Menschen deines Schlages eben, demokratisch verdorben. Ihr könnt schön diskutieren, argumentieren, meinetwegen auch mal randalieren, große Sprüche klopfen, zynisch sein, aber letztlich bleibt alles nur seichtes Geschwätz. Wenn's wirklich hart wird, knickt ihr ein wie ein Grashalm im Wind."

„Grashalme sind sehr biegsam", entgegnete ich.

„Ja, ja", lacht der Teufel, „,ich habe kein Rückgrat zum Zerbrechen, deshalb muß ich länger leben als die Gewalt', schrieb einer eurer Stückeschreiber einmal. Das nutzt vielleicht bei euren Diktatoren etwas, nicht aber bei Karl. Er ist der Herr - zumindest eurer. Er zerbricht euch, mit oder ohne Rückgrat, wenn er Lust dazu hat – oder er läßt es, obwohl er Grund dazu hätte. Mit Schleimen ist da gar nichts zu machen, im Gegenteil, bei ihm kannst du ruhig aufrichtig sein, deine Meinung sagen; er kennt sie zwar schon, aber er legt Wert darauf, daß du sie in seiner Gegenwart auch aussprichst – Mut zeigst. Das ist der Punkt. Das achtet er."

„Aber ich habe ihm doch meine Meinung gesagt. Und was ist dabei herausgekommen: die Drohung mit der Mafia."

„Er hat es dir anfangs ja auch nicht übelgenommen und lange Geduld gezeigt, obwohl er dir schon zu Beginn sagte, was er von der Sache hält. Damit war für ihn die Diskussion erledigt und das hattest du zu akzeptieren. Er ist der Herr. Wenn er sagt ‚schweige', dann hast du das Maul zu halten. Basta ! Das ist eben der Unterschied zu euren demokratischen Diskussionen, bei denen ihr ewig über das Thema streitet und am Ende doch nicht mehr herauskommt als ein fauler Kompromiß, der keinem wirklich nutzt. Das hättest du bedenken müssen."

„Das heißt: wir können zwar sagen, was wir wollen, aber getan wird, was er will und wer nicht pariert wird liquidiert."

„So ist es ist, denn er hat die Welt erschaffen, nicht du."

Ich verzog das Gesicht und entgegnete verächtlich.

„Wer die Macht hat bestimmt, was Recht ist."

Franz grinste.

„Genau, das habt ihr auch klar erkannt; deshalb wollt ihr ja auch niemandem wirkliche Macht geben. Und das Recht habt ihr den Advokaten überlassen. Da ist aber bis heute auch nichts Gescheites dabei herausgekommen."

Er machte eine kurze Pause.

„Wie ich ihn kenne, ist für ihn die Sache allerdings jetzt erledigt. Du weißt nun, woran du bist. Du kannst ihm ruhig unter die Augen treten, halte aber in dieser Angelegenheit den Mund, wenn du nicht willst –"

„daß er mir den Mafiosi auf den Hals hetzt", unterbrach ich ihn.

„Ganz genau ! Was du fernerhin tust ist deine Entscheidung, du trägst aber auch die Verantwortung. Aber das ist eben so bei euch; ihr wollt gerne bestimmen, aber die Sache nicht verantworten – ihr seid halt Demokraten. Denn wenn irgend etwas schiefläuft, findet ihr tausend Ausreden, warum ihr nicht schuld sein könnt."

Ich widersprach ihm. Er ließ meinen Einwand jedoch nicht gelten.

„Siehst du, es gab da einmal einen amerikanischen Präsidenten. Er verkündete nach einer mißglückten Militäraktion, es gab dabei etliche Tote, er wolle die volle Verantwortung übernehmen. Du erinnerst dich an die Geschichte ?"

Ich nickte.

„Ja, und ?" warf er mir zu.

„Was, ja und ?"

„Ja, hat er die Verantwortung übernommen ?"

Ich zuckte mit den Schultern.

„Soweit ich mich entsinne, ja. Er hat es sogar öffentlich im Fernsehen erklärt. Meines Wissens nach wurde auch niemand bestraft oder degradiert."

„Und der Präsident ?"

Ich zuckte erneut mit den Schultern.

„Hm, ihm ist nichts passiert. Er blieb im Amt, bis zur nächsten Wahl; die hat er dann verloren, vermutlich auch deswegen."

Franz wiegte den Kopf hin und her.

„Kann sein, muß aber nicht. Ich denke, er wäre sowieso nicht mehr gewählt worden. Aber lassen wir das, darum geht es nicht. Ich wollte von dir nur wissen, wie er die Verantwortung übernommen hat. Und was war es letzten Endes ? Ein paar pathetische Worte, mehr nicht. Das nenne ich nicht ,Verantwortung übernehmen'. "

„Was hätte er tun sollen ?"

„Zum Beispiel sich erschießen ! Die Japaner machten das ja früher auch so ähnlich."

Franz lachte lauthals als ich ihn groß und fragend anblickte:

„Deswegen ?"

„Klar doch !" meinte er zynisch, schwieg dann einen kurzen Augenblick, lächelte süßlich und fuhr dann fort:

„Na ja, ich will nicht so hart sein. Es war auch nur ein Scherz. Aber er hätte zumindest sein Amt zur Verfügung stellen können – oder, noch besser, die Angehörigen entschädigen und die kaputten Hubschrauber und Flugzeuge bezahlen können - aus eigener Tasche."

„Dann wäre er ja ruiniert gewesen !"

„Sicher, aber das ist das Risiko wenn man Verantwortung trägt und für seine Entscheidungen geradestehen muß."

„Dann würde aber niemand mehr Verantwortung übernehmen."

„Das kann man nicht so sagen. Viele Unternehmer tun es, haften mit ihrem Vermögen, und wenn die Firma bankrott geht, sind sie auch pleite."

„Meistens schaffen sie sich vorher noch genügend zur Seite."

„Lenk nicht vom Thema ab, du weißt genau, was ich meine. Zumindest sind sie im Prinzip haftbar, bei euren demokratischen Politikern ist das anders ..."

„Ich lenke nicht vom Thema ab, die sind doch höchstens im Prinzip auf dem Papier haftbar. Im Dreck bleiben die Kleinen sitzen, die Angestellten, die Arbeiter, die ihre Stellung los sind, weil die Bosse durch Mißwirtschaft die Firma in den Bankrott getrieben haben. Wer bezahlt denn dann ihre Raten für das Haus oder das Auto ? Die Bankrotteure, die sich mit dem geretteten Geld in den Süden zurückziehen doch sicherlich nicht !"

„Um die Armen kümmert sich das Sozialamt", spottete Franz.

„... welches von den Steuergeldern aller finanziert wird. Und damit ist die Verantwortung sozialisiert, das heißt dann konkret, eigentlich ist keiner verantwortlich."

Die zwischenzeitlich etwas hitzig gewordene Unterhaltung brach hier abrupt ab. Vielleicht deshalb, weil jeder viel sagen wollte, aber keine Ordnung in seinen Gedanken hatte und daher abwartete, ob nicht der andere ein Stichwort, das man aufgreifen konnte, geben würde. Aber keiner tat es, offensichtlich weil jeder fürchtete, dadurch könne der Disput in eine für ihn ungünstige Richtung gelenkt und man dadurch in der Diskussion unterliegen werde. Diese Blöße wollte sich aber niemand von uns beiden geben. Doch dieses gezwungen wirkende Schweigen schien Franz nicht zu behagen. Ich merkte, wie er nach Worten suchte.

„Mit euch Christen hat Karl so seine Schwierigkeiten. Und von den anderen Religionen will ich gar nicht reden. Da kämen wir vom Hundertsten ins Tausendste."

„Wie meinst du das ?"

Ich blickte ihn fragend an.

„Hm, bei den Katholiken geht es ja noch, die haben ihren Papst, der zu bestimmen hat, was Sache ist, im Prinzip jedenfalls. Aber schon bei den Protestanten macht jeder Kleriker was er will, besonders seitdem selbst Weiber Bischöfe werden dürfen. Und dann kommen noch alle die Sekten dazu. Ich sage dir, Karl hat es wirklich nicht leicht mit euch."

„Es treten ja auch immer mehr Leute aus der Kirche aus."

Franz grinste.

„Und die hat er zu allem Überfluß auch noch am Hals. Und denke bloß nicht, daß die meisten aus der Kirche austreten, weil sie nicht mehr an Gott glauben. Das dachte ich anfangs auch und glaubte, sie seien eine leichte Beute. Pfeifendeckel !

Die wollen doch nur mit der Kirche nichts mehr zu tun haben, weil sie ihnen stinkt."

„Oder auch um die Kirchensteuer zu sparen, zumindest bei uns in Deutschland."

„Da kommt auch noch dazu. Warum soll man eine Institution finanzieren, von der man nichts hält, die man ablehnt?"

„Die machen ja auch schon komische Sachen", fügte ich jetzt hinzu, „da haben sie doch auf einem der letzten Kirchentage zahlreiche Bibelstellen in sogenannter leichter Sprache präsentiert, damit auch Personen mit Lernschwierigkeiten, wie man sich politisch korrekt ausdrückte, sie verstehen können."

„Ha, ha!" lachte der Teufel schallend, „du hättest mal sehen sollen, was für ein Gelächter das in der Hölle hervorgerufen hat. Da kam doch tatsächlich so ein fixes Teufelchen, er war einst Presseminister bei irgend so einem Diktator und sagte: 'Ich bin mal gespannt, wann sie den Satz 'Selig sind, die da geistig arm sind; denn ihrer ist das Himmelreich' in 'Ihr kommt in den Himmel, weil ihr blöde seid' umändern. Ich habe das einmal Karl beim Bier erzählt. Da hättest du mal sehen können wie rot seine Birne wurde. Ich dachte schon, gleich platzt er vor Wut."

Nachdem sich Franz wieder etwas beruhigt hatte, fuhr er fort.

„Aber um zum Ende zu kommen, mit denen aus der Kirche Ausgetreten habe selbst ich meine Schwierigkeiten. Die einen, wie gesagt, glauben noch fest und die anderen glauben gar nichts. Und weißt du, wer nicht an Gott glaubt, der glaubt auch nicht an den Teufel. Die lachen mich aus, wenn ich versuche mich an sie ranzumachen und zu verderben."

Ich blickte ihn skeptisch an.

„Was meinst du? Gilt eigentlich auch das Umgekehrte? Wer nicht an den Teufel glaubt, der glaubt auch nicht an Gott."

Franz kratzte sich hinterm Ohr.

„Darüber habe ich noch nicht nachgedacht. Aber warum sollte man gottesfürchtig sein, wenn man keine Höllenstrafen zu erwarten hat? Aber ich denke, für heute Abend haben wir genug diskutiert."

Er rief den Kellner und bezahlte.

„Es ist spät genug", erklärte er beim aufstehen, „und übrigens, was die Polin betrifft; ich werde sehen, was ich für dich tun kann."

„Du willst mir einen Gefallen tun ?"

„Vielleicht."

„Dann wüßte ich etwas noch besseres: du könntest meine Alte holen."

Franz lachte.

„Nein !"

„Und warum nicht ?"

„Ich tue keine guten Werke. Ich bin schließlich der Teufel."

Er wandte sich um und verließ das Lokal.

„Auch du willst keine Verantwortung übernehmen !" rief ich ihm noch nach.

VIII.

Allmählich ging der Sommer wirklich zu Ende. Die Tage wurden kühler, die Nächte länger, eine anhaltende Regenperiode setzte ein. War schon vorher durch das Bestreben, Karl aus dem Wege zu gehen, meine Handlungsfreiheit erheblich eingeschränkt, so brachte das böse Wetter nun in dieser Hinsicht eine weitere Verschlechterung. Nach und nach wurde ich mir meiner Einsamkeit bewußt. Konnte ich während der Arbeitstage dieses dumpfe Gefühl einigermaßen unterdrücken, so trat es an den Wochenenden um so schonungsloser hervor. Mir graute es vor diesen Tagen, ich hätte sie am liebsten aus dem Kalender gestrichen und setzte immer wieder alle meine Hoffnung auf den Montag, ja ich fieberte diesem Tag, der die große Wende, die Erlösung bringen sollte, geradezu entgegen. Sie kam allerdings nie.

Die Unruhe umfaßte mich um so stärker, je trüber die Tage waren. Jeder kennt wohl diese innere Spannung, diese Rastlosigkeit, dieses zehrende Verlangen wegzugehen – irgendwohin, weil man fest glaubt, überall sei es besser als in der eigenen Wohnung. Und so wanderte ich ziellos durch die Straßen, die nun schlammigen Wege zwischen den Häuserblocks entlang, lugte in die Kneipe oder eines der Restaurants, ohne zu finden was ich erwartete, ja, ich wußte eigentlich nicht einmal was ich suchte, um schließlich müde und enttäuscht nach Hause zurückzukehren und ungeduldig auf die Dämmerung zu warten, im Wissen, daß wieder ein Tag sinnlos verstrichen war.

An einem dieser Sonntage entdeckte ich Martha in einem der Restaurants, sie war ebenfalls allein. Ich setzte mich an einen Tisch, von dem aus ich sie gut sehen konnte, schaute zu ihr hin und hoffte, ein Zeichen der Versöhnung in ihrem Minenspiel zu erkennen. Auch sie blickte öfters zu mir herüber, doch eine eisige Kälte lag auf ihrem Gesicht. Ich verzichtete darauf, zu ihr hinzugehen und sie anzusprechen.

Mit Franz dagegen pflegte ich ungezwungenen aber keinen allzu häufigen Umgang, da er mir immer öfters auf die Nerven ging. Das ständige Saufen, die kaum wechselnden Gesprächsthemen, seine höhnische Art, über alle Dinge zu urteilen, hatten mich zwar anfangs begeistert, ödeten mich im Laufe der Zeit allerdings stärker und stärker an. Ich mußte schon in einer ziemlich schlimmen Verfassung sein, um seine Gesellschaft zu suchen. Dann saßen wir bei Bier und Schnaps zusammen und redeten, meist war der Inhalt unserer Unterhaltungen auch nicht gerade das, was man als ,stubenrein' bezeichnet. Ich verzichte daher auf eine detailliertere Wiedergabe. Im übrigen ist es wohl überflüssig zu erwähnen, daß diese Zusammenkünfte in der Regel mit einem Vollrausch endeten. Ich hätte gerne darauf verzichtet, aber einerseits war Franz der einzige Gesprächspartner, den ich überhaupt fand, zum anderen ließen mich diese Gelage meinen Trübsinn zumindest für ein paar Stunden vergessen.

Besonders abstoßend fand ich die Art und Weise, wie er mit meinen Empfindungen zu spielen pflegte, mich reizte und schließlich mit wollüstigen Grinsen meine Ausfälle quittierte, die, besonders unter Alkoholeinwirkung, des öfteren recht derb ausfielen. Obwohl ich ihm nie von meinen Gefühlszuständen erzählte, kannte er meine seelische Verfassung genau. Dieses Wissen gab ihm stets das Stichwort.

„Du solltest dir eine Frau suchen", pflegte er dann zu beginnen.

„Wie denn ? Es ist doch so: manchen Männern laufen die Frauen nach, vor anderen dagegen laufen sie davon. Ich gehöre zur zweiten Kategorie. Ich weiß zwar nicht, warum das so ist, aber es hat einfach keinen Zweck, es erneut und erneut zu probieren, um stets zu scheitern."

„Du bist eben ein Trottel; und wenn man sich so blöde anstellt wie du, ist es auch kein Wunder."

Das war natürlich wieder eine Anspielung auf Martha.

„Ich habe mich nicht blöde angestellt, sondern so gehandelt wie ich mußte – und es war falsch. Es wird immer falsch sein,

weil ich eben kein Betthäschen suche, sondern eine Kameradin, mit der man zusammen leben, das Leben auskosten kann.
Da muß man erst sicher sein, das andere kommt später."
„Ach laß doch das dumme Gerede, das sagst du doch nur, weil
du dich nicht traust. Du hast nur Angst, daß du versagst und
sie dich dann auslacht. Deshalb verdrängst du es ja auch und
redest von ‚Kameradschaft‘, willst nur harmlose Plaudereien,
endlose Spaziergänge, aber möglichst nicht zur Sache kommen"
„Das stimmt nicht!"
„Gib's zu."
„Nein, das ist nicht wahr!"
„Dann komm mit. Wir suchen uns eine Nutte. Da brauchst du
kein Gefühl, sondern nur Geld."
„Ich habe kein Interesse an Huren."
„Alle Weiber sind mehr oder weniger Huren, deshalb findest
du ja auch keine. Der Unterschied besteht darin, daß man bei
den einen vorher bezahlen muß und bei der anderen hinterher
– nach und nach, meistens ohne Ende. Das kennst du ja. Ich
sage dir eines: Huren sind die besten Frauen, bei ihnen kennst
du schon vorher den Preis. Aber ich meinte das eben nicht so
wie du es verstanden hast: vergiß deine philosophischen Sprüche. Du hast doch Geld. Laß es die Weiber wissen, gib ein bißchen an, dann fliegen sie auf dich. Schenke deiner Auserwähl-
ten ein wenig Schmuck, ein hübsches Kleid, ein paar Blumen
und schon hast du sie in der Tasche und hast sonntags ein besseres Vergnügen als alleine durch den Dreck zu stiefeln. Die
Leute hier sind arm, das Zeug ist billig, es kostet dich nicht
viel - wenn der Geiz dein Problem ist. Ich zeige dir auch, wo
du geeignete Kandidatinnen findest."
„In irgend so einer Spelunke etwa? Nein, danke!"
„Keine Angst, ich sorge dafür, daß du nicht ausgeraubt und er-
mordet wirst."
„Ach, laß mich in Ruhe damit."

„Du kannst es ja auch bei einer der Ausländerinnen probieren. Die sind größtenteils einsam und froh, überhaupt einen Mann zu finden – wie Martha !" höhnte er zynisch.

„Ich will keine", fauchte ich ihn unwirsch an, „die Weiber können sich meinetwegen alle ihr Loch zubetonieren."

Nach der Sache mit Martha hatte ich wirklich keine Lust mehr auf Frauenbekanntschaften.

„Jetzt werde nicht gleich ordinär. Ich meine es nur gut mit dir."

„Dann halte die Schnauze !"

Ja, wenn er es gut mit mir meinte, wieso fing er dann immer wieder mit dem Thema an ? Er wußte doch, wie ich reagierte. Mir fiel der Ausdruck ‚mich reitet der Teufel' ein. Ja, und er wollte mich satteln. Aber das sagte ich ihm nicht.

„Wenn's wenigstens eine gäbe, mit der man vernünftig umgehen könnte. Aber Weiber haben eben keinen Verstand. Woher auch ? Heißt es nicht ‚Gott, der Herr, baute die Rippe, die er dem Menschen entnommen hatte, zu einer Frau und führte sie ihm zu' ? Hat man schon jemals gehört, daß eine Rippe Gehirn enthält ?"

Der Teufel grinste: „Gilt das für alle Frauen ? Auch für Agathe?"

Da hatte er natürlich wieder den wunden Punkt erwischt.

„Natürlich nicht. Es gibt ein paar Ausnahmen – Fehlmutationen."

Franz lachte schallend.

„Aber für eine Fehlmutation ist sie doch ganz gut gelungen, zumindest äußerlich. Übrigens, woher weißt du, daß sie Verstand hat, du kennst sie ja gar nicht näher ?"

„Das fühle ich", sagte ich mürrisch und trank einen großen Schluck Schnaps.

„Das heißt, du redest dir das ein. Du weißt nichts von ihr und darum kannst du ihr alle Eigenschaften anhängen, die du bei einer guten Frau für notwendig hältst. Und die anderen, die du kennst und die nicht so sind, wie du sie gern hättest, deine Alte zum Beispiel, die dir davongelaufen ist, haben deiner Meinung nach keinen Verstand. Du kannst natürlich so weitermachen – oder auf meinen Rat hören."

„Behalte deinen Rat für dich."

Außer der Trunkenheit hatten solche Gespräche noch etwas anderes Gutes für sich. Jedes Mal war ich hinterher so wütend und zornig, daß ich noch stundenlang mit mir selbst Rede und Gegenrede führen mußte und darüber meinen Kummer vergaß. Andererseits schwor ich mir aber auch, mich in Zukunft auf derartige Diskussionen nicht mehr einzulassen, ja mich nicht einmal mehr mit ihm an einen Tisch zu setzen. Nach einigen Tagen allerdings war der Ärger dann stets wieder soweit geschwunden, daß die Sehnsucht, mich mit jemanden zu unterhalten den guten Vorsatz auslöschte.

IX.

Mittlerweile war es mir schon mehr als zwei Monate gelungen, Karl aus dem Wege zu gehen. Anfangs hatte er das wohl nicht weiter beachtet, vermutlich geglaubt, daß sich meine Furcht bald legen würde. Er machte auch nie einen Versuch, mir zu begegnen, was ihm ohne Mühe möglich gewesen wäre. Mit der Zeit schien ihm mein Verhalten jedoch Sorge zu bereiten. Eines Nachmittags stand er trotz meiner Vorsicht plötzlich vor mir.

„Du gehst mir aus dem Wege", sagte er streng, „du hast noch immer Angst vor dem Mafiosi?"

Ich nickte, leugnen wäre zwecklos gewesen.

Karl lachte.

„Wo bleibt denn dein Mut, den du immer hervorkehrst? Du könntest dir doch ein Messer zulegen, dich wehren."

„So, und wie will ich das machen, wenn er mir im Dunkeln auflauert und mich hinterrücks niedersticht?"

„Paß eben auf!"

„Du hast gut reden, aber ich habe nur zwei Augen und die sind kurzsichtig. Außerdem, der Bursche ist dein Werkzeug und daher habe ich gegen ihn ohnehin keine Chance.

„Vielleicht hilft dir Franz?"

„Der tut keine guten Werke. Ich stehe also allein und muß daher vorsichtig sein."

„Geschwätz! Du mußt es nur unterlassen mich zu provozieren."

„Das ist mir klar, deshalb habe ich es auch vermieden, dir überhaupt unter die Augen zu treten. Damit läßt sich das am einfachsten vermeiden."

Karl lachte.

„Ja, ja, das ist so deine Art: nicht die Schwierigkeiten lösen, sondern ihnen aus dem Weg zu gehen."

„Ich habe keine Schwierigkeiten, ich bin nur vorsichtig."

„Du hast welche! Sehr große sogar. Ich meine jetzt nicht unbedingt den Mafiosi."

„Ich habe keine", beharrte ich.

„Sicher, sonst wärst du nicht hier. Du hast die Stelle doch nur angenommen um den Problemen zuhause davon zu laufen. In dieser Stadt bist du weit weg von daheim, die Realität hier geht dich nichts an und so kannst du dir ein Leben erträumen."

„Ich habe die Stelle angenommen, weil sie mir interessante Aufgaben bietet."

„Das ist dummer Quatsch, den du dir so lange eingeredet hast bis du ihn glaubtest. Du wolltest nur weg. Und dein größtes Problem ist diese Agathe. In sie pflanzt du alle Tugenden ein, die du von einer Frau erwartest und blockst so das restliche Leben ab."

Ich schwieg.

Karl schaute mich ernst an.

Ich blieb ruhig.

„Warum antwortest du nicht ? Du bist doch sonst nicht auf den Mund gefallen."

„Der Mafiosi. Ich traue dir nicht."

Karl lachte.

„Immer auf Deckung bedacht. Niemals spontan. Hab aber keine Angst. Jetzt stelle ich die Fragen, da gilt die Drohung nicht."

„Ich liebe sie wirklich", sagte ich schon selbstbewußter.

„Du liebst sie ! Daß ich nicht lache !" Karl schüttelte den Kopf, „wie solltest du sie lieben ? Du kennst sie doch gar nicht, weißt überhaupt nichts von ihrem Leben. Und du hast lediglich ein paar unverbindliche Worte mit ihr gesprochen. Na gut, sie hat ein hübsches Gesicht, einen wohlgeformten Busen, einen knackigen Hintern. Du bist noch immer scharf auf sie, würdest gerne mit ihr bumsen. Mehr ist da nicht. Sei doch ehrlich zu dir selbst. Sie kann ja kaum deutsch und nach spätestens zwei Monaten wäre dir die Sache langweilig. Aber du willst natürlich der große Moralheld sein, dich über die anderen erheben, die für dich nur geile Böcke sind. Das ist es ! Deshalb konstruierst du dir diese Geschichte von der großen

Liebe und redest dir das Ganze so stark ein, daß du es selbst glaubst."

„Das stimmt nicht !" erwiderte ich trotzig, „ich will keineswegs meine eigene Geilheit herunterspielen und in ein schönes Gewand kleiden, wie du mir das unterstellst. Ich bin wirklich anständig ! Das hast du ja bei Martha gesehen. Ich habe die Lage nicht ausgenutzt, was kinderleicht gewesen wäre."

Karl winkte ab.

„Kinderleicht ? Ich habe dich längst durchschaut. Feige warst du. Du bist immer feige, wenn es drauf ankommt. Du warst besoffen, hattest Angst nicht zu können und dich zu blamieren."

„Jetzt wirst du langsam unverschämt. Das stimmt ganz und gar nicht. Ich hätte gekonnt. Und ich bin auch nicht feige. Im Gegenteil, ich kann sehr hart sein und mich durchsetzen. Ich fürchte mich nicht."

„Ja, ja, das hat man ja bei dem Mafiosi gesehen. Stark bist du nur in deinen eigenen Wänden, deiner vertrauten Umgebung. Wenn du auf deinem Thron hockst und nur Leute um dich herum hast, von denen du weißt, daß sie dir unterlegen sind, dann bist du stark. Dann spielst du den Tyrannen. Aber Fremden gegenüber, die du noch nicht so ganz einschätzen kannst, ziehst du vorsorglich immer den Schwanz sein. Erst wenn du ihre Schwächen kennst wirst du stark. Du bist keineswegs so ein Heiliger wie du dich gerne darstellst. Du bist klein und gemein! Lege dir ein bißchen Selbstbewußtsein zu, dann wird das andere auch besser."

Karls Rede hatte mich förmlich erschlagen. Ich schwieg. Auch er legte eine Redepause ein, trank sein Glas leer, bestellte ein neues Bier. Dann fuhr er fort.

„Sag mal, warum mußte es unbedingt eine Polin sein ?"

„Die deutschen Weiber sind Huren."

„Die Polinnen etwa nicht ?"

„Keine Ahnung. Ich war noch nie dort. Deshalb kann ich mir zumindest einreden, daß sie es nicht sind."

„Ja, ja, das Fremde, das man nicht kennt, kann man gut ideali-
sieren. Da bist du auch nur Mittelmaß, wie viele andere. Und
genau so redest du dir das auch mit den deutschen Frauen ein,
nur weil sich deine Alte einen anderen gesucht hat. Jetzt fühlst
du dich in deiner Mannesehre gekränkt. Dabei bist doch froh,
daß du sie los bist. Weißt du was, du bist ein ziemlicher
Heuchler."
„Und wie war das mit Ulrike ?
Karl lachte.
„Deiner 'Traumfrau' ! Na ja, jedenfalls hat es dir gewaltig
Spaß gemacht. Und verlassen hat sie dich doch nur, weil der
andere ihr einen Sportwagen geschenkt hat und sonst auch
nicht schlechter war. Du hättest ihr das Auto auch kaufen können wenn du nicht so geizig wärst. Aber beruhige dich, sie hat
sich mittlerweile fürs Vergnügen noch einen zusätzlich zugelegt. So ist das eben. Die meisten brauchen mindestens zwei
Männer, einen für den Sportwagen und einen für das Bett. Du
hast da auf der ganzen Linie versagt. Das ist eben so mit den
Frauen. Die wollen nur ihre ‚schönen Gefühle' haben. Wer sie
ihnen gibt, ist ihnen egal. Da ist einer so gut wie die anderen.
Da fackeln sie auch nicht lange. Wenn du die Sache schleifen
läßt, bist du bald weg vom Fenster. Deswegen hast du noch
lange kein Recht, sie als Huren zu beschimpfen. Schließlich
gehört ihr Schlitz nicht dir."
Ich schluckte. Etwas derartiges hatte ich von ihm bisher noch
nie gehört.
„Ich bin schockiert über das, was du sagst. Heißt es nicht in einem deiner Gebote ‚du sollst nicht ehebrechen'? Und Jesus
sagte einmal, ‚wer eine Frau auch nur begehrlich anblickt, der
hat mir ihr schon die Ehe gebrochen'."
Karl verzog das Gesicht, winkte ab.
„Im Prinzip hast du Recht. Ich habe auch nicht behauptet, daß
ich das gut finde. Aber darauf kommt es heutzutage auch nicht
mehr an."
„Wieso ?"

„Es ist das sechste Gebot. Und wenn die fünf davor schon nicht mehr gehalten werden ..."

„Du wirst allmählich zynisch", unterbrach ich ihn.

Karl seufzte, nahm einen große Schluck.

„Ist das so schlimm, wenn Gott zynisch wird ?"

„Na ja, wenn sowieso alles den Bach runtergeht, kommt es darauf auch nicht mehr an. Siehst du, vor hundert Jahren hätte ich auch ein T-Shirt mit der Aufschrift ‚Ich bin stolz Deutscher zu sein' angezogen. Heute würde ich mich damit nur lächerlich machen. Da könnte ich mir genauso gut ein T-Shirt mit der Aufschrift ‚Ich bin stolz ein Trottel zu sein' anziehen."

Kerl grinste wieder.

„Manche tun das, benutzen sogar noch schlimmere Ausdrücke."

„Ich weiß, und das schlimmste ist, sie merken nicht, daß sie sich damit brüsten keinen Anstand zu haben. Auf dieses Volk kommt es nun wirklich nicht mehr an. Ich denke manchmal, die letzten Anständigen und Gebildeten sollten sich zusammenschließen um unsere kulturellen Werte zu erhalten, in Form eines Geheimbundes sozusagen. Wenn das gelingt, ist es nicht tragisch wenn sich der Rest im Dreck suhlt, was ihm offenbar ja auch Spaß macht. Ich habe mir schon überlegt, ob ich nicht nach meiner Rückkehr etwas in dieser Richtung unternehmen sollte, das Wertvolle, sozusagen, für die Ewigkeit sichern."

Gott schaute mich skeptisch an.

„Erwarte in dieser Sache keinen Rat von mir. Und schon gar nicht, daß ich dich in irgend einer Weise unterstütze. Das ist euer Bier."

Er grinste, nahm einen tiefen Schluck und sagte:

„Und das ist meins."

Er schwieg eine Weile. Dann fuhr er fort:

„Das mit dem Geheimbund laß lieber. Das hast du dir auch nur von Hermann Hesse abgeschaut. In dessen zeitlose Vorstellung paßte das vielleicht. In eure Zeit paßt das nicht mehr. Du handelst dir damit nur Ärger ein."

„Wieso ?"

„Die heutigen Menschen sind eitel und egoistisch. Die meisten, die sich dir anschließen werden, tun dies aus Eigeninteresse. Viele sind sogar so unfähig, daß sie trotz allen Ehrgeizes in den gewachsenen Gruppierungen nicht vorankommen und deshalb auf neue, rasch expandierende Organisationen setzen. Sie hoffen, daß diese Gruppen bald Einfluß gewinnen, den sie für ihre eigenen Karrierepläne nutzen wollen. Nach ein paar Jahren stehst du vor einem Scherbenhaufen. Packt lieber eure ‚wertvollen' Bücher luftdicht ein und verstaut sie in einer sicheren Höhle, vielleicht findet sie dort in ein paar zig-tausend Jahren ein ‚vertrottelter' Forscher, der sich dafür interessiert. Viel Aufsehen wird er damit nicht erregen. Übrigens, dein Geschreibsel brauchst du nicht unbedingt dazu zu tun."

„Sehr ermutigend", erwiderte ich spitz.

„Ich habe auch gar nicht vor dich zu ermutigen", sagte Karl, „du hältst dich ohnehin für zu wichtig. Die schimpfst zwar auf die VIP's, wärst aber selbst gern einer von ihnen. Das heißt, deine Aversionen gründen sich nur auf Neid."

„Ist es denn schlimm, nicht so gewöhnlich zu sein wie die Masse. Ich bin schließlich ein Mann von Bildung und Manieren."

„Daß du neun Jahre auf dem Gymnasium überlebt hast, heißt noch lange nicht, daß du gebildet bist. Und ehrlich gesagt, selbst ich weiß nicht, was an dir jämmerlicher ist, deine Manieren oder deine Bildung. Viel weißt du nicht und anständig führst du dich nur dort auf, wo du unsicher bist, Angst hast. Ansonsten benimmst du dich, schlicht gesagt – unverschämt."

Ich ärgerte mich furchtbar über Karls Anschuldigungen, antwortete aber nur trotzig:

„Das stimmt nicht."

Denn mir fiel spontan keine Rechtfertigung ein. Ich trank mein Glas leer, zündete mir eine Zigarette an, dachte darüber nach, was ich zu meiner Entlastung hervorbringen könnte. Karl durchschaute mich.

„Gib dir keine Mühe, ich habe Recht."

Und dann fügte er grinsend hinzu: „Ich bin schließlich allwissend."

„Ja, ja, du bist nicht nur allwissend, sondern auch ungerecht. Das hat man in der Geschichte von Abraham in Ägypten gesehen."

„Auf was spielst du da jetzt schon wieder an?"

„Tu nicht so scheinheilig. Du weißt genau, was ich meine."

„So?"

„Ich meine die Begebenheit als Abraham und Sarah, damals nannten sie sich allerdings noch Abram und Sarai, wegen der Hungersnot, du hättest ihnen ja zu essen geben können, nach Ägypten zogen. Kurz vor der Grenze sagte Abraham zu seiner Frau, sie solle sich als seine Schwester ausgeben, da sie ein schönes Weib sei und er fürchte, die Ägypter würden ihn umbringen um an sie zu kommen. Sie solle vielmehr sagen, sie sei seine Schwester, auf das es ihm wohlergehe ihretwillens. So ungefähr war das jedenfalls."

„Und was hatte ich damit zu tun?"

Ich zog den Mund breit, schaute ihn an.

„Das werde ich dir gleich erklären."

Ich legte aber eine kurze Sprechpause ein um die Spannung zu erhöhen, so wie das oft üblich ist. Bei Karl schien das aber keine allzu große Wirkung hervorzurufen, denn er brummte gelangweilt.

„Also, was ist jetzt. Mach schon."

„Paß auf", entgegnete ich, „das heißt doch ganz klar, daß er einerseits Muffe hatte, die Ägypter könnten ihn kalt machen um an seine Frau zu kommen. Da fällt mir ein, sie können nicht allein gewesen sein, sonst hätten sie es ja gar nicht nötig gehabt, ihn umzubringen."

„Sie haben ihn doch gar nicht umgebracht."

„Das weiß ich, verwirr mich jetzt nicht. Ich wollte damit nur sagen, wären beide allein gewesen, hätte es ja genügt, das Weib zu nehmen und ihn in die Wüste zu jagen. Denn was hätte ein einzelner, armer, hungernder Fremder ausrichten können? Hatte er allerdings viele Knechte dabei, so konnte er versuchen, sie zu befreien. Also mußten sie ihn umbringen. Habe ich Recht ?"

„Laß mich in Ruhe mit deinen Hirngespinsten."

„Nein. Also, Abraham war feige, aber gleichzeitig so habgierig, daß er bereit war, seine Alte herzugeben um daraus Profit zu schlagen. Anders ist das ,daß es mir wohl ergehe um deinetwillen' ja nicht zu verstehen."

„Na und, du wärst froh gewesen, wenn du deine Alte auf eine solche Art losgeworden wärst."

„Darum geht es ja gar nicht so sehr. Also, der Pharao nahm sich Sarai, Abraham bekam Schafe, Rinder, Kamele und so weiter. Und du gingst her und sandtest dem Pharao alle möglichen Plagen auf den Hals, um Sarai Willen, wie geschrieben steht."

Karl lachte.

„Aber du bist doch auch der Meinung, daß ich die Ägypter bestrafen sollte, zumindest einen speziellen."

Er grinste dabei besonders frech, aber ich blickte ihn böse an.

„Du lenkst vom Thema ab."

Karls Grinsen verschärfte sich.

„Es war nur ein Spaß, lassen wir es gut sein."

Dann wurde er wieder ernst.

„Wen ich auserkoren habe, den halte ich auch, wenn er ein bißchen fehlt !"

„Ein bißchen fehlt ? Er hat nicht an dich geglaubt, deinem Wort nicht getraut. Das ist mehr als nur ,ein bißchen gefehlt'! Da war der Pharao anständiger. Er gab Sarai sofort zurück, entschuldigte sich quasi sogar. Und das war nicht das einzige Mal. Später bei Abimelech hast du das noch einmal genau so gemacht."

Karl blickte mich streng an.

„Jetzt höre mir einmal gut zu. Was ,schwer' oder ,wenig' gefehlt heißt, das entscheide noch immer ich, und nicht du. Woher weißt du eigentlich, daß da nicht Absicht meinerseits dahintergesteckt hat ? Vielleicht wollte ich damit zeigen, daß

sich niemand ungestraft an denen vergreifen darf, die ich auserwählt habe. Ich bin der Herr !"
„Aber woher hätten die Ägypter wissen sollen, daß Abraham
und Sarai auserwählt waren ?"
„Warum mußte sich der Pharao noch eine Frau ins Bett
holen ? Er hatte doch schon genug. Vielleicht war es gegen
meinen Willen, daß er sich überhaupt so viele nahm und es
spielte für mich gar keine Rolle, ob die letzte schon verheiratet
war oder nicht. Das mit Sarai hat der Geschichte vielleicht nur
eine gewisse Würze gebracht. Schließlich habe ich Adam nur
eine Frau als Gefährtin gegeben und nicht zehn."
„Dein Geschwätz ist ziemlich verwirrend. Zum einen haben
sich alle Pharaonen mehrere Frauen geleistet, warum hast du
dann nur bei dem einen Zirkus gemacht ? Zum anderen, nur
Eva hat Adam den Apfel gegeben. Die anderen neun hättest du
ja dann im Paradies behalten müssen, denn sie hatten ja mit
der Apfelgeschichte nichts zu tun. Und mit neun Weibern
kommst selbst du nicht zurecht. Dann hättest du dir Eunuchen
zulegen müssen wie der Pharao. Aber das paßt nicht zu dir,
hätte auch deinem Image geschadet."
Karl unterbrach mich. Er war zornig geworden.
„Hör jetzt auf mit deinem dummen Gerede. Ich kann dir den
Mafiosi auch aus anderen Gründen auf den Hals hetzen."
„Also gut, ich höre ja auf. Das Ganze bedeutet doch nur, daß
du deine Macht demonstrieren wolltest. Und wenn es darum
geht, ist es dir egal, ob du recht oder unrecht handelst."
„Für mich gibt es kein Recht und kein Unrecht, sondern nur
meinen Willen. Ich bin der Herr", meinte er mit fester Stimme.
Ich seufzte.
„Und von uns verlangst du Moral, obwohl du selbst keine hast.
Aber darüber haben wir schon oft genug gesprochen, das brau-
chen wir heute nicht schon wieder zu diskutieren, zumal ich
schon vier Bier in mir habe."
Ich stand auf.
„Auch wenn du der Herr bist: ich gehe jetzt trotzdem nach
Hause und lege mich schlafen."

Und ich ging zu Theke um zu bezahlen.
„Werde nicht frech, denke an den Mafiosi", rief er mir ungehalten nach.
„Der kann mich mal ..." rief ich zurück und verließ das Lokal.

Ich war ziemlich wütend auf Karl und besonders auf seine Drohung. Es konnte ja sein, daß er der Herr war, aber warum hatte er es nötig, jedes Mal mit Gewalt zu drohen, wenn man ihn in die Enge trieb, Auskunft forderte über Dinge, die ihm unangenehm waren. Ich verfluchte den Tag, an dem ich ihn kennengelernt hatte, bereute, damals zu Beginn des Gesprächs als er mich so dumm anredete, nicht gleich gegangen zu sein. Aber das half jetzt alles nichts mehr. Das Theater begann nun mit Sicherheit von neuem, der Mafiosi würde mich auf Schritt und Tritt verfolgen, mir den letzten Nerv rauben. Aber trotz des herannahenden Winters hatte ich keine Lust, mich zu verkriechen, in meiner Wohnung zu verstecken.
„Ich muß die Angst verlieren", sagte ich zu mir selbst.
Das wichtigste war nun klare Gedanken zu fassen, was im Alkoholnebel nicht so ganz möglich war. Ich beschloß deshalb, nicht gleich nach Hause zurückzukehren, sondern einen längeren Spaziergang zu unternehmen. Es war spät im November, ein nicht allzu kalter, windstiller Abend. Kurz gesagt, es war angenehm, am Flußufer entlang zu schlendern und nachzudenken. Allmählich ließen meine Nervosität und meine geistige Dumpfheit nach und ich begann, die Sache rational zu sehen. Wenn Karl mich auslöschen wollte, konnte er das auf vielfältige Weise tun, zum Beispiel durch einen herabfallenden Ziegel oder mich vom Blitz erschlagen lassen. Auch konnte mich ein Auto überfahren. Er bedurfte also des Mafiosis gar nicht. Dieser stellte, so schloß ich nach einiger Überlegung nur eine Personifizierung der Gefahr dar, die dadurch ihren Schrecken gewinnt, daß man sie ständig vor Augen sieht. Und damit konnte er mich mit seiner Drohung in Furcht versetzen. Wollte er mich allerdings töten, so mußte das nicht unbedingt durch den Mafiosi geschehen, was möglicherweise auch sehr viel Aufse-

hen in der Stadt erregt hätte. Es gab für ihn genügend andere Mittel. Damit war auch der Mafiosi keine eigentliche Gefahr für mich, er vollstreckte – eventuell – nur Karls Willen, dem ich ohnehin nicht entrinnen konnte. Das hieß für mich, mit anderen Worten, mein Leben lag in Gottes Hand und ich mußte das ertragen, was er mir aufbürdete. Wozu sollte ich mir eigentlich Sorgen machen? Es war vollkommen gleichgültig, ob ich zuhause blieb oder ausging, mir blieb ohnehin nichts anderes übrig als abzuwarten, was geschehen würde. Und dabei war es sinnlos sich aufzuregen, ich konnte genauso gut gelassen sein. Und letzteres nahm ich mir vor.

Es dauerte allerdings eine Weile bis diese Entscheidung des Verstandes auch die Seele überzeugt hatte und so kehrte ich erst nach Mitternacht in meine Wohnung zurück.

Der Mafiosi stand in der Tat am nächsten Morgen nahe meiner Haustüre.

„Ich hatte recht mit meiner Ahnung, jetzt geht das Theater tatsächlich wieder los. Der Teufel sollte Karl holen", dachte ich wütend. Und der Zorn überwand die Furcht, die trotz meiner gestrigen Entscheidung beim Anblick des Narbengesichtes bei mir eingekehrt war. Mir ist aber bis heute nicht klar geworden, woher ich den Mut nahm, denn ich schritt auf den Kerl zu, zog während dessen eine Zigarette aus der Tasche, pflanzte mich vor ihm auf und sprach in ruhigem, höflichen Ton:

„Guten Morgen. Entschuldigen Sie, hätten Sie vielleicht Feuer?"

Wortlos zog der Mafiosi ein Feuerzeug aus der Tasche und reichte es mir.

Ich kramte die Zigarettenschachtel aus der Tasche hervor, hielt sie ihm hin.

„Möchten Sie auch eine?"

Er nahm sich eine Zigarette: ich zündete erst seine, dann meine an und gab ihm das Feuerzeug zurück. Sein mir gegenüber keineswegs bedrohendes, eher gleichgültiges Verhalten machte mir Mut.

„Sie beobachten mich. Warum?"

„Der Boß hat es befohlen."
Seine Stimme wirkte nicht unfreundlich.
„Und was sollen Sie tun ?"
„Dich im Auge behalten."
„Sonst nichts ? Was hat dein Boß vor ? Wer ist er eigentlich ?"
„Keine Ahnung. Ich bekam den Befehl, dich im Auge zu be-
halten vom Schwarzen Iwan. Mehr hat er nicht gesagt."
Der Mafiosi verzog das Gesicht und fuhr dann fort:
„Der ist eigentlich nur ein kleiner Wichser. Aber man sagt,
daß er dem Boß als Bote dient. Und es ist besser, man tut, was
er sagt. Sonst gibt es Ärger. Verstehst du ? Den Boß selbst
kennt keiner."
„Und du sollst mich wirklich nur beobachten, nicht abmurk-
sen?"
„Davon hat der Schwarze Iwan nichts gesagt."
War es Mut, Zynismus oder gar schon Fatalismus. Ich grinste
den Mafiosi an.
„Dann streng dich an. Dein Boß sieht alles !"
Der Mafiosi blickte finster. Um ihn zu beruhigen gab ich ihm
noch eine Zigarette, zündete mir auch eine an. Wir rauchten
schweigend. Schließlich warf ich die Kippe auf die Straße und
sagte:
„Tschau, ich muß jetzt zur Arbeit. Bis heute Abend."
Ich sah den Mafiosi nie wieder.

X.

Der Dezember brach an. Zum ersten Mal in diesem Herbst
schneite es heftig. Der Winter stand vor der Tür. Es war nun
die Zeit, in der in der Heimat die Leute die Fenster
schmücken, Lichterketten an die Vorgartensträucher hängen
und auf Weihnachten warten. Mir war dieses Gehabe in den
letzten Jahren widerlich geworden, doch hier in der Fremde
hätte ich gerne ein Licht gehabt, wenigstens einen beleuchte-
ten Stern. Doch so etwas gab es nirgends zu kaufen. Ich hielt
es trotz der nun herrschenden Kälte abends in meiner Wohnung nicht aus, durchstreifte lange die Stadt, kehrte schließlich
in eines der Restaurants ein um mein Abendessen einzuneh-
men.

So war es auch einige Tage vor Weihnachten. Ich hatte einen
langen Spaziergang unternommen, war gegen acht Uhr ins
Restaurant gekommen, hatte mein Essen bestellt, es zu mir genommen, Tee und Schnaps getrunken, etwas anderes gab es an
jenem Abend nicht zu trinken, rauchte noch eine letzte Zigarette, als sich die Tür öffnete und eine Frau das Lokal betrat.
Ich schaute sie verwundert an – es war Martha; sie hätte ich
am wenigsten erwartet. Sie blickte mich an, kam zu mir her
und grüßte freundlich.

„Hallo, darf ich mich zu dir setzen ?"

„Gerne."

„Na, hast du dich mittlerweile eingelebt ?"

„Es geht; und was machst du hier, deine Zeit müßte doch
schon längst um sein ?"

„Ich war auch zuhause, gut zwei Monate. Du weißt, wie das
läuft, Pläne sind eine Sache, die Ausführung eine andere. Ich
mußte noch mal kommen, bleibe insgesamt voraussichtlich bis
Ende März."

„Dann ist meine Zeit auch fast um."

„Ja, aber über Weihnachten fliege ich zurück. Und du ?"

„Ich bleibe, was soll ich mir den Weihnachtsrummel in
Deutschland anschauen. Dieser Kommerz hängst mir sowieso

zum Halse heraus. Der eigentliche Sinn des Festes ist schon längst verloren gegangen und hier läuft die Arbeit weiter. Ich liebe die Stille und die kann ich an den langen Abenden hier ebenso finden, vielleicht sogar besser also zuhause. Hier feiern sie Weihnachten ohnehin erst so zwei Wochen später. Wann fliegst du?"

„Morgen. Mitte Januar komme ich wieder. Bist du mir eigentlich noch böse wegen der Geschichte von damals?"

„Du warst mir böse, ich dir nie."

„Du hast dich ja auch wirklich dämlich benommen. Warum wolltest du nicht? Was hattest du gegen mich?"

„Martha, würdest du mich heiraten, wenn ich dich darum bitte? Ich meine, jetzt, sobald die Formalitäten erledigt sind."

Martha lachte.

„Heiraten? Jetzt? Ich kenne dich doch gar nicht, ich weiß doch gar nicht, ob wir zusammenpassen."

„Siehst du, deshalb wollte ich auch nicht mit dir schlafen."

„Das ist doch etwas ganz anderes."

„Bei einer Hure, die man bezahlt, vielleicht. Aber nicht bei einer Frau, die man verehrt – und liebt; da ist es eine Art Heirat, wenn auch nicht im juristischen Sinn."

Martha schaute mich groß an.

„So ist das also bei dir, du bist schon ein merkwürdiger Kerl; das habe ich bisher noch von keinem Mann gehört."

„Verstehe mich bitte nicht falsch, aber ich bin der Auffassung, man kann hinterher nicht auseinandergehen als sei nichts geschehen. Solange wir nicht miteinander geschlafen haben, bist du für mich im Grunde eine fremde Frau. Wir können zusammen essen, uns unterhalten, spazieren gehen, einen Kinofilm oder eine Theateraufführung besuchen, aber ich bin dir für das, was ich sonst tue keine Rechenschaft schuldig, ebenso wenig, wie mich dein restliches Leben etwas angeht. Und wenn ich keine Lust habe, mit dir auszugehen, kann ich ohne Begründung absagen. Nach dem ersten Mal ändert sich das alles. Für mich ist das, wie ich schon sagte, die eigentliche Hochzeit. Die Trauung auf dem Standesamt oder in der Kirche ist eine bloße

Formsache. Die eigentliche Verbindung erfolgt, wenn man körperlich zusammen ist. Deshalb bin auch nicht dazu bereit, solange ich nicht weiß, ob wir auch hinterher zusammenbleiben; ich meine damit, wirklich zusammenleben, unsere Probleme teilen, nicht nur ein paar Stunden Freizeit miteinander verbringen. Möglicherweise bist du da anderer Ansicht. Ich allerdings habe da meine Prinzipien. Das ist übrigens keine Frage der Moral, sondern des Gefühls."

Martha lächelte.

„Du brauchst dich nicht zu verteidigen, du hast schließlich ein Recht auf deine eigenen Ansichten und ich kann und will dich auch nicht ändern. Aber sei dir bewußt, es ist nicht gut immer und ausschließlich auf ‚Prinzipien‘ zu beharren. Das Leben läuft nicht nach einem festen Schema ab und manchmal mußt du auch in dieser Beziehung flexibel sein, dich den Gegebenheiten anpassen, sonst machst du eventuell einen schweren Fehler und wirst unglücklich. Schau, bei mir war das so: ich sehe das alles etwas lockerer. Du darfst aber jetzt nicht glauben, daß ich gleich mit jedem Mann ins Bett hüpfe, du sollst nur wissen, daß ich mich an jenem Abend, nach wochenlanger Einsamkeit, meine hiesigen Kollegen oder wie man sie nennen sollte, pflegen nämlich außerhalb der Arbeitszeit keinen Umgang mit mir, in deiner Nähe so richtig geborgen gefühlt habe, und ich wollte die Geborgenheit bis zum Ende auskosten. Ich will dir ja keine Vorwürfe machen, aber wenn du mich genommen hättest, hättest du mir gerade damit deine Verehrung, deine Liebe gezeigt. Verstehst du jetzt, warum ich so enttäuscht und am nächsten Tag so böse war: weil du gesagt hast, ich sei betrunken – meinetwegen wir – und es mache dir so keinen Spaß. Jetzt verstehe ich, daß du das nicht verletzend gemeint hast, aber damals klangen deine Worte trotz deiner Zärtlichkeit so kalt, so abweisend. Na ja, Schwamm drüber, wir haben alle unsere Fehler. Schlimm ist es nur, wenn man sie nicht zugibt. Sag mal, warst du eigentlich wirklich in mich verliebt."

„Noch nicht, aber ich war, besser gesagt, ich bin auf dem besten Wege."

Martha lächelte erneut.

„Was nicht ist, kann noch werden. Wir haben ja Zeit wenn ich wieder da bin. Aber wechseln wir das Thema."

Wir erzählten uns nun, was wir seit unserer letzten Begegnung so erlebt hatten – meine Unterredungen mit Karl und Franz verschwieg ich natürlich; sie hätte mir ja doch nicht geglaubt und mich möglicherweise obendrein für geistesgestört gehalten; wir aßen und tranken.

Als der Zapfenstreich näher rückte sprach sie:

„Hast du Lust, noch eine Runde zu laufen ? Ich liebe es, in solch klaren, kalten Nächten durch den Schnee zu gehen."

Hand in Hand spazierten wir die Uferpromenade entlang bis die Kälte uns ins Hotel zurücktrieb.

„Hast du Lust, noch auf einen Tee mitzukommen ? Wir trinken auch wirklich nur Tee."

Ich kam mit. Da wir ihr gleich das übliche Trinkgeld überreichten, ließ uns die Empfangsdame ohne Schwierigkeiten passieren. Lange nach Mitternacht verabschiedeten wir uns. Martha reichte mir die Hand.

„In drei Wochen sehen wir uns wieder. Ich kann dich anrufen, wenn ich zurückkomme. Gibst du mir deine Telefonnummer ?"

Ich gab ihr die vom Büro.

Auf dem Rückweg zu meiner Wohnung traf ich Franz.

„So spät noch unterwegs ?" rief er mir zu, „komm mit, wir gehen einen trinken."

„Um diese Uhrzeit ? Die Kneipe hat doch längst geschlossen."

„Wo ich hin will, ist immer offen."

Ich ging mit, und er führte mich zu einem Kellereingang, über dem ein Schild mit der Aufschrift ,Bar' prangte.

„Oh Gott, welch ein Loch !" dachte ich.

Meine Befürchtungen wurden bestätigt. Trotz des schummrigen Lichtes war dieser Laden leicht als Schmuddelloch auszumachen. Zahlreiche, überwiegend verwegen aussehende Gäste waren anwesend; auf hohen Barhockern saßen leicht bekleidete Mädchen und warteten auf Kundschaft. Franz bestellte Schnaps, wir tranken, erst eine Flasche, begannen dann mit der zweiten. Mit einem Male stand eine jener Damen vor unserem Tisch.

„Hallo Süßer, wie wär's mit uns beiden ?" redete sie mich an.

Ich blickte auf – es war Agathe. Entsetzt starrte ich sie an – und antwortete schließlich.

„Nein, scher dich weg, ich will nur trinken."

Sie trippelte davon.

„Das ist nicht fair von dir, mich so hereinzulegen", schnauzte ich Franz garstig an.

Der Teufel lachte:

„Was willst du denn ? Jetzt kannst du deine Polin endlich haben, und du machst so ein Theater."

„Das ist alles nicht wahr, das ist gar nicht Agathe, das hast du bloß arrangiert, um mich zu kränken, zu schockieren oder was weiß ich was !"

Franz grinste.

„Vielleicht, vielleicht auch nicht. Sei dir nie zu sicher. Einen großen Fehler habt ihr Menschen nämlich: Ihr vergrabt euch in eure Träume und Illusionen. Aber der Wahrheit könnt ihr nicht ins Auge schauen. Sei dir nie zu sicher ! Der Mafiosi mit der Narbe ist übrigens ihr Zuhälter."

Ich war wirklich wütend, trank vor Zorn die Flasche leer.

„Mir reicht's, ich gehe !" fauchte ich ihn schließlich an.

Franz grinste unverschämter als zuvor.

„Ja, die Wahrheit gefällt auch dir nicht."

„Die Wahrheit des Teufels ist die Lüge. Agathe ist keine Nutte!"

Der Teufel grinste:

„Was willst du eigentlich ? Im Grunde genommen gibt es doch nur zwei Sorten Frauen: Mütter und Huren ! Und Agathe ist nicht deine Mutter !"

Er lachte laut. Doch sein Geschwätz interessierte mich nicht. Ich zog meine Jacke an, verließ schnellstens die Bar, eilte nach Hause und legte mich gleich ins Bett.

Als ich Morgen erwachte, hielt ich die Begegnung der letzten Nacht erst einmal für einen bösen Traum. Ich hätte sie auch weiterhin dafür gehalten, wären da nicht die Kopfschmerzen und das Elendsgefühl gewesen. Unfähig aufzustehen, blieb ich bis zum späten Nachmittag im Bett und dachte, soweit dies in meinem Zustand möglich war, über die Begebenheit nach. Nein, ich konnte es nicht glauben, der Teufel hatte mich nur hereingelegt, wollte meine Seele quälen. Aber dann fiel mir Karl ein. Hatte er mir nicht jede Auskunft verweigert und mich sogar bedroht, weil ich hartnäckig blieb. Wollte er damit meinen Seelenfrieden wenigstens in einer Richtung bewahren. Es blieb mir ein Rätsel. Aber ich mußte mir Klarheit verschaffen !

XI.

Gegen Abend fühlte ich mich wieder einigermaßen munter, auch der Hunger meldete sich. Ich kleidete mich an und ging ins Restaurant. Dort traf ich Karl. Ich setzte mich zu ihm, nahm mir aber aus verständlichen Gründen vor, nicht über mein nächtliches Erlebnis zu sprechen.

„Es ist ziemlich kalt geworden. Wie lange willst du diesen Frost eigentlich noch anhalten lassen ?" fragte ich nach einer Weile.

„Ich habe mich noch nicht entschieden", gab Karl zur Antwort.

„Wenigstens werden wir eine weiße Weihnacht haben; Weihnachten ohne Schnee ist für mich wie Ostern ohne Eier."

„Für dich vielleicht, die anderen feiern Weihnachten erst in gut zwei Wochen."

„Daran habe ich jetzt gar nicht gedacht. Dann wird Weihnachten für mich ja wirklich beschaulich. Ich mag den Rummel nämlich nicht."

„Ich glaube nicht, daß Weihnachten für dich beschaulich wird."

„Wieso ? Ich kann doch Urlaub nehmen, das ist kein Problem."

Karl lächelte.

„Es geht gar nicht um die freien Tage. Hör mir mal gut zu: Du kannst dich vor mir nicht verstellen. Dich interessieren weder die Kälte noch Weihnachten, sondern du denkst an etwas ganz anderes."

„Meinst du ?"

„Heuchele nicht, ich kann schließlich deine Gedanken lesen; die Sache quält dich."

„Du hast mir verboten, darüber zu sprechen."

„Und du hältst dich daran, auch wenn es deine Seele zerreißt ? Es nagt an dir – ganz furchtbar."

Seine Stimme klang unendlich mitfühlend; ich merkte, er wartete, daß ich ihn um Rat oder Hilfe bitten würde. Ich bin aber von Natur aus nachtragend und hatte ihm die Sache mit dem Mafiosi nicht verziehen. Wenn er hoffte, daß ich jetzt vor ihm auf die Knie fiel und ihn um Beistand anflehte, hatte er sich jedenfalls getäuscht.

„Meine Seele wird es schon aushalten", erwiderte ich daher mit leicht schnippischem Unterton, „außerdem glaube ich es nicht, der Teufel hat mich reingelegt."

„Das redest du dir ein, um dich zu beruhigen, aber es nutzt nichts. Die Pein ist gegenwärtig. Ja, der Teufel ist eben kein gewöhnlicher Zechkumpan; er sät Gift in die Herzen der Menschen. Warum glaubst du es eigentlich nicht?"

„Du hast einmal gesagt, ich werde sie nie wieder sehen. Erinnerst du dich?"

„Ja, schon. Und du bist dir sicher, daß ich dich nicht angelogen habe?"

„Ja!"

„Selbst wenn es so wäre, ich habe dir auch gesagt, daß ich die Zukunft nicht voraussehen kann."

„Du hättest es verhindern können."

„Ich greife höchstens im äußersten Notfall ein, und das hier war keiner."

„Auch nicht, wenn dein Wort auf dem Spiel steht?"

Karl antwortete nicht, er überlegte; schließlich sagte er:

„Aber sicher bist du dir nicht?"

„Was ist schon sicher?"

„Der Glaube."

„Ha, glauben heißt nicht wissen", entgegnete ich, „und nicht wissen ist die Mutter des Zweifels. Du siehst, glauben und zweifeln gehören zusammen. Es kommt nur darauf an, wer von beiden stärker ist."

„Und wenn der Zweifel stärker ist beginnt der Unglauben."

„Nein, das Suchen, das Forschen nach der Wahrheit."

„Und wenn das keine Antwort bringt?"

„Dann wird sich zeigen, wer wirklich stärker ist, der Glaube oder der Zweifel. Einer von beiden ist die letzte Instanz."

Karl lächelte erneut.

„So sieht das also bei dir aus; das heißt, es wird keine ruhige Weihnacht für dich."

Das wurde es in der Tat nicht. Leider konnte ich mich nicht mehr genau an die Lage der Bar erinnern, deshalb mußte ich alle Bars der Stadt ausfindig machen. Ich nahm mir am nächsten Tag frei, um die Aufgabe bei Tageslicht erledigen zu können. Glücklicherweise war ihre Anzahl nicht allzu groß. Ich trug die Standorte der Lokalitäten in meinen Stadtplan ein. Die Abende der folgenden Woche verbrachte ich damit, diese Spelunken aufzusuchen und mich umzusehen. Ich suchte jede von ihnen mehrfach auf, zu verschiedenen Zeiten und an unterschiedlichen Tagen, um sicher zu gehen, Agathe nicht zufällig zu verpassen. Offen gestanden, mir war in diesen Lasterhöhlen oft recht unheimlich zumute, häufig fürchtete ich mich sogar, vertraute aber darauf, daß Karl mich in höchster Gefahr nicht im Stich lassen und ich das Abenteuer heil überstehen würde. Das gab mir die Kraft durchzuhalten. Agathe fand ich jedenfalls nicht und das beruhigte mich. Die Gewißheit, daß der Teufel mich nur kränken wollte und eine als Agathe verkleidet Hure vorführte, wuchs. Ich beschloß daher, die Suche am Samstag Abend zu beenden. In der letzten Bar, die ich betrat, es war fast drei Uhr in der Frühe, wartete Franz.
„Komm, setz dich her, wir trinken einen", rief er mir freundlich zu.
„Scher dich in die Hölle zurück, mit dir will ich nichts mehr zu tun haben", schrie ich ihm garstig entgegen.
Der Teufel lachte.
„Störe ich beim Nutten suchen ?"
„Laß mich in Ruhe !"
„Ich gebe dir einen Tip: such dir eine alte. Weiber sind wie Käse: je älter, desto schärfer."
„Verschwinde endlich !"
Der Teufel lachte noch lauter.
„Sei doch nicht beleidigt, ich will mit dir reden", sagte er schließlich.

„Reden ? Worüber ?"

„Über vieles, komm doch ! Benimm dich nicht wie ein launisches Weib !"

Er winkte mir zu. Ich ließ mich erweichen und setzte mich zu ihm.

„Was gibt's ?"

„Du bist wirklich ein zäher Bursche, das hätte ich nicht gedacht."

„Ich traue dir nicht."

Der Teufel bestellte Schnaps.

„Ich trinke nichts."

„Du denkst, daß ich das Experiment wiederholen werde, willst dir einen klaren Kopf bewahren. Du hast dir vorgenommen, nicht wieder gleich allergisch zu reagieren, sondern genau zu prüfen ?"

„Was fragst du, wenn du es schon weißt ?"

„Mach dir keine falschen Hoffnungen, so macht mir das keinen Spaß. Das Unheil muß unvorbereitet kommen, wie ein Hammerschlag, nur dann wirkt es richtig, nur dann entfaltet es seine zerstörerische Kraft. Ich liebe die Überraschungen – die wirklich brutalen. Gut, du hast sie nicht gefunden, aber was beweist dir das ? Woher weißt du, daß sie überhaupt noch in der Stadt sein könnte und nicht inzwischen weggebracht wurde, nachdem sie ihren Zweck erfüllt hatte ?"

„Weshalb sollte sie weggebracht worden sein ? Nur wegen mir?"

„Vielleicht – weil ich es so wollte."

„Gib dir keine Mühe, ich habe in den letzten Tagen nicht nur gesucht, sondern auch nachgedacht, mir diese Begegnung Stück für Stück ins Gedächtnis zurückgerufen. Jetzt bin ich mir sicher, du hast damals etwas übersehen bei deinem Spiel: es war nicht ihre Stimme."

Das war natürlich gelogen, ich hatte damals in meiner Erregung gar nicht auf die Stimme des Mädchens geachtet. Franz merkte es jedoch nicht. Er starrte mich fassungslos an.

„Ich habe dich unterschätzt."

Ich hatte ihn genau beobachtet als er antwortete, seine Reaktion war mit großer Wahrscheinlichkeit echt, er log bestimmt nicht. Ich schwieg aber, um ihm keine Gelegenheit zu geben, den Faden wieder aufzunehmen und erneut Zweifel in meine Seele zu säen. Franz schaute mich lange an. Ich nahm alle Kraft zusammen, um keine Miene zu verziehen, seinem Blick standzuhalten.

Endlich sagte ich: „Agathe liegt jetzt gewiß irgendwo in ihrem Bett und schläft friedlich, vermutlich weit weg von hier. Und ich werde sie wirklich nie wieder sehen. Es hat keinen Zweck, ich werde nicht mehr zurückblicken, nicht mehr suchen. Ich werde nur noch nach vorn blicken. Und jetzt werde ich auch schlafen gehen, ich habe genug Zeit vergeudet. Ich hoffe nur, dich nie wieder zu sehen."

Ich drehte mich um und verließ die Bar.

Natürlich waren nicht alle Zweifel beseitigt, ein Rest Unsicherheit blieb. Aber der würde im Laufe der Zeit verschwinden. Agathe war keine Hure – schon deshalb, weil ich es nicht wollte.

Und sie wird als das in meinem Gedächtnis bleiben, was sie immer sein sollte: das Symbol der reinen, unverdorbenen Liebe.

Am nächsten Abend traf ich Karl im Restaurant. Er sah abgespannt aus, schien sehr müde.

„Ich wollte mich nur von dir verabschieden. Ich verlasse die Stadt, es ist mir zu kalt hier."

„Du könntest es warm werden lassen."

„Und am Kongo soll es wohl schneien ? Nein, es muß alles seine Ordnung haben. Außerdem war ich lange genug hier, ich meine: auf der Erde."

„Schade, deine Gesellschaft war mir angenehm – meistens jedenfalls."

Gott lachte.

„Du kommst schon alleine zurecht. Die erste Probe hast du bereits bestanden."

Er nahm einen großen Schluck Bier, schwieg, als wartete er auf eine Antwort.

Ich schaute ihn lange an.

„Du wirkst so kaputt. Was ist los mit dir? Bist du krank."

Er lachte schallend.

„Ich? Krank? Nein, ich war einige Tage unterwegs, habe mich auf der Erde umgeschaut. Na ja, später davon. Und du? Du träumst immer noch von der Polin. Du hast dich ziemlich lächerlich benommen, aber wenigstens Franz durchschaut. Dennoch: du bist ein unverbesserlicher Träumer. Dabei habe ich dir Martha zugespielt. Sie ist hübsch, sieht gut aus, ist intelligent und bumst gern. Außerdem hat sie einen guten Job und wird dir daher nicht auf der Tasche liegen. Was willst du eigentlich mehr? Da erweise ich dir meine Gnade und du wirfst sie weg. Ich gebe dir einen Rat für die Zukunft: nimm das Glück, das sich dir bietet. Mehr bekommst du ohnehin nicht."

Ich schwieg eine Weile.

„Aber, Karl, deine Worte entsetzen mich! Du bist doch Gott!"

„Ach was! Du bist ein Idealist! Und dabei siehst du, meistens jedenfalls, die Welt realistisch, weißt genau, wie schlecht sie ist! Und du nutzt es auch aus, wenn es dir Vorteile bringt. Mach dir deshalb nicht länger etwas vor! Ich habe mich umgesehen. Es ist zum übel werden. Schwule Priester, lesbische Nonnen, Huren bevölkern meine Altäre. Und das alles in meinem Namen. Scheinheiligkeit wird zum Heiligenschein. Und Gottlosigkeit nimmt den gleichen Rang ein wie meine Gebote. Und sie mißbrauchen meinen Namen um ihre politischen Ideologien zu rechtfertigen. Ich könnte aus der Haut fahren, wenn ich sehe, wie in meinem Namen gelogen, gestohlen, geraubt und gemordet wird! Und trotzdem halten sich alle für nett und gut. Mein Experiment ‚Mensch' ist mißlungen. Franz hat gewonnen. Nein, es gibt keine Moral mehr, zumindest nicht die, welche ich verlange. Ich werde nicht mehr strafen, keine Plagen mehr schicken. Ihr schafft sie euch selbst zur Genüge.

Seht in Zukunft zu wie ihr zurechtkommt. Das gilt auch für dich. Genieße dein Leben, wie es deinen Leidenschaften entspricht. Genieße es mit Martha. Du kommst sowieso nicht in den Himmel."

Karl grinste.

„Du bist nicht ganz schlecht, darfst daher vielleicht auf der Wiese davor campieren, aber nur, wenn du dich von Franz fernhältst. Nein, ich nehme keinen von euch auf."

Karl machte eine lange Pause.

„Ich verschwinde, mein Job hier ist ohnehin erledigt. Lebe wohl."

Er leerte sein Glas, zahlte dann und ging. Ich blieb noch zurück, nahm mein Abendessen ein, trank ein bißchen, rauchte.

In den folgenden Tagen schwächte sich der Frost ab. Tagsüber lagen die Temperaturen sogar über dem Gefrierpunkt, es taute. Abends jedoch blies ein kalter Wind, dann gefror das Wasser erneut und die Wege wurden glatt. Außerdem schneite es häufig. Es war kein Wetter zum Ausgehen. Ich blieb nach Dienstende meistens in der Wohnung, verließ sie nur, um notwendige Einkäufe zu erledigen. Ich hörte Musik, las, dachte über die Geschehnisse der letzten Monate nach. Ich versäumte ja nichts.

Die Dunkelheit aber hatte bereits ihren Höhepunkt überschritten, die Tage wurden schon wieder länger, wenn auch zunächst nur unmerklich. Bald jedoch würde das Licht triumphieren. Ein neuer Anfang kündigte sich an – und in etwa zehn Tagen wird Martha zurückkehren.

Neptun

Vor vielen Jahren, als ich noch jung war, widmete ich ein Großteil meiner Freizeit dem Segeln. Da sich aber in meiner Heimat, am Main, keine allzu guten Bedingungen boten, nutzten ich vor allem die Urlaubszeit, um meinem Hobby nachzugehen.

Einmal verbrachten wir, das heißt, meine Freundin Angelika und ich, im Sommer zwei Wochen am Chiemsee. Die äußeren Bedingungen waren optimal: im allgemeinen herrliches, aber nicht zu heißes Wetter, meist leichter bis mäßiger Wind. Besonders verlockend waren natürlich die vielen kleinen Kneipen am Ufer, beziehungsweise auf der Fraueninsel, deren Bootsanlegestege zu manch netter, wenn auch unplanmäßig langer Rast einluden.

Eines Nachmittags beschlossen wir, das Spinnakersegeln zu trainieren, worin wir nur wenig Übung besaßen, denn auf dem schmalen Main bot sich hierzu kaum Gelegenheit. Wir fuhren also ein gutes Stück auf den See hinaus, um abseits vom großen Trubel genügend Raum für unsere Segelmanöver zu haben. Das Training nahm uns, ehrlich gesagt, ziemlich in Anspruch, so daß wir unsere Umgebung buchstäblich vergaßen. Erst eine plötzlich einsetzende Windstille ließ uns auf ein rasch heranziehendes Gewitter aufmerksam werden. Aber es war zu spät, um das Ufer zu erreichen.

Es waren weniger Blitz und Donner, was uns erschreckte, Sorgen bereitete uns vielmehr die von Wind und Regen erzeugte meterhohe Gischt, die einem förmlich den Atem nehmen wollte. Allem voran bestrebt, ein Kentern zu vermeiden, achteten wir nicht mehr auf den Kurs, sondern ließen uns, weil dies am wenigsten gefährlich erschien, auf Halbwindkurs dahintreiben. Ebenso rasch wie das Gewitter herangezogen war, verzog es sich auch wieder. Bald glänzte der See erneut im Sonnenschein. Das Unwetter hatte allerdings einen leichten Dunstschleier hinterlassen, so daß wir zwar weite Teile des Sees überblicken konnten, Einzelheiten am Ufer aber nicht auszumachen waren. Anhand der Uhrzeit und des Sonnenstandes schätzten wir die Himmelsrichtung und hielten uns schließlich nach Norden, da an diesem Uferabschnitt unsere Pension lag. Wir beabsichtigten, zunächst einmal den Strand zu erreichen und uns von dort aus weiter zu orientieren. Bis zum Sonnenuntergang hatten wir noch reichlich zwei Stunden Zeit, es bestand also kein Grund zur Panik.

Nach etwa einer halben Stunde sahen wir eine merkwürdige Gestalt im Wasser schwimmen. Sie sah aus wie man den Meeresgott Neptun oft auf Bildern dargestellt sieht: mit Bart, Krone und Dreizack. Als er uns bemerkte hielt er im Schwimmen inne, reckte seinen Körper halb aus dem Wasser, hob seinen Dreizack in die Höhe und rief mit merkwürdig feierlicher Stimme:

„Seid gegrüßt, Fremdlinge ! Willkommen im Reiche Neptuns !"

Wir wunderten uns zwar über diesen Kerl, dachten aber, hier handele es sich um einen Spaß, organisiert von einem Fremdenverkehrsverein, um Touristen zu necken und verlangsamten unsere Fahrt.

„Hallo Neptun, wie geht's ?" riefen wir wie aus einem Mund.

„Schlecht", erwiderte Neptun und zog ein äußerst trauriges Gesicht, „meine Unterwasserbeleuchtung ist ausgefallen und nun müssen alle Nixen und Wassermänner in der Dunkelheit ausharren."

„Das ist allerdings *sehr* tragisch", rief ich ihm mit ironischem Unterton zu.

„Hol doch einen Elektriker, um sie zu reparieren", ergänzte Angelika.

„Ich bin ja auf dem Weg", schallte es zu uns, „aber vor Einbruch der Dunkelheit bekomme ich niemanden herüber, vielleicht sogar erst übermorgen oder in drei Tagen. Man weiß ja, wie zuverlässig die Handwerker heutzutage sind. Die armen Wasserleute werden sich sehr ängstigen."

Seine Miene wurde noch trauriger.

„Könnt ihr nicht vielleicht einmal nachschauen?"

„Ich weiß nicht, ob wir dir helfen können", sprach ich zu ihm, „wo befindet sich eigentlich diese Beleuchtung?"

„Auf der Insel da drüben. Ich zeige es euch."

Er deutete dabei auf ein kleines Stückchen Land ganz in der Nähe, das uns bisher noch nicht aufgefallen war. Da wir das Ganze für einen Scherz hielten, folgten wir ihm arglos. Die Angelegenheit würde sicherlich nicht viel Zeit kosten und außerdem konnten wir wahrscheinlich von ihm die Lage unserer Pension erfahren und uns so das zeitraubende Absuchen des Seeufers ersparen.

Nach kurzer Zeit erreichten wir die Insel. Der nördliche Strand erwies sich als flach und sandig, also optimal zum Anlegen geeignet, während der restliche Teil von einem mehr oder weniger breiten Schilfgürtel umgeben war. Wir ließen das Hauptsegel herab, rollten das Focksegel ein, schoben das Boot etwas auf den Strand und befestigten die Bootsleine an einem kleinen Baum. Dann kramten wir etwas Werkzeug zusammen, das eventuell nützlich sein konnte: ein feiner und ein kräftiger Schraubenzieher, einen kleinen Hammer, eine Kombizange, ein Taschenmesser und eine Taschenlampe. Wir taten dies natürlich eher, um Neptun zu zeigen wie wichtig wir die Aufgabe nahmen und weniger weil wir glaubten, das Zeug wirklich zu brauchen. Neptun war inzwischen dem Wasser entstiegen und wartete am Strand auf uns. Mich wunderte nur, wie rasch seine Kleider inzwischen wieder getrocknet waren.

„Das wäre ein Stoff für mich", dachte ich bei mir, da mir die ewig nassen Klamotten auf der Jolle ziemlich unangenehm waren, besonders an kühlen Tagen.

Neptun führte uns zu einem Gemäuer, das so aussah wie die Überreste einer verfallenen Burg. Er schritt eine Treppe hinunter, die zu einem ziemlich finsteren Gang führte, der nur schwach von einem grünlichen Licht erleuchtet wurde. Wir folgten ihm einige Meter den Gang entlang. Plötzlich blieb er stehen und wies uns in einen dunklen Raum.

„Hier drinnen ist es", sagte er.

Ich knipste die Taschenlampe an und betrat hinter ihm die Kammer ohne ihn allerdings richtig zu sehen. Angelika folgte mir. Eben wollte ich ihn fragen, wo dieser Generator oder was immer es sein mochte, nun stand, als die Tür mit einem lauten Knall zugeschlagen wurde. Gleich darauf hörten wir Neptuns jubilierende Stimme.

„Gefangen!" erschallte es von draußen, sonst nichts weiter.

Noch glaubten wir an einen Scherz, und so setzten wir uns auf den Boden und warteten, in der Hoffnung, daß sich bald unter zahlreichen spaßigen Sprüchen die Türe öffnen würde. Doch nichts geschah.

Nach etwa einer Stunde wurden wir langsam unruhig und begannen, den Raum zu untersuchen. Es stellte sich bald heraus, daß sich die Tür mit unserem Werkzeug nicht aufbrechen ließ. Der Mörtel zwischen den Mauersteinen, insbesondere an den Seitenwänden, war allerdings zum Teil schon recht bröselig, so daß sich, mit einiger Mühe allerdings, wohl ein Loch in die Mauer brechen ließ. Vielleicht gelangten wir auf diese Weise in einen unverschlossenen Nebenraum oder gar ins Freie. Zugegeben, diese Hoffnung konnte trügerisch sein, aber eine Alternative gab es nicht. Gesagt, getan. Wir begannen an einer Stelle, die geeignet erschien, weil sich der Mörtel bereits über einen größeren Bereich hinweg mürbe erwies. Den großen Schraubenzieher als Meißel oder Kratzer benutzend legten wir zunächst einen Stein frei. Wir arbeiteten abwechselnd, meistens im Dunkeln, um die Batterien der Taschenlampe zu schonen. Nach einer guten Stunde hatten wir es geschafft: der erste Stein war aus der Mauer gebrochen. Nun ging es schneller voran. Den herausgebrochenen Stein als Schlagwerkzeug benutzend, gelang es uns innerhalb von knapp zwei Stunden, ein zum Hindurchkriechen genügend großes Loch in die Wand zu schlagen. Wir gelangten in einen Raum, der in der Tat unverschlossen war. Von Neptun hatten wir zwar seit seinem Triumphschrei nichts mehr gehört, aber offensichtlich handelte es sich um einen Irren, der sich noch immer hier herumschleichen und uns gefährlich werden konnte. Ich nahm daher den Schraubenzieher, den ich notfalls als Stechwaffe benutzen konnte, in die Hand, Angelika die Taschenlampe und das Taschenmesser. Ich schritt voran, während sie von hinten leuchtete. Auf diese Weise glaubten wir, den Irren, falls er auftauchte, überlisten zu können.

Wir pirschten uns den Gang entlang und die Treppe hoch – nichts geschah. Wir gelangten ins Freie. Es war mittlerweile dunkel geworden, die Uhr zeigte kurz vor elf. Der See glitzerte friedlich im Mondschein. Es wehte eine leichte Brise.

Bei all der Nervenanspannung hatten wir bisher gar nicht an unser Boot gedacht und so sahen wir es jetzt auch als ganz selbstverständlich an, daß es friedlich, wie wir es am Abend verlassen hatten, am Strand lag. Eine flüchtige Besichtigung im Schein der Taschenlampe zeigte uns, daß offenbar nichts fehlte oder beschädigt war. Rasch banden wir es los, schoben es ins Wasser, setzten die Segel und fuhren in die Richtung davon, die wir für Norden hielten. Die Sorge, wo wir hingelangen könnten, erschien uns nach diesem Abenteuer als zweitrangig. Bald darauf entdeckte Angelika in der Ferne ein Licht. Wir hielten darauf zu und erreichten schon bald in der Nähe einer Gaststätte namens „Zum Alten Käpt'n", die wir kannten, das Ufer. Die Rückkehr zu unserer Pension war jetzt nur noch eine, wegen der Dunkelheit allerdings mühsame, Formsache. Gegen zwei Uhr nachts erreichten wir schließlich unser Quartier.

Völlig erschöpft schliefen wir sofort ein und erwachten erst als die Sonne bereits hoch am Himmel stand. Wir frühstückten ausgiebig, setzten uns anschließend auf den Bootssteg und ließen die Füße im Wasser baumeln. Gesprächsthema war natürlich unser gestriges Abenteuer. Im Laufe der Zeit wich allerdings das Schaudern der Neugier und so dauerte es nicht allzu lange bis wir beschlossen, diese seltsame Insel noch einmal aufzusuchen. Da wir allerdings nicht genau wußten, wo sich diese seltsame Insel befand, hielten wir es für eine gute Idee, neben einem Photoapparat auch noch ein Fernglas mitzunehmen, welches wir aber erst noch im benachbarten Prien besorgen mußten. Daher war es bereits früher Nachmittag als wir endlich aufbrechen konnten.

Der Wind wehte günstig und wir errichten bald den „Alten Käpt'n", von wo aus wir die Suche starteten, Wir segelten nach Süden und suchten den See ab. Die Insel konnten wir allerdings trotz Fernglas nirgends entdecken. Als sich die Sonne zu neigen begann, brachen wir unser Unternehmen schließlich ab, um nach kurzer Rast im „Alten Käpt'n" in unser Quartier zurückzukehren.

Da es bereits spät war und das Wirtshaus etwas abseits lag, herrschte in der Schankstube nur wenig Betrieb, weshalb der Wirt mehr oder weniger beschäftigungslos hinter der Theke stand. Es erschien ihm daher als eine willkommene Abwechslung als wir ihn an unseren Tisch baten, weil wir eine Frage hätten.

„Wir hätten gehört", begann Angelika vorsichtig, „daß es da draußen eine Insel gäbe auf der ein ‚Neptun' lebe."

„Und dieser ‚Neptun' würde harmlose Segler anlocken", ergänzte ich, gespielt verlegen.

Der Wirt lachte.

„Tja, das ist so eine Sache. Vor einigen Jahren war ein Bursche aus unserem Dorf draußen auf dem See um zu angeln. Das erzählte er jedenfalls."

Der Wirt betonte die letzten Worte besonders, sein Stimme klang, als bezweifele er die ganze Geschichte.

„Jedenfalls", fuhr er fort, „sei plötzlich ein ‚Neptun' aufgetaucht und habe ihn um Hilfe gebeten, weil irgend so eine Anlage für das Meeresleuchten defekt sei. Theo, so hieß der Bursche, war zufällig Elektriker und folgte dem Neptun auf eine kleine Insel und in den Keller einer Burgruine, wo er von dem angeblichen ‚Neptun' in einen dunklen Raum gelockt und dort eingeschlossen wurde. Erst nach Stunden konnte sich Theo wieder befreien – erzählte er jedenfalls. Nun, wir leben hier in einem kleinen Dorf, in dem jeder jeden kennt, und Theo war zuvor noch nie irgendwie unangenehm aufgefallen, und obwohl zuvor noch nie jemand etwas von einer solchen Insel mit einer Burgruine gehört oder geschweige denn sie gesehen hatte, suchten alle den See ab. Dem Bürgermeister, er war übrigens Theos Firmpate, gelang es sogar, einige Taucher von der Wasserschutzpolizei zu bekommen, aber auch sie fanden keinen Neptun und schon gar keine Insel. Der Bürgermeister riet Theo, die ganze Sache zu vergessen, doch der konnte es nicht lassen, in allen Wirtshäusern hier am See und bis nach Rosenheim hinüber von seinem Abenteuer zu erzählen. Na ja, letztendlich mußten sie ihn in eine Irrenanstalt einliefern wo er heute noch lebt."

Angelika und ich schauten uns eine Weile schweigend an. Wir bezahlten unser Zeche, gaben ein kleines Trinkgeld und bedankten uns noch einmal beim Wirt für seine Erzählung.

Dann bestiegen wir unser Boot und segelten zurück – ja, und wir beschlossen felsenfest, niemandem hier in der Gegend von unserem Abenteuer zu erzählen.

Facetten

Episode 1 : Wasser und Öl

Heiligabend

Es war noch dunkel als ich das Haus verließ. Ich stieg ins Auto, startete den Motor und fuhr los, durch die Straßen unseres Städtchens, die im Glanz der Weihnachtsdekoration erstrahlten. Mein Weg führte in Richtung Autobahn.

Es war Heiligabend, etwa halb acht Uhr am Morgen. Noch hatten die meisten Geschäfte nicht geöffnet, und es waren daher nur wenige Menschen unterwegs. Bald aber würde der Rummel losbrechen. Tausende würden sich durch die Straßen quälen, um noch ausstehende Weihnachtseinkäufe zu erledigen: letzte Geschenke, das Fleisch für den Braten oder Alkohol, der ja an solchen Tagen besonders reichlich genossen wird. Ich jedoch konnte getrost den ganzen Rummel hinter mir lassen. Meine Frau hatte sich vor ein paar Monaten von mir getrennt, ich lebte jetzt allein. Die wenigen, notwendigen Sachen, die ich über die Feiertage brauchte, waren schon längst besorgt, sogar einen kleinen Weihnachtsbaum hatte ich am Vorabend noch schnell gekauft. Verpflichtungen gab es heute für mich nicht. Die Geschenke für meine schon fast erwachsenen Kinder hatte ich bereits am vierten Advent abgeliefert.

Ich hatte mir vorgenommen, bis etwa vier Uhr nachmittags im Büro zu arbeiten; dann blieb mir noch genügend Zeit, den Baum zu schmücken, ein bißchen alleine Weihnachten zu feiern, vielleicht wieder einmal nach vielen Jahren den Gottesdienst zu besuchen und mich hinterher zu betrinken. Der Tag lag also klar vor mir.

Gegen halb neun erreichte ich mein Büro und begann gleich zu arbeiten. Draußen dämmerte ein diesiger Tag, ab und zu fiel ein leichter Nieselregen. Man versäumt nichts, sagte ich mir, das ideale Arbeitswetter. Ich ging die Meßdaten unseres letzten Experimentes noch einmal durch, analysierte manches, was noch unklar erschien, neu, rechnete Ergebnisse nach und machte mir Notizen für einen Vortrag, den ich Mitte Januar auf einer Konferenz halten sollte. Zwischendurch rauchte ich die eine oder andere Zigarette oder trank etwas Tee, den ich mir im Labor nebenan zubereitete. So verging der Vormittag. Gegen ein Uhr verspürte ich Hunger und aß ein mitgebrachtes belegtes Brot. Anschließend hatte ich Lust auf eine Tasse Kaffee.

Einen Automaten gab es in der Eingangshalle am anderen Ende des Gebäudes. Vermutlich hatten sie ihn gestern nochmals aufgefüllt, so daß meine Chance etwas zu bekommen gut standen. Ohne große Eile schritt ich durch die ausgestorbenen Gänge. Aus dem einen oder anderen Zimmer drangen Geräusche, es hatten sich wohl noch mehr Kollegen heute hierher verirrt.

Die Eingangshalle mit dem Kaffeeautomaten war aber leer oder, genau gesagt, fast leer. An einem der Tische saß eine junge Frau. Obwohl sie mir den Rücken zukehrte erkannte ich sie sofort. Sie war eine unserer Gebäudereinigerinnen, ein Polin. Was machte ausgerechnet sie heute hier ?

Ich wußte, sie war eine sehr hübsche Frau. Sie hatte dunkelblonde lockige Haare, wundervolle weiche Gesichtszüge, war schlank, aber nicht dünn. In der Regel trug sie dunkle Leggins und einen weiten Pulli. Die schlichte Kleidung hob ihre natürliche Schönheit in besonderem Maße hervor. Ich schätzte sie auf ungefähr dreißig Jahre. Am meisten jedoch beeindruckten mich ihre Augen. Ich weiß nicht so recht wie ich es ausdrücken soll, aber sie hatten einen Glanz, ein Leuchten, das mir, ehrlich gesagt, manchmal den Verstand raubte. Sie wissen, was ich meine ? Ich hatte sie schon oft gesehen und manchmal auch überflüssige Wege gemacht, um ihr zu begegnen, wenn sie in unserem Gebäudeabschnitt die Flure wischte. Ich hatte auch versucht mit ihr zu flirten, zunächst vorsichtig, mit ein paar freundlichen Worten, ja, ich hatte mir sogar ein paar Worte polnisch angeeignet, oder indem ich ihr eine der Gangtüren aufhielt, wenn sie mit ihrem Putzwagen durchmußte; es versteht sich von selbst, daß manchmal etwas Zeitaufwand notwendig war, um im richtigen Augenblick zur Stelle zu sein. Sie hatte mir auch meistens freundlich zugelächelt, meine Worte liebenswürdig erwidert, doch alle meine Versuche, ihre Bekanntschaft zu machen, waren gescheitert. Sie gab sich mir gegenüber äußerst zurückhaltend und scheu, obwohl sie im Kreise ihrer Kollegen von der Reinigungsfirma recht temperamentvoll, ausgelassen, ja sogar burschikos auftreten konnte. Einmal hatte ich mich besonders weit vorgewagt und sie einfach zu einem Kaffee eingeladen - ohne Erfolg, sie lehnte ab.

Nun saß sie also hier, allein. Die Chancen, endlich mit ihr ins Gespräch zu kommen, waren gut. Obwohl ich ein leichtes Herzklopfen verspürte, zögerte ich nicht lange. Ich nahm den Plastikbecher mit dem Kaffee in die Hand und ging zu ihr hin.

„Dzien dobry bardso piekne kobiety, jak sie pani povodzi ?"

Sie drehte sich um, lachte mich an und schüttelte dabei den Kopf.

„Was machen Sie denn heute hier ?" fuhr ich fort.

„Ich warte auf den Bus, und Sie ?" erwiderte sie mit ihrer weichen Stimme, ihre Augen leuchteten mich an. Ich wurde verlegen, kam ganz aus dem Konzept. Eigentlich hatte ich sie ausfragen wollen, aber nun war ich es, der brav antwortete.

„Ich arbeite."

„Aber heute arbeitet hier doch kein Mensch !"

„Ich bin aber Physiker", antwortete ich lachend, langsam gewann ich meine Sicherheit zurück, „solche Leute haben immer etwas zu tun. Ich zum Beispiel muß im Januar zu einer Tagung fahren und einen Vortag halten. Die ruhige Zeit an und zwischen den Feiertagen eignet sich besonders gut zur Vorbereitung, zum Texte schreiben, Bilder anfertigen und so weiter.

Man wird weniger gestört und kann sich besser konzentrieren - wenn man nicht gerade am Kaffeeautomaten eine schöne Frau trifft."

„Ja das ist möglich", erwiderte sie, leicht errötend. Mir war nicht ganz klar, was sie damit meinte. Sie blickte zur Uhr.

„Ich muß jetzt gehen, ich verpasse sonst den Bus."

Diese Worte gefielen mir gar nicht, ich wollte sie unbedingt noch etwas dabehalten. Während ich also fieberhaft überlegte, was zu tun sei, fiel mein Blick durch die Scheibe der Eingangstür. Ich zeigte nach draußen.

„Es hat wieder angefangen zu regnen und bis zur Haltestelle sind es fast zwei Kilometer. Sie werden völlig durchnäßt wenn sie die Strecke zu Fuß gehen. Ich kann sie aber hinfahren oder besser, ich kann Sie nach Hause bringen. Das ist kein Problem."

Sie blickte mich unschlüssig an; die Nässe da draußen schien zwar ein gutes Argument, trotzdem ließ ich nicht locker.

„Na ja, Sie können auch eins zwei Straßen eher aussteigen, falls Sie Angst haben, ihr Mann oder Freund werden Krach machen, wenn Sie von einem Fremden nach Hause gebracht werden."

Sie war inzwischen aufgestanden und hatte ihre Jacke angezogen, nun setzte sie sich wieder. Meine Worte mußten sie getroffen haben - ihr Lächeln erstarb, ihre Augen verloren jäh den Glanz, sie wurde traurig.

„Keine Sorge, ich habe mich gestern Abend von meinem Freund getrennt, ich bin jetzt allein."

„Getrennt ? So kurz vor Weihnachten ?"

Der Tonfall, in dem sie das sagte erweckte in mir der Eindruck, daß etwas auf ihrer Seele lastete, ein Druck, den sie gern loswerden wollte, das Stichwort war jetzt gefallen. Trotz ihres Lächelns war sie bisher eher reserviert gewesen, bestrebt, unser Gespräch möglichst rasch zu beenden und wegzugehen, doch nun fing sie an zu reden:

„Es begann vorgestern, am Montag Abend. Ich besuchte mei-

nen Freund, wir wohnen nicht zusammen, wissen Sie. Er wollte mit mir schlafen, aber ich weigerte mich."
Sie zögerte etwas und errötete leicht.
„Ich habe meine Tage, wissen Sie."
Ihre plötzliche Offenheit verwirrte mich, da Frauen normalerweise darüber nicht reden, schon gar nicht vor fremden Männern; die Geschichte mußte sie wirklich sehr bedrücken. Sie fuhr fort:
„Er hatte schon einiges getrunken und wurde wütend, wollte mich zwingen, wollte mich schlagen. Da habe ich meine Jacke angezogen und seine Wohnung verlassen. Na ja, gestern Abend kam ich zu ihm zurück und wollte mich mit ihm wieder versöhnen, und er lag mit einer mir unbekannten Frau im Bett. Als er mich sah, grinste er frech und sagte: 'So ist das halt, Schatz. Wenn du mir nicht gibst was ich brauche, hole ich es mir eben woanders.' Ich wurde sehr böse auf ihn und schrie ihn an: 'Mich siehst du hier nie wieder' und rannte aus seiner Wohnung. Wieder zuhause, beschloß ich zu meinen Eltern zu fahren und packte meine Sachen. Endlich bemerkte ich, daß mein Paß fehlte. Ich suchte überall, fand ihn aber nicht. Ich begann, vor Enttäuschung zu weinen, konnte keinen klaren Gedanken fassen. Erst gegen Mitternacht beruhigte ich mich wieder etwas. Mir fiel ein, daß ich am Montag wegen der Aufenthaltsgenehmigung zwischendurch auf dem Ausländeramt gewesen war. Vielleicht, dachte ich, habe ich ihn hinterher zusammen mit den anderen Papieren in meinen Spind gelegt und dort vergessen. Es war aber schon zu spät um nachzusehen. Deshalb bin ich heute gekommen. Hier ist er übrigens."
Sie hielt mir den Paß hin.
„Und wann fahren Sie jetzt?"
„Heute jedenfalls nicht mehr, ich müßte die Nacht im Zug verbringen; morgen vielleicht."
„Dann müssen Sie alleine Weihnachten feiern?"
„Ja leider, meine beiden Mitbewohnerinnen sind nach Polen gefahren, andere Bekannte haben Familie, und ich kenne hier auch nicht viele Leute."

Ich hatte einen genialen Einfall.

„Wir können doch zusammen feiern. Ich bin auch allein."

Sie dachte eine Weile nach, ihr Gesicht hellte sich wieder auf.

„Das wäre fein", und fuhr dann unsicher fort, „aber ich kenne Sie doch gar nicht."

„Ich heiße Fritz", sagte ich schnell, „jetzt kennen Sie mich."

Sie lachte wieder: „Und ich heiße Agathe."

„Also Agathe, was ist ?"

„Ja, in Ordnung", lächelte sie freudig.

„Warten Sie einen Augenblick, ich muß nur noch schnell meine Sachen holen, dann können wir los."

„Aber Ihre Arbeit ?"

„Ach, die läuft nicht weg."

Wir fuhren zu ihrer Wohnung.

„Ich muß noch duschen und Haare waschen. Wollen Sie so lange warten oder wiederkommen ?"

„Keine Umstände, ich habe auch ein Badezimmer."

Ich wollte ihr keine Zeit geben, sich die Angelegenheit noch einmal zu überlegen und ihre Meinung zu ändern.

„Also gut."

Da ihre Tasche schon gepackt war, konnten wir bald aufbrechen.

Ich schmückte den Baum während sie im Badezimmer war.

„Gefällt er Ihnen ?" fragte ich als sie wieder erschien. „Sehr schön - herrlich ! Ich werde uns etwas kochen, während Sie im Bad sind."

„Viel ist nicht da", sagte ich entschuldigend, „ich habe keinen Besuch erwartet."

„Macht nichts, ich komme zurecht."

Das Essen war fast fertig als ich aus dem Badezimmer kam.

„Jetzt können wir Weihnachten feiern."

Wir zündeten die Kerzen am Weihnachtsbaum an.

„Bei uns zuhause wurde vor dem Essen immer erst die Weihnachtsgeschichte gelesen und gesungen", wandte sie ein.

„Also fein, Sie singen und ich lese."

Ich holte die Bibel aus dem Bücherschrank, setzte mich in einen Sessel, schlug das Buch auf und begann zu lesen. Sie setzte sich auf die Sessellehne, legte ihren Arm auf meine Schulter und hörte aufmerksam zu. Als ich geendet hatte sang sie zwei polnische Weihnachtslieder.

„Sie haben eine wunderschöne Stimme", lobte ich, sie freute sich.

„Sie müssen jetzt aber auch ein Lied singen", forderte sie freundlich.

„Nur wenn Sie mitsingen."

Sie kannte ein deutsches Weihnachtslied. Wir sangen es.

Wir setzten uns an den bereits gedeckten Tisch. Ich öffnete eine Flasche Wein und schenkte ein.

„Frohe Weihnachten."

„Wesolych Swiat Bozego Narodzenia."

Wir begannen zu essen; es schmeckte köstlich; sie mußte zaubern können.

„Wir könnten eigentlich 'Du' zueinander sagen", meinte ich beiläufig, nachdem wir geendet hatten.

„Nichts dagegen."

„Wir müssen aber vorher Brüderschaft trinken."

„Wie geht das ?"

„Strenggenommen braucht man eigentlich Sekt, aber mit Wein geht's auch, denke ich. Also, wir umschlingen gegenseitig den rechten Arm, jeder trinkt erst einen Schluck aus dem eigenen Glas, dann aus dem des anderen und anschließend küssen wir uns."

„Muß das sein ?"

Sie errötete.

„Das ist das Wichtigste, so will es die Regel."

Wir tranken, unsere Lippen berührten sich zart. Sie wirkte jetzt so vertraut als würde ich sie schon seit Jahren kennen. Wir begannen, aus unserem Leben zu erzählen, tranken, rauchten. Es war inzwischen dunkel geworden, der Himmel hatte aufgeklart, der Mond warf ein fahles Licht in das Zimmer.

„Ich würde gerne zur Weihnachtsmesse gehen. Gibt es hier so etwas?" fragte sie schließlich.

„Sicher."

Ich hatte keine Ahnung, wann sie beginnen sollte und schaute in der Zeitung nach. Ich blickte zur Uhr.

„Wir sollten am besten gleich gehen. Die Messe ist bestimmt gut besucht, und wenn wir in der Kirche noch einen Sitzplatz haben wollen, dürfen wir nicht zu spät sein."

Wir räumten das Geschirr ab, zogen unsere Jacken an und verließen das Haus. Es war kalt geworden. Langsam schritten wir durch die dunklen Straßen. Sie reichte mir ihre Hand.

Der feierliche Gottesdienst beeindruckte mich. Ich hatte das seit Jahren nicht mehr erlebt. Agathe saß andächtig auf ihrem Platz. Eine heitere Ruhe ging von ihr aus. Ab und zu blickte ich verstohlen zu ihr hin. Ihr Gesicht wirkte verklärt. War sie glücklich? Bestimmt, ich war es jedenfalls.

Als der Gottesdienst geendet hatte bat sie:

„Gehen wir noch nicht gleich zurück. Die Luft ist so kalt und klar, laß mich die Nacht noch ein bißchen genießen."

Mir war es recht. Wir schlangen die Arme umeinander und schritten schweigend durch die Straßen, die sich langsam leerten und ruhiger wurden. Der Mond war inzwischen untergegangen, aber zahlreiche Sterne funkelten am Himmel. Möge dieser Abend nie enden, wünschte ich. Wir schauten uns ab und zu lächelnd an, schwiegen aber, um die Stille nicht zu stören. Erst als uns kalt wurde, kehrten wir nach Hause zurück.

Dort redeten wir weiter, es gab ja soviel zu erzählen. Lange nach Mitternacht wurden wir schließlich müde.

„Du kannst in meinem Bett schlafen, ich schlafe auf dem Sofa."

„Das Sofa ist unbequem und dein Bett ist groß genug für uns beide. Außerdem", scherzte sie, „du brauchst dir gar keine Hoffnungen zu machen."

„Ich weiß", flachste ich zurück, „du hast deine Tage."

Sie lachte. Als wir im Bett lagen und ich noch einmal in ihre

leuchtenden Augen blickte, konnte ich mich nicht zurückhalten. Ich küßte sie auf die Stirn und sagte:
"Danke für den wundervollen Abend, kochana dziewczyna."
Sie erwiderte den Kuß.
„Ich habe zu danken. Aber hier ist es kalt."
„Wir können uns gegenseitig wärmen".
„Gute Idee."
Wir rückten zusammen, schmiegten uns aneinander und schliefen gleich ein.

Weihnachten

Agathe schlief noch als ich erwachte. Vorsichtig öffnete ich ein wenig den Rolladen. Das helle Licht eines klaren Wintertages fiel auf ihr dunkelblondes, lockiges Haar. Wie schön sie war ! Vorsichtig legte ich meinen Kopf auf ihre Brust und lauschte dem gleichmäßigen Pochen ihres Herzens. Die Wärme ihres Körpers durchdrang das dünne Nachthemd und erfüllte mich mit Wohlbehagen. Ich drehte mich etwas zur Seite, um auch den süßen Duft ihrer Haut zu genießen. Ihr ruhiger Atem schläferte mich allmählich ein.
Als ich wieder erwachte fiel mir der Armreif ein. Ich verließ das Bett und holte ihn aus meiner Schreibtischschublade. Als ich zurückkam, war auch sie wach.
„Ich habe ein Weihnachtsgeschenk für dich."
Ich reichte ihr die Schachtel. Sie öffnete sie und blickte hinein. Ihr Gesicht erstrahlte und errötete zugleich.
„Ich habe ihn extra für dich gekauft."
„Du schwindelst."
„Nein, ehrlich."
Es war in der Tat wahr: einige Wochen zuvor war ich abends durch die Stadt gelaufen und hatte dabei von ihr geträumt, so intensiv, daß Traum und Wirklichkeit miteinander verschmolzen. In der Auslage eines Juweliers hatte ich dann diesen Armreif entdeckt. Kurz entschlossen ging ich in das Geschäft hin-

ein und kaufte ihn, weil ich überzeugt war, dringend ein Geschenk für sie zu benötigen. Hinterher kam ich mir ziemlich dumm vor. Ich hatte keine Ahnung, wann oder ob überhaupt ich ihr den Reif jemals geben würde.

„Ich habe nichts für dich", sagte sie fast traurig.

„Doch, deine Anwesenheit ist das schönste Weihnachtsgeschenk für mich, kochana dziewczyna."

Ich küßte sie. Agathe war bestimmt glücklich - ich war es jedenfalls mit Sicherheit.

Wir standen auf, zogen uns an und machten uns etwas zu essen. Es war schon gegen Mittag. Draußen schien die Sonne.

„Der Tag ist zu schön um ihn in der Wohnung zu verbringen."

Wir fuhren ein Stück hinaus aufs Land, gingen umarmt in der Sonne spazieren, genossen das herrliche Wetter ... und redeten nicht viel. Zwischendurch tranken wir in einem Gasthof eine Tasse Kaffee.

„Was essen wir heute Abend ?" fragte Agathe als es anfing dunkel zu werden.

„Wir gehen aus. Ich kenne da ein sehr gutes Restaurant."

Schon von außen war zu erkennen, daß es sich um ein vornehmes Lokal handelte. Agathe warf einen Blick auf die aushängende Speisekarte.

„Ein wirklich teurer Laden, mir würde eine Pizza genügen."

Ich streichelte ihr Haar.

„Ach was, es wäre doch fast ein Verbrechen mit einer so hübschen Frau an Weihnachten in eine Pizzabude zu gehen", scherzte ich, „komm, wir gehen rein."

Ich merkte, daß sie unsicher war; vermutlich hatte sie noch nie in einem solch feinen Restaurant gespeist. Ein würdevoll daher schreitender Ober wies uns einen freien Tisch zu. Ich bestellte Wein und ließ die Speisekarte bringen. Agathe blickte sich schüchtern um und betrachtete die anderen Gäste.

„Lauter vornehme Leute", bemerkte sie.

„Die geben sich nur so, aber die sind auch nicht anders als wir", erwiderte ich und streichelte ihr dabei sanft ihren rechten Unterarm.

„Ja, wie du vielleicht, aber ich bin ...“

Sie kam nicht weiter, weil ich meinen rechten Zeigefinger auf ihre Lippen gelegt hatte. Mit der linken Hand warf ich ihr einen Kuß zu und sagte liebevoll:

„Rede nicht solche dummen Sachen.“

„Es ist aber sehr teuer hier“, wandte sie erneut ein.

„Keine Sorge, ich habe genügend Geld dabei.“

Zögernd suchte sie sich etwas aus. Ihre Unsicherheit blieb. Das Essen war wirklich hervorragend, das versöhnte Agathe einigermaßen. Ihre Stimmung besserte sich zwar, aber richtig erleichtert fühlte sie sich erst, als wir das Restaurant verließen.

„Das nächste Mal werden wir über diese vornehmen Gäste und ihr Gehabe schon unsere Scherze machen“, sagte ich lachend.

„Ja, das werden wir bestimmt“, pflichtete sie heiter bei.

Wir kehrten nach Hause zurück, legten uns ins Bett. Sie begann, meinen Kopf und meine Brust zu streicheln.

„Du bist lieb“, flüsterte sie.

Ich drückte ihr einen Kuß auf die Stirn.

„Du noch lieber.“

Meine Hand griff in ihr weiches Haar und spielte mit ihren zarten Locken. Und wenn auch die Natur zumindest im Augenblick eine Grenze gesetzt hatte, die wir nicht überschreiten wollten und somit verhinderte, daß es an diesem Abend zur äußersten Berührung kam, so rief doch ihre körperliche Nähe, ihre sanfte Haut und die wohlige Wärme, die sie ausstrahlte, ein unbeschreibliches Wonnegefühl in mir hervor. Ich spürte, daß es ihr ebenso erging. Erst spät schliefen wir, eng aneinander geschmiegt, ein.

Es ist verwunderlich, daß man in solch einer Stellung überhaupt gut schlafen kann, aber es muß wohl gehen, denn es war schon später Vormittag, als wir, immer noch eng umschlungen beieinander liegend, erwachten. Sie küßte mich auf den Mund.

„Guten Morgen“, hauchte sie.

„Dzien dobry, kochana dziewczyna“, erwiderte ich leise.

Sie lächelte über meine ungelenke Aussprache. Meine Hand fuhr unter ihr Nachthemd und streichelte sanft ihre Brüste und ihren Bauch. Sichtlich genoß sie diese Zärtlichkeit. Wir lagen noch eine Weile still beieinander bevor wir uns erhoben und ankleideten.

Nach einem kurzen Frühstück brachen wir auf. Die Sonne schien noch intensiver als am Vortag. Wieder verbrachten wir die Zeit bis zum Dunkelwerden weitgehend draußen, unterbrochen lediglich durch eine Tasse Nachmittagskaffee. Wir schlenderten durch den Wald, die Felder und die Wiesen meines Heimatstädtchens, und ich zeigte ihr die Stellen, wo ich als Junge mit meinen Freunden immer gespielt hatte; unseren alten Fußballplatz, der aber schon lange nicht mehr benutzt wurde und mittlerweile völlig zugewuchert war; die alte, mächtige Weide, die uns manchmal als Raumschiff, manchmal als Festung diente; die alte Müllkippe, aus der wir uns manch brauchbaren Gegenstand besorgten; den kleinen Bach, an dessen Rand wir oft Frösche fingen und uns dabei nicht selten nasse Füße holten; schließlich den träge dahin strömenden Fluß, auf dem wir gelegentlich mit einem Schlauchboot herumpaddelten. Der dicke Schilfgürtel an seinem Ufer mit den vielen 'Kanälen' und den unzähligen kleinen Inseln, der uns Buben immer als ein geheimnisvoller und gefährlicher Ort erschien, war infolge der mittlerweile durchgeführten Kanalisierung des Flusses allerdings verschwunden. Ich vergaß auch nicht, ihr von unserer Heldentat zu erzählen, als wir einmal im Spätherbst als es kalt wurde, den kleinen Bach mit Matratzen aus der Müllkippe aufstauten, so daß schon nach kurzer Zeit die umliegenden Wiesen überschwemmt waren.

„Na ja", sagte ich, „nachdem der kleine Waldsee, der uns im Winter immer als Eislaufbahn diente, nach einem heißen, regenarmen Sommer fast ausgetrocknet war, brauchten wir schließlich Ersatz."

Agathe genoß diese Führung, die Anschauung der Dinge brachte sie mir näher als es Worte je vermocht hätten. Ich fühlte es.

„Im Sommer fahren wir nach Polen, dann zeigst du mir deine Heimat."

„Ja, das tun wir", bestätigte sie, offensichtlich hatte sie auf diese Worte gewartet.

„Was machen wir heute Abend ?" fragte sie als die Sonne unterging.

„Ich habe eine Überraschung für dich. Heute findet in der Stiftskirche ein Weihnachtskonzert statt. Ich habe schon Karten bestellt", erklärte ich feierlich.

„Was ist das für Musik ?"

„Barock, vornehmlich Bach, Vivaldi, Corelli, Albinoni."

„Barock ?"

„Na ja, Musik aus der Zeit Mitte siebzehntes bis Mitte achtzehntes Jahrhundert. Es wird dir bestimmt gefallen."

Agathe schwieg, aber ich spürte, daß meine Antwort sie nicht befriedigte.

Wir aßen in einem kleinen Restaurant und besuchten anschließend das Konzert. Sie lauschte zwar andächtig der Musik, ihrem Gesichtsausdruck merkte ich jedoch an, daß diese ihr nicht so recht gefiel.

„Wie war's ?" fragte ich sie hinterher.

„Ach ganz nett. Aber ehrlich gesagt, ich höre lieber Schlager."

Ich lachte.

„Man muß diese Musik erst kennen und lieben lernen. Du wirst sehen."

„Vielleicht hast du Recht."

Wir suchten noch kurz die Schloßweinstube auf, um eine Kleinigkeit zu essen und zu trinken Dann kehrten wir nach Hause zurück.

Jahreswechsel

Die Tage bis Neujahr waren für mich wie ein langer Traum. Ihre Nähe warf ein derart helles Licht auf meine Seele, daß ich die dunklen Schatten, die sich ankündigten, nicht wahrnahm, vielleicht auch nicht wahrnehmen wollte.

Es schneite häufig in dieser Zeit. Wir unternahmen lange Spaziergänge durch weiße Landschaften, besuchten Ausstellungen und Museen, speisten abends in feinen Restaurants. Agathe wirkte manchmal unzufrieden.

„Warum müssen wir immer ausgehen? Ich würde abends auch mal gern zuhause bleiben, etwas kochen, fernsehen oder auch mal nur eine einfache Pizza essen gehen."

Wir blieben an einem Abend zuhause. Ein alter Jerry-Lewis-Film lief im Fernsehen. Sie lachte häufig über die meiner Meinung nach ziemlich schalen Späße. Ich saß daneben und las ein Buch.

„Du magst solche Filme wohl nicht", meinte sie schließlich.

„Nicht besonders."

„Schade", entgegnete sie, ihre Stimme klang traurig.

„Ach was", wandte ich ein, „es ist doch nicht nötig, daß wir immer das gleiche mögen."

„So?"

Mehr brachte sie nicht hervor, obwohl ich das Gefühlt hatte, daß sie eigentlich noch einiges sagen wollte.

Silvester stand vor der Tür; ich kaufte Karten für einen Neujahrsball. Agathe war dies nicht recht.

„Ich hätte lieber in einer Diskothek gefeiert."

„Der Ball ist wirklich toll. Die Diskothek läuft uns nicht weg, wir gehen morgen hin."

„Du hättest mich wirklich vorher fragen können."

Wir gingen zum Ball.

„Schon wieder so viele eingebildete Leute."

„Mach dir nichts aus den Leuten, wir haben doch uns."

Agathe wirkte anfangs gehemmt. Vielleicht gefiel es ihr aber dennoch. Ihre Stimmung besserte sich im Laufe des Abends.

„Na also", dachte ich, „sie muß sich erst einmal an die neue Umgebung gewöhnen, aber es wird schon werden."

Wir tanzten oft und je später es wurde, desto mehr blühte sie auf, schien mir. Es kam mir vor, als würde ein wunderbares, geheimnisvolles Licht von ihr ausgehen, das den gesamten Saal erhellte. Ich war stolz auf meine schöne Geliebte und genoß die neidischen Blicke anderer Männer. Um Mitternacht tranken wir Sekt und wünschten uns ein glückliches, gemeinsames Jahr. Wir umarmten uns lange.

„Ich bin ja so glücklich mit dir, ich liebe dich über alles", sagte ich endlich.

„Ich dich auch", entgegnete sie, aber ich wurde das Gefühl nicht los, daß ihre Stimme unsicher klang.

Am nächsten Abend besuchten wir die Diskothek. Ich hatte solch einen Schuppen seit mehr als zwanzig Jahren nicht mehr betreten und fühlte mich dort unwohl, Nicht nur wegen meines Alters. Die laute Musik mit ihrem monotonen Rhythmus, sowie auch das ständige Lichtgeblitze störten mich. Ich dachte daran, wie oft mich meine Tochter mit solch ähnlichem Krach, der ständig aus dem Radio ertönte, genervt hatte. Agathe dagegen gefiel es hier. Sie wirkte ungeheuer gelöst, in Hochstimmung. Notgedrungen tanzte ich mit ihr. Ich muß aber gestehen, ihre Schönheit, ihr Liebreiz und dieses unendlich wundervolle Strahlen, das von ihr ausging, versöhnten mich schließlich und bewirkten im Laufe des Abends nach und nach einen Stimmungsumschwung. In ihrer Gegenwart fühlt man sich überall wie im siebten Himmel ! Aber oft möchte ich da trotzdem nicht hin.

Januar

Es war schon spät oder besser gesagt, früh am Morgen, als wir die Diskothek verließen. Agathe mußte an diesem Tag wieder arbeiten; ich hatte eigentlich noch Urlaub, ihr aber versprochen, sie in die Firma zu bringen und blieb bei dieser Gelegenheit auch gleich dort. Ich hatte gerade einmal drei Stunden geschlafen und war entsprechend müde. Mit viel Kaffee hielt ich mich wach. Agathe erging es auch nicht besser. Nach Feierabend erledigten wir noch einige Einkäufe für das Wochenende, anschließend aßen wir in einer Pizzeria.

„Das ist mal was anderes als dieses ewige vornehme Zeug," meinte sie fröhlich.

Ich lachte und entgegnete:

„Es muß ja auch nicht immer Kaviar sein."

Irgendwo hatte ich diesen Spruch einmal gehört.

Das Wetter hatte mittlerweile umgeschlagen. Es war wärmer geworden, es taute, und es regnete die nächsten Tage fast ununterbrochen. Wir waren beide müde und verbrachten das Wochenende weitgehend im Bett. Wir sahen fern, lasen, liebkosten uns und redeten viel miteinander. Agathe erzählte mir ihr ganzes Leben, ihre Kindheit, Jugend, ihre Freundschaften. Ich will aber hier nicht näher darauf eingehen.

Montags begann der Alltag. Agathe blieb jetzt bei mir, ihre Wohnung suchte sie nur gelegentlich auf.

Im Stadttheater wurde am Wochenende 'Cosi fan tutte' aufgeführt. Ich besorgte Karten für Freitag Abend. Agathe verzog das Gesicht, als sie diese Neuigkeit erfuhr.

„Oh Gott, eine Oper", stöhnte sie.

„Sie ist wirklich gut", verteidigte ich mein Vorgehen, „ich habe sie vor Jahren schon einmal in Dresden gesehen."

„Und warum mußt du dann nochmals reingehen ?" fragte sie schnippisch.

Aber schließlich konnte ich sie doch überreden, sie ging mit, widerwillig. Die Aufführung gefiel ihr natürlich nicht. Ja, sie war nicht einmal bereit, hinterher noch einmal in die Schloßweinstube zu gehen. Sie wollte nach Hause, in ihre Wohnung. Mit viel gutem Zureden gelang es mir, sie während der Fahrt einigermaßen zu versöhnen. Ich blieb die Nacht über bei ihr, mußte allerdings in der Küche auf einer Matratze schlafen. Am nächsten Morgen war sie wie verändert. Sie kniete vor meiner Schlafstatt und küßte mich wach, dabei streichelte sie mich sanft.

„Tut mir leid wegen gestern Abend, Schatz, ich war ungerecht zu dir. Du wolltest mir doch nur eine Freude machen. Aber", ihre Stimme hatte einen weichen, mir jedoch fremden Klang,

„warum bestimmst du immer, was wir unternehmen ? Laß uns doch auch einmal etwas tun, was mir Spaß macht."

Ich blickte in ihre wundervollen Augen. Ich war zwar noch ziemlich schläfrig, aber dennoch wach genug, um auf der Hut zu sein.

„Jetzt bloß keinen Fehler machen", dachte ich.

Ich streichelte ihre Wangen.

„Was möchtest du denn gerne, kochana dziewcyna ?" fragte ich süß.

Sie lächelte.

„Heute Abend ins Kino gehen und anschließend in 'Die Kette'."

„Abgemacht", sagte ich schnell, froh darüber, daß dem Anschein nach alles noch einmal gut gegangen war und sie sich wieder versöhnlich zeigte, „ich war schon lange nicht mehr im Kino und weiß gar nicht, welche Filme aktuell sind."

„Keine Sorge, ich habe schon etwas ausgesucht."

Es war eines jener amerikanischen Hollywood - Machwerke, die maßgeblich zur Zerstörung unserer Kultur beitragen. Ich fügte mich dem Schicksal. Lieber keine Kultur als keine Agathe ! Ich war sehr beherrscht und ließ mir nichts anmerken.

„Die Kette" schließlich, erwies sich als typische Proletenkneipe. Die Einrichtung war einfach, billige Tische und Stühle, ohne jeden Stil, ein paar Bilder an der Wand. In irgendeiner Ecke lief ein Fernsehapparat, aus der Musikbox neben der Eingangstür ertönte Rapmusik. Zahlreiche Spielautomaten hingen neben den Bildern an den Wänden oder standen im Schankraum. An einigen Tischen saßen Männer, sowie ein paar Frauen, die Karten spielten. Sie redeten dabei wild durcheinander; auch gesellten sich hier offenbar diverse Nationen, denn es herrschte ein babylonisches Sprachengewirr. Eine solche Pinte hatte ich wohl schon seit fünfundzwanzig Jahren nicht mehr betreten.

Wir fanden einen freien Platz. Eine Kellnerin, die wie ein Strichmädchen aussah, fragte nach unseren Wünschen. Wir bestellten Bier. Agathes Augen leuchteten.

„Wir kommen oft hierher; hier ist es wirklich schön, man trifft Leute, kann miteinander reden, spielen. Mein Freund", sie zögerte etwas, dann verbesserte sie, „mein Ex-Freund spielt Karten, ich flippere lieber."

„Und ab und zu wird einer abgestochen", warf ich ein .

„Dummkopf !" entgegnete sie lachend, „hier gibt es keine Schlägereien. Hast du Lust auf ein Flipperspiel ?"

So mit elf bis fünfzehn Jahren, als die ersten Flipperautomaten in unserem Dorf auftauchten, hatten wir dieses Spiel mit Leidenschaft betrieben, oft unser gesamtes Taschengeld dafür ausgegeben. Aber wie lange hatte ich nicht mehr vor so einem Apparat gestanden ! Ich willigte ein und wir suchten uns ein freies Gerät. Agathe gewann natürlich, obwohl ich mich trotz mangelnder Übung gar nicht so ungeschickt anstellte. Wir probierten auch die anderen Spielautomaten aus. Agathe gewann stets, außer beim Tischfußball. Hier wirkte sich das Training mit meinem Sohn positiv aus. Lang ist's her, dachte ich.

Agathes Verhalten kam mir so neu und ungewöhnlich vor; lange Zeit später, in der Erinnerung, erkannte ich, daß sie hier wirklich glücklich gewesen war. Erst als die Kneipe schloß brachen wir auf.

„Fahren wir zu dir", sagte sie, und ich merkte schon an ihrer Stimme, daß diese Nacht anders, intensiver werden würde als die, die ich bisher mit ihr verbracht hatte. Ich täuschte mich nicht. Erst spät am anderen Morgen erwachten wir und setzten wie im Rausch das Spiel, das der Schlaf unterbrochen hatte, fort. Wir verließen das Bett an diesem Sonntag nur zu kurzen Essenspausen.

Für mich war aber an diesem Tag unsere Beziehung in eine neue Phase getreten und ich träumte von einer wundervollen Liebesbeziehung, die ewig währen sollte. Das beruhigte mich.

Ich hatte während der letzten Wochen meine Arbeit etwas vernachlässigt und geriet nun in Bedrängnis. In einer Woche begann die Konferenz und mein Beitrag war noch weit von dem entfernt, was man als 'angemessen' bezeichnen konnte. Kurzum, Agathe mußte zurückstehen, weil ich bis spätabends mit meinem Vortragstext und der schriftlichen Ausarbeitung für den Konferenzbericht beschäftigt war. Wir sahen uns praktisch nur beim Frühstück und zum Mittagessen - in der Kantine. Sie blieb in dieser Woche auch in ihrer Wohnung. Die Sache paßte ihr nicht, sie war verärgert; ich spürte es, obwohl sie nichts sagte.

Um sie zu versöhnen kaufte ich Karten für ein Konzert am Freitag abend. Es sollten Lieder aus der Zeit der Romantik, überwiegend von Schubert, aufgeführt werden. Aufgrund der Programmankündigung hatte ich eine ungefähre Vorstellung, was geboten werden sollte und war daher der festen Überzeugung, daß es ihr diesmal bestimmt gefallen würde.

Doch der Abend verlief enttäuschend, sie saß gelangweilt da und wartete ungeduldig auf das Ende.

„Das war ja noch schlimmer als die Oper neulich", sagte sie hinterher mißmutig, ließ sich diesmal aber immerhin zu einem Glas Wein einladen und war letztlich sogar bereit, bei mir zu übernachten.

„Morgen Abend gehen wir ins Kino."

Es wurde wieder so ein gräßlicher Hollywoodschinken gezeigt. Um Agathe keinen Grund zu geben, beleidigt zu sein, wandte ich alle meine Verstellungskünste auf, lobte sogar den Film. Sie merkte offensichtlich, daß ich heuchelte, aber eigentlich empfand ich mein Verhalten nicht als Falschheit, ich liebte sie wirklich und mir war bewußt geworden, daß ich auch manchmal ihren Wünschen nachgeben mußte.

Anschließend besuchten wir noch 'Die Kette'. Doch irgend etwas war anders als am Samstag zuvor. Diese gelöste Stimmung wollte einfach nicht aufkommen.

Ich brachte Agathe nach Hause. Sie wollte nicht bei mir übernachten, da ich am nächsten Morgen schon früh aufbrechen mußte und sie wegen der schlechten Verbindungen sonntags Mühe hatte, mit öffentlichen Verkehrsmitteln zurückzufahren.

Auf dem Heimweg überdachte ich die Geschehnisse der letzten Tage. Anfänglich konnte ich keine befriedigende Erklärung für ihr so wechselhaftes Verhalten finden. Irgendwann fiel mir ein, daß es bei Frauen eine Zeit im Monat geben soll, in der sie besonders empfindlich, launisch und leicht reizbar sein sollen; das hatte ich irgendwo einmal gelesen und auch bei meiner Ehefrau öfters beobachtet. Ich rechnete die Tage bis zum Heiligen Abend zurück und gewann die Überzeugung, daß dies der Grund sein müsse.

„Damit muß man leben," beruhigte ich mich.

In der Tat wirkte Agathe völlig verändert, als ich sie am nächsten Abend anrief. Wir telefonierten lange miteinander. Sie erzählte mir in allen Einzelheiten, was sie tagsüber erlebt hatte und wollte gar nicht aufhören. Ich kam kaum dazu, kurz über meine Reise und die Gegebenheiten hier in den Bergen zu berichten. Sie schickte mir tausend Küsse durch den Fernsprecher und wünschte mir viel Erfolg.

Ich mußte meinen Vortrag schon gleich am Montag morgen halten, so daß ich bis zur Kaffeepause meine eigentliche Pflicht schon erledigt hatte, was bewirkte, daß ich dem Tagungsverlauf nur noch mit einem Ohr folgte und statt dessen von Agathe und unserer gemeinsamen Zukunft träumte. Gewiß, bis Anfang Mai erwarteten uns noch einige harte Wochen. Es standen längere Experimente auf dem Programm und meine Zeit würde sehr knapp sein. Aber dann sollte ein langer, wunderbarer Sommer folgen. Ich malte die vielen herrlichen Abende, die wir zusammen verbringen würden in den hellsten Farben. In diesem Anflug von Euphorie bemerkte bei unserem abendlichen Telefongespräch gar nicht den Stimmungswandel gegenüber dem Vortag. Dies wurde mir erst viel später, als ich über unsere gemeinsame Zeit nachdachte, bewußt.

Am nächsten Nachmittag mietete ich mir ein Paar Skier. Die Bedingungen auf der Piste waren, jedenfalls meiner Meinung nach, hervorragend. Ich genoß, bei prächtigem Sonnenschein, die kalte, klare Bergluft. Im nächsten Jahr würde ich mit ihr hier sein. Meine Gedanken waren so intensiv, daß ich sie oft neben mir glaubte. Ich sah wie sie graziös in ihrem weißen Skianzug zu Tal fuhr und ihre herrlichen, dunkelblonden Locken wie Gold in der Sonne glänzte - kochana dziewczyna.

Um so härter traf mich ihre frostige Stimme, als ich sie am Abend anrief. Sie wirkte abwehrend, in Eile und bestrebt unser Gespräch rasch zu beenden. Unruhe erfaßte mich. Ich fieberte dem nächsten Abend entgegen. Eine ihrer Mitbewohnerinnen meldete sich.

„Agathe ist nicht da. Sie ist ausgegangen und wird erst sehr spät wieder zurückkommen."

Der Donnerstag zog sich quälend hin. Ich konnte mich kaum auf die Vorträge konzentrieren und fühlte mich erst erlöst als sie sich am Telefon meldete. Die Enttäuschung folgte unmittelbar.

„Wir können uns am Wochenende leider nicht sehen, ich fahre weg. Morgen bin ich auch nicht zuhause. Tut mir leid."

Ich wollte sie näheres fragen, merkte aber an ihrem entschlossenen Tonfall, daß sie nicht bereit war Auskunft zu geben. Das Gespräch dauerte nur wenige Minuten.

„Wir sehen uns am Montag beim Frühstück in der Kantine, dann erkläre ich dir alles. Mach dir keine Sorgen. Tschüs."

Die letzten Worte sollten mich wohl beruhigen, bewirkten aber das Gegenteil. In dieser Nacht fand ich kaum Schlaf.

Am nächsten Abend fand die große Abschiedsparty statt. Ich betrank mich, mit der Konsequenz, daß ich am nächsten Morgen verschlief und meinen Zug verpaßte. Ich kam daher samstags erst sehr spät zuhause an und legte mich gleich schlafen.

Der Sonntag war schlimm. Ein paar Mal war ich nahe daran, sie anzurufen, unterließ es aber. Ich versuchte, mich durch einen langen Spaziergang abzulenken. Vergeblich. Auch in dieser Nacht fand ich kaum Schlaf.

Wir trafen uns am Montag morgen gegen neun Uhr in der Kantine. Agathe kam ohne Umschweife zur Sache.

„Also hör mir zu, ich habe mich mit meinem Freund wieder versöhnt."

Diese Mitteilung traf mich wie ein Keulenschlag.

„Bitte sei mir nicht böse."

Wie konnte ich ihr je böse sein !

„Du bist anders, denkst anders, lebst anders als ich - eben in einer anderen Welt. Wir haben einige schöne Feiertage miteinander verbracht - Feiertage eben. Aber der Alltag ist anders. Du liebst Dinge, an denen mir nichts liegt - und umgekehrt. Das weißt du genau, deshalb willst du mich auch umerziehen, in deine Welt versetzen. Aber das will ich nicht ! Ich will bleiben wie ich bin und leben, wie ich immer gelebt habe. Ich habe das zum Glück rechtzeitig begriffen. Denk auch einmal darüber nach, denn das, was du Liebe nennst, kann den Gegensatz nicht überbrücken. Mein Freund mag in deinen Augen ein Rüpel, ein Prolet sein und mich manchmal schlecht behandeln. Was soll's ? Davon sterbe ich nicht. Aber er akzeptiert mich so wie ich bin und will mir nicht meine Seele nehmen. Mit dir dagegen wäre ich, wenn der erste Rausch verflogen ist, nur unglücklich. Versuche bitte nicht, mich umzustimmen, mein Entschluß steht fest."
Ich bin nicht sehr redegewandt und war auch noch müde von der schlaflosen Nacht, daher fehlten mir jetzt die richtigen Worte, ich sagte nur:
„Es ist schade, aber ich habe doch auch versucht, auf dich einzugehen, denke an das Kino, an 'Die Kette'."
Agathe lächelte bitter:
„Sage jetzt bitte nicht, du seist auf meine Wünsche eingegangen ! Nein, du bist mir immer nur ein Schritt entgegengetreten und hast erwartet, daß ich dafür zwei Schritte auf dich zukomme - und das hättest du fortgesetzt bis wir zusammen gewesen wären. Dann wärst du zurückgegangen und hättest erwartet, daß ich dir folge, bis du deine alte Position wieder erreicht hättest. Weißt du, wir sind wie Wasser und Öl - das mischt sich nicht."
Wir blickten uns eine Weile schweigend an.
„Warum nur ? Ein bißchen guter Wille. Ich liebe dich doch !" stammelte ich hilflos.
Agathe schüttelte den Kopf.
„Nein, nein", antwortete sie, „du liebst eine Frau, die zwar so aussieht wie ich, aber eine andere Seele hat, nämlich deine ei-

gene. Ich bin nur die Hülle für deinen Traum. Trotzdem, es waren schöne Tage mit dir. Aber jetzt muß ich gehen, meine Pause ist um."

Sie erhob sich und ging. Ich blieb wie versteinert zurück. Es dauerte eine Weile, bis ich die Besinnung wieder fand und begriff, was geschehen war. Ich trank meinen Kaffee aus und schritt langsam in mein Büro zurück.

Epilog

Wir sahen uns weiterhin häufig. Anfangs redeten wir noch viel miteinander, doch im Laufe der Zeit wurden unsere Gespräche belangloser und kürzer. Schließlich beschränkten wir uns bei unseren Begegnungen auf einen kurzen Gruß.

Ich hatte aber in der kurzen Zeit unseres Beisammenseins bei weitem nicht alle Geheimnisse ihres Körpers kennengelernt und so blieb ein Großteil des Zaubers, den eine Frau auf einen Mann ausübt, der sie liebt, sie jedoch noch nicht berührt hat - ich nenne das manchmal subjektive Jungfräulichkeit - erhalten. Anfangs bildete ich mir ein, wir seien noch zusammen, was dazu führte, daß ihr zu Ostern ein Geschenk kaufte. Sie nahm es an, wohl um mich nicht unnötig zu kränken.

Ich dachte oft über ihre Worte nach, konnte oder wollte deren Sinn nicht begreifen.

Nach und nach fand ich mich mehr und mehr mit den Gegebenheiten ab, mein seelisches Gleichgewicht fand ich aber deswegen noch lange nicht wieder. Ich versuchte, nicht mehr an sie zu denken, ihr aus dem Wege zu gehen, was jedoch nur schlecht gelang. Ich nahm Urlaub, um sie längere Zeit nicht zu sehen, doch kaum war ich ins Büro zurückgekehrt und erblickte sie, blühte die alte Sehnsucht nach ihr wieder auf. Nur langsam und mit vielen Anstrengungen erlangte der Verstand die Herrschaft über die Leidenschaft. Nicht etwa, daß die Leidenschaft abgeklungen wäre, nein, es war vielmehr die zunehmende Einsicht in die Sinnlosigkeit meiner Hoffnung, sie zurückzugewinnen. Es war aber kein geradliniger Prozeß, es gab viele Oszillationen.

Irgendwann erhielt ich einen Brief von einem Rechtsanwalt, aus dem hervorging, daß meine Frau die Scheidung eingereicht hatte; meinetwegen. Ich brachte die Angelegenheit lustlos hinter mich.

Gegen Ende des Sommers veränderte sich allmählich Agathes Aussehen. Sie wurde fülliger. Ich erkannt bald den Grund: Agathe war schwanger.

Diese Erkenntnis erfüllte mich mit Entsetzen, mir wurde klar, daß unsere Zeit zu Ende ging.

Wie gern hätte ich die Uhr angehalten!

Ich verfiel in Apathie, vernachlässigte meine Arbeit, um sie so häufig wie möglich zu sehen, denn bald würde sie nur noch in meiner Erinnerung leben.

Eines Tages, es war Anfang Dezember, sprach sie mich an:

„Es ist bald soweit", und strich sich dabei mit der rechten Hand über den Bauch, „heute ist mein letzter Arbeitstag. Was hinterher wird, weiß ich noch nicht genau. Ich werde aber zunächst einmal längere Zeit pausieren, um mich um das Baby zu kümmern. Hierher kehre ich sicherlich nicht mehr zurück. Wir werden uns auch nicht mehr sehen. Lebe wohl."

Ich hatte zwar diesem Moment schon lange erwartet, trotzdem trafen mich ihre Worte wie ein Keulenschlag. Ich wollte ihr noch so vieles sagen, aber meine Zunge versagte.

„Lebe wohl, Agathe", antwortete ich schließlich, nach langer Pause, „und alles Gute für die Zukunft, kochana dziewcyna."

„Danke", erwiderte sie und lächelte, „aber jetzt muß ich gehen."

Ich schaute ihr noch nach, bis sie in einem Seitengang verschwunden war.

Zegnaj sloneczko!

Dann kehrte ich in mein Büro zurück.

„Vorbei", murmelte ich leise und zündete eine Zigarette an.

Ich versuchte, mich auf meine Arbeit zu konzentrieren, was mir mit einiger Mühe auch recht und schlecht gelang.

Die folgenden Wochen waren eine schlimme Zeit. Ich wehrte mich dagegen zu glauben, sie nie wieder zu sehen. Ich suchte oft die Gänge nach ihr ab und bildete mir ein, unsere letzte Begegnung sei nur ein böser Traum gewesen und alles sei noch wie vorher.

Ich setzte meine Hoffnung auf Weihnachten. An Heiligabend mußte sie hier sein, wie im letzten Jahr. Obwohl ich eigentlich nichts zu tun hatte, fuhr ich an diesem Tag ins Büro. Ich fieberte dem Mittag entgegen. Zitternd vor Erwartung schritt ich langsam zur Eingangshalle zum Kaffeeautomaten und blickte mich erwartungsvoll um. Es saßen da aber nur ein paar Chinesen, die im Gästehaus wohnten. Ich nahm mir einen Kaffee und setzte mich an einen Tisch, von dem aus ich den Raum gut überblicken konnte. Agathe mußte doch kommen ! Sicherlich war ich zu früh. Ich rauchte eine Zigarette und wartete. Viele Zigaretten und viele Tassen Kaffee folgten. Als es zu dunkeln anfing wurde ich mir der Lächerlichkeit meines Wartens bewußt. Ich fuhr nach Hause, schmückte den Weihnachtsbaum. Mich überkam nun der Gedanke, ich würde Agathe in der Kirche finden. Sosehr ich mich auch gegen diese absurde Idee wehrte, sie erfaßte mich stärker und stärker. Schließlich besuchte ich den Gottesdienst. Natürlich fand ich sie dort nicht.

Langsam, fast unwillig trat ich den Heimweg an. Zuhause angekommen tat ich das, was ich mir schon im letzten Jahr vorgenommen hatte: ich betrank mich.

Irgendwann schlief ich im Sessel ein.

Episode 2: Zeit der Zweifel

Heiligabend

Es war noch dunkel als ich das Haus verließ. Ich stieg ins Auto, startete den Motor und fuhr los, durch die Straßen unseres Städtchens, die im Glanz der Weihnachtsdekoration erstrahlten. Mein Weg führte in Richtung Autobahn.

Es war Heiligabend, etwa halb acht Uhr am Morgen. Noch hatten die meisten Geschäfte nicht geöffnet, und es waren daher nur wenige Menschen unterwegs. Bald aber würde der Rummel losbrechen. Tausende würden sich durch die Straßen quälen, um noch ausstehende Weihnachtseinkäufe zu erledigen: letzte Geschenke, das Fleisch für den Braten oder Alkohol, der ja an solchen Tagen besonders reichlich genossen wird. Ich jedoch konnte getrost den ganzen Rummel hinter mir lassen. Meine Frau hatte sich vor ein paar Monaten von mir getrennt, ich lebte jetzt allein. Die wenigen, notwendigen Sachen, die ich über die Feiertage brauchte, waren schon längst besorgt, sogar einen kleinen Weihnachtsbaum hatte ich am Vorabend noch schnell gekauft. Verpflichtungen gab es heute für mich nicht. Die Geschenke für meine schon fast erwachsenen Kinder hatte ich bereits am vierten Advent abgeliefert.

Ich hatte mir vorgenommen, bis etwa vier Uhr nachmittags im Büro zu arbeiten; dann blieb mir noch genügend Zeit, den Baum zu schmücken, ein bißchen alleine Weihnachten zu feiern, vielleicht wieder einmal nach vielen Jahren den Gottesdienst zu besuchen und mich hinterher zu betrinken. Der Tag lag also klar vor mir.

Gegen halb neun erreichte ich mein Büro und begann gleich zu arbeiten. Draußen dämmerte ein diesiger Tag, ab und zu fiel ein leichter Nieselregen. Man versäumt nichts, sagte ich mir, das ideale Arbeitswetter. Ich ging die Meßdaten unseres letzten Experimentes noch einmal durch, analysierte manches, was noch unklar erschien, neu, rechnete Ergebnisse nach und machte mir Notizen für einen Vortrag, den ich Mitte Januar auf einer Konferenz halten sollte. Zwischendurch rauchte ich die eine oder andere Zigarette oder trank etwas Tee, den ich mir im Labor nebenan zubereitete. So verging der Vormittag. Gegen ein Uhr verspürte ich Hunger und aß ein mitgebrachtes belegtes Brot. Anschließend hatte ich Lust auf eine Tasse Kaffee.

Einen Automaten gab es in der Eingangshalle am anderen Ende des Gebäudes. Vermutlich hatten sie ihn gestern nochmals aufgefüllt, so daß meine Chance etwas zu bekommen gut standen. Ohne große Eile schritt ich durch die ausgestorbenen Gänge. Aus dem einen oder anderen Zimmer drangen Geräusche, es hatten sich wohl noch mehr Kollegen heute hierher verirrt.

Die Eingangshalle mit dem Kaffeeautomaten war aber leer oder, genau gesagt, fast leer. An einem der Tische saß eine junge Frau. Obwohl sie mir den Rücken zukehrte erkannt ich sie sofort. Sie war eine unserer Gebäudereinigerinnen, ein Polin. Was machte ausgerechnet sie heute hier ?

Ich wußte, sie war eine sehr hübsche Frau. Sie hatte dunkelblonde, lockige Haare, wundervolle weiche Gesichtszüge, war schlank, aber nicht dünn. In der Regel trug sie dunkle Leggins und einen weiten Pulli. Die schlichte Kleidung hob ihre natürliche Schönheit in besonderem Maße hervor. Ich schätzte sie auf ungefähr dreißig Jahre. Am meisten jedoch beeindruckten mich ihre Augen. Ich weiß nicht so recht wie ich es ausdrücken soll, aber sie hatten einen Glanz, ein Leuchten, das mir, ehrlich gesagt, manchmal den Verstand raubte. Sie wissen, was ich meine ? Ich hatte sie schon oft gesehen und manchmal auch überflüssige Wege gemacht, um ihr zu begegnen, wenn sie in unserem Gebäudeabschnitt die Flure wischte. Ich hatte auch versucht mit ihr zu flirten, zunächst vorsichtig, mit ein paar freundlichen Worten, ja, ich hatte mir sogar ein paar Worte polnisch angeeignet, oder indem ich ihr eine der Gangtüren aufhielt, wenn sie mit ihrem Putzwagen durchmußte; es versteht sich von selbst, daß manchmal etwas Zeitaufwand notwendig war, um im richtigen Augenblick zur Stelle zu sein. Sie hatte mir auch meistens freundlich zugelächelt, meine Worte liebenswürdig erwidert, doch alle meine Versuche, ihre Bekanntschaft zu machen, waren gescheitert. Sie gab sich mir gegenüber äußerst zurückhaltend und scheu, obwohl sie im Kreise ihrer Kollegen von der Reinigungsfirma recht temperamentvoll, ausgelassen, ja sogar burschikos auftreten konnte. Einmal hatte ich mich besonders weit vorgewagt und sie einfach zu einem Kaffee eingeladen - ohne Erfolg, sie lehnte ab.

Nun saß sie also hier, allein. Die Chancen, endlich mit ihr ins Gespräch zu kommen, waren gut. Obwohl ich ein leichtes Herzklopfen verspürte, zögerte ich nicht lange. Ich nahm den Plastikbecher mit dem Kaffee in die Hand und ging zu ihr hin.

„Dzien dobry bardso piekne kobiety, jak sie pani povodzi ?"

Sie drehte sich um, lachte mich an und schüttelte dabei den Kopf.

„Was machen Sie denn heute hier ?" fuhr ich fort.

„Ich warte auf den Bus, und Sie ?" erwiderte sie mit ihrer weichen Stimme, ihre Augen leuchteten mich an.

Ich wurde verlegen, kam ganz aus dem Konzept. Eigentlich hatte ich sie ausfragen wollen, aber nun war ich es, der brav antwortete.

„Ich arbeite."

„Aber heute arbeitet hier doch kein Mensch !"

„Ich bin aber Physiker", antwortete ich lachend, langsam gewann ich meine Sicherheit zurück, „solche Leute haben immer etwas zu tun. Ich zum Beispiel muß im Januar zu einer Tagung fahren und einen Vortag halten. Die ruhige Zeit an und zwischen den Feiertagen eignet sich besonders gut zur Vorbereitung, zum Texte schreiben, Bilder anfertigen und so weiter. Man wird weniger gestört und kann sich besser konzentrieren -

wenn man nicht gerade am Kaffeeautomaten eine schöne Frau trifft."

„Ja das ist möglich", erwiderte sie, leicht errötend.
Mir war nicht ganz klar, was sie damit meinte. Sie blickte zur Uhr.

„Ich muß jetzt gehen, ich verpasse sonst den Bus."
Diese Worte gefielen mir gar nicht, ich wollte sie unbedingt noch etwas dabehalten.Während ich also fieberhaft überlegte, was zu tun sei, fiel mein Blick durch die Scheibe der Eingangstür. Ich zeigte nach draußen.

„Es hat wieder angefangen zu regnen und bis zur Haltestelle sind es fast zwei Kilometer. Sie werden völlig durchnäßt wenn sie die Strecke zu Fuß gehen. Ich kann sie aber hinfahren oder besser, ich kann Sie nach Hause bringen. Das ist kein Problem."

Sie blickte mich unschlüssig an; die Nässe da draußen schien zwar ein gutes Argument, trotzdem ließ ich nicht locker.

„Na ja, Sie können auch eins zwei Straßen eher aussteigen, falls Sie Angst haben, ihr Mann oder Freund werden Krach machen, wenn Sie von einem Fremden nach Hause gebracht werden."

„Machen Sie sich keine Sorgen wegen meines Freundes, er ist ein lieber Kerl und außerdem, wir wohnen nicht zusammen."

„Na, wenn das so ist, können noch einen Moment plaudern. "
Sie war aufgestanden und hatte ihre Jacke bereits angezogen.
Nun überlegte sie eine Weile.

„Eigentlich haben Sie recht, ja, das könnten wir."
Sie setzte sich und zog die Jacke wieder aus.

„Mögen Sie auch einen Kaffee ?"

„Gern."
Ich ging zum Automaten und holte zwei Tassen. Sie hatte sich inzwischen eine Zigarette angezündet und hielt mir die Schachtel hin.

„Rauchen Sie auch ?"

„Ja, natürlich."

Es ist schon seltsam, wie rasch sich manche Dinge verändern. Noch vor wenigen Minuten war sie bestrebt, unser Gespräch zu beenden und zu gehen, und jetzt machte sie es sich bequem.

„Eigentlich könnten wir ‘Du’ zueinander sagen, das lockert die Unterhaltung etwas auf“, schlug ich vor, „ich heiße übrigens Fritz.“

„Gut“, antwortete sie, „ich habe mich schon über Sie ... dich gewundert, denn die meisten hier duzen mich, ohne vorher um Erlaubnis zu fragen. Ich heiße Agathe.“

Ich wußte noch immer nicht, wieso sie hier war.

„Warum bist du eigentlich mit dem Bus gekommen? Dein Freund hat doch sicher ein Auto.“

„Ja, das schon, allerdings muß er heute arbeiten, er ist in einem Kaufhaus beschäftigt. Anschließend will er noch das Auto in Ordnung bringen, morgen werden wir nämlich zu meinen Eltern fahren, nach Polen.“

„Und warum bist du heute hier?“

„Die Sache ist so: gestern Abend habe ich gepackt und dabei festgestellt, daß mein Paß fehlt. Auch nach langem Suchen habe ich ihn nicht gefunden. Endlich fiel mir ein, daß ich vorgestern wegen meiner Aufenthaltserlaubnis zwischendurch auf dem Ausländeramt war, und ich dachte mir, ich hätte ihn möglicherweise anschließend mit den anderen Sachen in meinen Spind gelegt und dort vergessen. Deshalb bin ich heute gekommen, um nachzusehen. Hier ist er übrigens.“

Sie hielt mir den Paß hin.

„Und wo wollt ihr hin?“ fragte ich weiter.

„Ich komme aus der Nähe von Krakau, das sind fast neunhundert Kilometer. Mein Freund wird die Strecke alleine fahren müssen, weil ich keinen Führerschein habe. Deswegen werden wir heute Abend auch nur kurz Weihnachten feiern, er braucht seine Ruhe. Er ist ein bißchen nervös, er war noch nie in Polen; da muß ich ihn vorher schonen.“

„Du magst deinen Freund wohl sehr?“

Sie strahlte.

„Oh ja, er ist meine große Liebe. Leider ist er ein eingefleischter Junggeselle, aber ich bringe ihn schon dazu, mich zu heiraten, ich kenne da ein sehr gutes Mittel."

Ich verstand; oh, Agathe, was bist du doch für ein süßes Biest!

„Und was machst du so an Weihnachten?" fragte sie jetzt zurück.

Ich zuckte mit den Schultern.

„Nichts weiter, ich bin allein; ich werde vielleicht zum Gottesdienst gehen und mich hinterher betrinken."

„Das ist aber auch keine Lösung für deine Probleme."

„Nein, aber dämpft die innerliche Unruhe. Übermorgen werde ich dann ein Weihnachtskonzert besuchen, das ist eine Abwechslung."

Agathe blickt zur Uhr und sagte zu meinem Leidwesen:

„Oh, es ist schon drei. Sei mir bitte nicht böse, ich muß jetzt gehen."

„Ich bin dir doch nicht böse. Es war schön, überhaupt einmal mit dir zu reden."

„Es muß ja nicht das letzte Mal gewesen sein. Anfang Januar bin ich wieder da, dann können wir öfters einmal zusammen Kaffee trinken. Du bist ein netter Kerl."

Sie lächelte mich an, ich wurde verlegen - und vermutlich auch leicht rot.

„Das wäre fein; ich hole nur noch schnell meine Sachen, dann können wir losfahren."

Ich brachte sie zu ihrer Wohnung.

„Frohe Weihnachten, Agathe, und gute Reise."

„Frohe Weihnachten, Fritz, und trinke nicht so viel."

Sie zwinkerte mir zu. Sie sah wirklich süß aus.

Die Begegnung mit Agathe hatte eine beruhigende Wirkung auf mich. Ich wünschte, sie wiederzusehen, mit ihr Kaffee zu trinken, plaudern, ihr strahlendes Lächeln genießen, ihre Wärme zu fühlen, ihren herrlichen Duft atmen. Ach, wäre es schon Januar!

Ich schmückte den Baum, kochte, aß etwas, hörte Musik und besuchte den Gottesdienst. Nach dessen Ende verspürte ich keine Lust, gleich nach Hause zu gehen. Es hatte inzwischen aufgeklart, es war kalt geworden. Am Himmel glitzerten zahlreiche Sterne. Ich schlenderte langsam durch die Straßen, die sich allmählich leerten und ruhiger wurden. Erst als ich zu frieren begann, kehrte ich in meine Wohnung zurück.

Dann fiel mir der Armreif ein. Einige Wochen zuvor war ich abends durch die Stadt gelaufen und hatte dabei von Agathe geträumt, so intensiv, daß Traum und Wirklichkeit miteinander verschmolzen. In der Auslage eines Juweliers hatte ich den Armreif entdeckt. Kurz entschlossen ging ich in das Geschäft hinein und kaufte ihn, weil ich überzeugt war, dringend ein Weihnachtsgeschenk für sie zu benötigen. Hinterher kam ich mir ziemlich dumm vor. Ich hatte keine Ahnung, wann oder ob überhaupt ich ihr den Reif jemals geben würde.

Ich holte ihn nun aus der Schreibtischschublade, betrachtete ihn lange und legte ihn endlich unter den Weihnachtsbaum.

„Diese Jahr ist es noch zu früh", dachte ich, „aber irgendwann werde ich ihn ihr schenken."

Ich setzte mich wieder in den Sessel, las, hörte Musik, bis lange nach Mitternacht

„Sloneczko! Nein betrinken werde ich mich heute Abend nicht!"

Bleierne Tage

Ich erwachte gegen elf Uhr, verließ das Bett und öffnete den Rolladen ein wenig. Das helle Licht eines klaren Wintertages fiel mir entgegen.

„Es ist viel zu schön da draußen, um den Tag im Zimmer zu verbringen, ich werde wandern gehen."

Nach einem kurzen Frühstück brach ich auf, fuhr ein Stück aufs Land hinaus und genoß die strahlende Wintersonne.

Manchmal sah ich Agathe neben mir, ihre blonden Locken glänzten im hellen Licht. Wärst du nur bei mir !

In einem kleinen Gasthof trank ich eine Tasse Kaffee und setzte dann meinen Weg, der eher einem Traumwandel glich, fort. Erst als es dunkel wurde, kehrte ich nach Hause zurück.

Am nächsten Abend fand in der Stiftskirche ein Weihnachtskonzert statt. Es wurde Musik aus dem Barock, Stücke von Bach, Vivaldi, Corelli, Albinoni, dargeboten. Ich hatte mich sehr darauf gefreut. Die Musik war herrlich, nur ein kleiner Wermutstropfen trübte meine Freude: Agathe fehlte; wie schön, wenn sie jetzt neben mir säße.

Die Tage bis Neujahr verliefen quälend langsam. Es schneite häufig in dieser Zeit. Eigentlich hatte ich Urlaub, aber nun holte ich meine Unterlagen aus dem Büro, um an meinem Vortrag für die Januartagung zu arbeiten. Auf diese Weise konnte ich die ständigen Gedanken an Agathe wenigstens ein bißchen vertreiben.

Ein neues Jahr begann, ein Jahr der Freundschaft und der stillen Liebe. Noch vier Tage, dann würde ich sie endlich wiedersehen.

Freitags fiel mir ein, daß ich ja noch ein Geschenk für sie brauchte, denn der Armreif kam nicht in Frage. Ich fuhr in die Stadt, suchte lange, denn nach und nach wurde mir klar, daß ich seit unserem Abschied in einer Traumwelt gelebt hatte. Agathe war vergeben, ich konnte zwar ihre Freundschaft gewinnen, nicht jedoch ihre Liebe. Entsprechend mußte ich das Geschenk wählen, es durfte keinen falschen Eindruck bei ihr erwecken, sonst bestand die Gefahr, auch ihre Freundschaft zu verlieren. Nach langem Überlegen schien mir ein Duschgel geeignet, neutral genug. Ich kaufte eines von den teureren Sorten.

Das Wochenende erschien mir unendlich lang. Ich zählte die Stunden, manchmal sogar die Minuten und fieberte dem Montag entgegen.

Freundschaft

Der Gang durch das Gebäude zum Büro verlief enttäuschend. Ich konnte Agathe nirgends entdecken. Ob sie vielleicht erst später zurückkommen würde? Wieder warten!
Gegen neun Uhr, ich wollte gerade zur Kantine gehen, um einen Kaffee zu trinken, klopfte es an die Tür. Agathe!
„Guten Morgen, Fritz, und ein frohes neues Jahr."
Ich strahlte, war überglücklich.
„Ich habe dir ein Geschenk mitgebracht", rief sie freudig und überreichte mir eine kleine Flasche Wodka.
„Damit du dich besser betrinken kannst", fügte sie spitzbübisch hinzu.
„Ich habe auch etwas für dich."
Ich überreichte ihr das Duschgel. Jetzt strahlte sie.
Es wurde zur lieben Gewohnheit, uns freitags nach dem Mittagessen zu einem etwa halbstündigen Plausch in der Eingangshalle zu treffen. Natürlich begegneten wir uns auch während der restlichen Zeit oft und redeten miteinander, meistens irgendwo auf den Fluren. Den Freitagen kam aber eine besondere Bedeutung zu, dann hatten wir mehr Ruhe, führten intensivere Gespräche und so erfuhr ich nach und nach viele Einzelheiten aus ihrem Leben, einiges von ihren Gefühlen, Gedanken und Ansichten. Dadurch wurde sie mir immer vertrauter, meine Liebe zu ihr stärker.
Niemals habe ich eine Konferenz so verflucht wie diese Januartagung; ich konnte sie ja eine Woche nicht sehen - eine Ewigkeit, wie mir schien.
Die wachsende seelische Verbundenheit mit Agathe barg allerdings eine Gefahr, die erkannt und der begegnet werden mußte. Sie lag in jenem Begehren, das für einen Mann einer Frau gegenüber als durchaus normal zu betrachten ist. In diesem Fall lagen die Dinge jedoch etwas anders. Agathe hatte einen Freund, den sie heiraten wollte, war sozusagen verlobt, und Schritte zur Erfüllung jenes Verlangens konnten, was durchaus wahrscheinlich war, das Ende unserer Beziehung bedeuten.

140

Normalerweise hätte dieses Risiko eingegangen werden müssen. Hier aber stellte sich die Frage, ob mir ihre Freundschaft mehr bedeutete als die Erfüllung körperlicher Bedürfnisse.

Um den inneren Konflikt richtig zu verstehen, muß ich darlegen, daß dieser Zwiespalt der Gefühle Agathe gegenüber eng mit meinem eigenen Lebensweg der vorangegangenen Monate verknüpft war.

Die Trennung von meiner Frau nach über zwanzig Jahren Ehe, die Folge einer jahrelangen, von mir kaum wahrgenommenen Erosion unserer Beziehung, war ein Schock für mich gewesen, der erst in der Einsamkeit der neuen, eigenen Wohnung seine volle Wirkung erreichte. Ich versuchte mich in meine Arbeit zu vergraben, was mir aber nur schlecht gelang; vielmehr verfiel ich in einen Zustand tiefster Melancholie, ja man kann schon von Depressionen sprechen, dachte ab und zu sogar an Selbstmord, wobei die düsteren Tage des beginnenden Herbstes meinen Zustand noch verschlimmerten. Dann wurde ich eines Tages, es war Anfang November, auf Agathe aufmerksam. Ja, das ist wohl der richtige Ausdruck: aufmerksam. Agathe arbeitete schon seit Jahren in unserer Firma. Ich kannte sie vom sehen. Ihre Schönheit war mir schon lange aufgefallen und manchmal schaute ich ihr nach, wie das Männer bei hübschen Frauen tun. Doch es waren Augenblicksreflexe, ohne anhaltende Wirkung, im wesentlichen ließ ich sie unbeachtet.

Ich weiß nicht mehr, ob es ein freundlicher Blick, ein netter Gruß, ihr süßer Duft oder vielleicht nur eine Bewegung, eine Geste war, was meine Leidenschaft für sie plötzlich entflammen ließ. Hatte ich sie vorher nur kurz oder gar nicht gegrüßt, war sie mir mit ihren Putzwagen auf dem Weg ins Labor nur als lästiges Hindernis, das zudem beim Wischen nur die Fußböden unnötig glatt machte, erschienen, so änderte sich mein Verhalten ihr gegenüber nun völlig. Ich grüßte sie freundlich, hielt ihr die Gangtüren auf, wenn sie mit ihrem Wagen durchmußte, lief des öfteren unnötig zwischen Büro und Labor hin und her, nur um sie zu sehen. Ich war auch keineswegs mehr ungehalten, wenn sie mir den Weg versperrte, sondern entschuldigte mich, sie bei der Arbeit stören zu müssen. Es war ein Wandel, der nicht viele Wochen in Anspruch nahm, sondern nur wenige Tage. Meine seelische Verfassung änderte sich entsprechend schnell, die Depressionen verschwanden. Ich freute mich schon auf der Fahrt zur Firma auf die erste Begegnung und konnte es kaum erwarten, ihr morgens auf dem Weg in mein Büro einen guten Tag zu wünschen. Ich erfuhr, daß sie Polin war, kaufte umgehend einen Sprachführer und lernte einige Worte, die ich sogleich bei der nächsten sich bietenden Gelegenheit anwandte. Sie freute sich darüber und mein Herz schlug höher. Dadurch entwickelte sich in mir eine Vertrautheit ihr gegenüber, die mich veranlaßte, sie sogar zu einem Kaffee in die Kantine einzuladen. Sie lehnte jedoch ab. Ich war ihr aber nicht böse darüber. Ich kannte sie ja nicht, wußte nichts von ihr und konnte daher auch nicht einschätzen, wie sie diesen plötzlichen Verhaltensumschwung deutete. Vielleicht war sie trotz ihrer Freundlichkeit mißtrauisch, witterte Gefahr, denn im Umgang mit ihren anderen Kollegen erschien sie keineswegs schüchtern. Dann kam es zu jener folgenreichen Begegnung am Heiligen Abend, die unser Verhältnis auf eine völlig neue Ebene stellte.

Kurzum, allein ihre Existenz hatte mich aus meiner tiefen seelischen Krise herausgeführt und mir neuen Lebensmut gegeben. Ich hatte von ihr mehr erhalten als ich je erwarten konnte. Durfte ich noch tiefer in ihr Leben eindringen ?

Diese Frage beschäftigte mich lange, bereitete mir manche schlaflose Nacht. Ich kannte mittlerweile ihre Zukunftspläne und fühlte mich nicht berechtigt, diese zu stören oder gar umzuwerfen. Der Verstand mußte über die Leidenschaft siegen. Und es gelang. Dies wirkte sich positiv auf unsere Zusammenkünfte und Unterhaltungen aus. Die restlichen, noch vorhandenen Verkrampfungen lösten sich, die Gespräche wurden ungezwungener. Agathe wurde zu Freundin, Kameradin, mit der man über alles reden konnte ohne gleich mißverstanden zu werden.

Ich aber hatte mein seelisches Gleichgewicht endgültig wiedergefunden, spürte das Verlangen, aus meiner Höhle auszubrechen, auszugehen, Theater, Kinos, Konzerte oder Kneipen zu besuchen, wenn auch unsere Experimente, die mich stark in Anspruch nahmen, im Augenblick mir noch zahlreiche zeitliche Beschränkungen auferlegten.

Aus Agathes Erzählungen wußte ich, daß 'Die Kette' ihr Stammlokal war, das sie häufig zusammen mit ihrem Freund aufsuchte. Mich reizte es, dieses Wirtshaus kennenzulernen. 'Die Kette' erwies sich allerdings als typische Proletenkneipe. Die Einrichtung war einfach, billige Tische und Stühle, ohne jeden Stil, ein paar Bilder an den Wänden. In irgendeiner Ecke lief ein Fernsehapparat, aus einer Musikbox neben der Tür ertönte Rapmusik. Zahlreiche Spielautomaten hingen neben den Bildern an den Wänden oder standen im Schankraum. An einigen Tischen saßen Männer, aber auch Frauen und spielten Karten. Eine solche Pinte hatte ich wohl seit zwanzig Jahren nicht mehr betreten. Oh Agathe, wo treibst du dich herum !

Die Gäste redeten wild durcheinander; hier gesellten sich offenbar diverse Nationen, denn es herrschte ein babylonisches Sprachengewirr.

„Hoffentlich werde ich hier nicht abgestochen", dachte ich und nahm an einem freien Tisch Platz. Eine Kellnerin, die wie ein Strichmädchen aussah, fragte mich nach meinen Wünschen. Ich bestellte Bier, zündete eine Zigarette an und betrachtete das Treiben. Aha, Flipperautomaten gab es hier auch. Wie lange hatte ich das schon nicht mehr gespielt ! Ich suchte ein freies Gerät und begann. Wenig später gesellte sich ein dunkelhäutiger Mann hinzu und beobachtete mich eine Weile.

„Hast du Lust auf eine Runde ?" fragte er schließlich.

„Meinetwegen."

„Der Einsatz ?"

Ich zuckte mit den Achsel.

„Ich bin kein guter Spieler, aber ich denke, ein Bier kann ich riskieren."

Der Dunkle blickte mich gelangweilt an.

„Das ist wenig; aber besser als nichts. Du spielst wirklich miserabel; ich akzeptiere, weil du es bist."

Das Spiel begann, ich hatte natürlich keine Chance gegen ihn.

„Ich habe dich noch nie gesehen; neu hier?"

„Ja, das erste Mal; ich habe den Tip von einer Bekannten, es ist ihr Stammlokal. Sie heißt übrigens Agathe. Kennst du sie?"

Der Dunkle dachte kurz nach, dann grinste er:

„Du meinst bestimmt den Knackarsch; ein scharfes Häschen. Kennst du sie gut?"

„Ziemlich."

„Hast du sie schon gevögelt?"

„Nein."

„Dann gib's auf, Mann. Die läßt nur ihren Freund ran. Mir hat sie vor etlichen Wochen einmal eine geklebt, nur weil ich sie in den Hintern gezwickt habe. Der ist auch so verlockend; du weißt, was ich meine?"

„Klar doch; aber das sieht ihr ähnlich. Da kannst du nichts machen", lachte ich, „was ist ihr Freund eigentlich für ein Kerl?"

„Mittelmäßig."

Der Dunkle verzog den Mundwinkel.

„Seltsamerweise steht sie voll auf ihn und die tollsten Burschen", er meinte natürlich besonders sich selbst, „läßt sie abblitzen. Da kann man wirklich nichts machen. Schade drum."

Wir spielten die Partie zu Ende. Ich bezahlte das Bier.

„Nichts für ungut, Kumpel", meinte der Dunkle jetzt, „da drüben sind ein paar bessere Typen, bei denen macht's mehr Spaß und da geht's auch um mehr."

Ich kehrte zu meinem Tisch zurück, setzte mich und beobachtete das Treiben noch eine Weile. Oh Gott, was für eine Spelunke. Ich zahlte und verließ das Lokal.

Bei unserem nächsten Treffen erzählte ich Agathe von meinem Besuch in der 'Kette'.

„Na, hast du dich gut amüsiert? Es ist wirklich schön dort, man trifft Leute, kann Musik hören, miteinander reden, spielen; und die Kellnerin ist doch auch ganz hübsch."

„Mich interessieren nur blonde Polinnen."
„Tu doch nicht so scheinheilig; wie hat es dir nun gefallen?"
„Es ging", antwortete ich nur und verschwieg die Unterredung mit dem Dunklen.
Es war mittlerweile Anfang Mai geworden, unsere Experimentserie näherte sich ihrem Ende. Eines Freitags blickte mich Agathe freudestrahlend an.
„Ich konnte meinen Freund überzeugen, wir werden heiraten. Freust du dich auch?"
Ich schwieg.
„Ach, mach doch nicht so ein trauriges Gesicht. Versteh doch, ich mag dich sehr, aber lieben kann ich nur meinen Freund. Ich genieße auch das Kaffee trinken mit dir und freue mich stets darauf, doch mit dir zusammenleben, nein, das könnte ich nicht, das wäre ein Unglück für und beide. Siehst du, du magst deine Musik, besuchst Konzerte, Theateraufführungen, liest viel - du liebst eben die ernste und nachdenkliche Seite des Lebens, das ist nicht schlimm. Ich dagegen höre lieber Schlager, gehe ins Kino oder zum Tanzen in eine Diskothek, fühle mich in Kneipen mit Spielautomaten wohl, du kennst ja 'Die Kette', mag also eher die heiteren und oberflächlichen Dinge. Mein Freund ist ebenso, deshalb passen wir auch zusammen. Du denkst, das macht alles nichts, das kriegt man schon auf die Reihe, aber da täuschst du dich. Ist der erste Liebesrausch verflogen, folgen nur noch Streitereien. Und dann gibt es noch einen anderen schwerwiegenden Punkt: du hast studiert, bist Doktor und ich bin nur eine einfache Putzfrau."
„Das ist doch kein Grund; wenn zwei Menschen sich lieben, machen solche Unterschied nichts aus", wandte ich ein.
Agathe ließ sich nicht beirren:
„Das ist deine Meinung, das hängt davon ab, ob man die Dinge von oben oder von unten sieht. Denk darüber nach. Wie werden wohl deine Kollegen reagieren, wenn du mich zu einer Einladung mitbringst? 'Wen hat der Fritz sich da angelacht?' werden sie tuscheln, 'das ist doch der Knackarsch, der immer die Gänge wischt und die Toiletten schrubbt.' Schau jetzt nicht

wieder so scheinheilig, du weißt genau, wie sie über mich reden. Du magst solche Ausdrücke ordinär finden, vielleicht darüber lachen, mich aber kränkt das tief."

„In der 'Kette' reden sie doch auch so", warf ich ein.

„Das schon, aber es gibt einen feinen Unterschied; dort hat das einen anderen Klang, gehört es zum Umgangston, denn dort bin ich unter Gleichen. Wenn sie mich als deine Begleiterin oder Frau aber so nennen, zeigt das, daß sie mich nicht achten; dann gibt es mir das Gefühl, minderwertig zu sein. Verstehst du das ?"

Ich verstand; schließlich waren mir die zahlreichen scheelen Blicke, die mich trafen, wenn ich hier mit ihr zusammensaß, nicht verborgen geblieben. Sie lächelte mich an.

„Ach sei doch nicht so betrübt, ich bin doch dann nicht aus der Welt, wir können weiterhin zusammen Kaffee trinken. Außerdem, wir laden dich auch zu unserer Hochzeit ein, ich denke, mein Freund hat nichts
dagegen."

Ihre letzten Worte klangen so liebevoll, daß ich unwillkürlich lächeln mußte. Kleine, süße Agathe, was bist du doch nur für ein Goldmädchen.

In der dritten Maiwoche mußte ich wieder zu eine Konferenz fahren, diesmal nach Schweden. Anschließend hatte ich Urlaub, den ich zu einer kleinen Reise durch die skandinavischen Länder nutzte. Es betrübte mich zwar, Agathe nun für einige Zeit nicht zu sehen, andererseits konnte ich natürlich angesichts der Verhältnisse nicht mein gesamtes Leben nach ihr ausrichten. Nach meiner Rückkehr fand ich einen Brief von einem Anwalt vor, aus dem hervorging, daß meine Frau die Scheidung eingereicht hatte.

„Na und", dachte ich, „bringen wir die Angelegenheit schnellstens hinter uns, dann herrscht wenigstens Klarheit, vor allem über meine finanzielle Situation."

Die Sache sah auch insgesamt nicht übel aus, so wie sie sich angesichts der moderaten Forderungen darstellte. Ich konnte

146

mit der Entwicklung zufrieden sein.

Erst Mitte Juni kehrte ich wieder in die Firma zurück. Ich traf Agathe auf dem Weg ins Büro, sie arbeitete schon fleißig, sie wischte den Gang. Sie schien sehr beschäftigt, bemerkte mich zunächst nicht.

„Dzien dobry, jak sei masz ?" rief ich ihr heiter zu.

Sie blickte auf, Tränen schossen in ihre wunderschönen Augen. Ich erschrak.

„Was ist los ? Du weinst ja."

„Mein Freund ist tot", sagte sie leise und traurig.

„Was ist passiert ?"

„Bitte nicht hier, ich komme dann in dein Zimmer."

Meine Wiedersehensfreude war mit einem Schlag vorbei. Ich setzte mich in meinen Schreibtischsessel und stützte den Kopf auf den rechten Ellbogen. Ich versuchte einen klaren Gedanken zu fassen, aber es gelang mir nicht. Ich zündete eine Zigarette an, rauchte, wartete.

Agathe erschien kurz nach neun und wirkte völlig aufgelöst. Sie mußte ihn wirklich sehr geliebt haben. Sie setzte sich und wir schwiegen eine Weile. Ich versuchte, ein paar tröstende Worte zu finden, aber mir fiel nichts ein. Ich wollte sie ja auch nicht noch zusätzlich verletzen.

„Was ist passiert ?" fragte ich schließlich.

„Ein Unfall, mit dem Auto, vor zweieinhalb Wochen. Vermutlich fuhr er zu schnell, ist in einer Kurve von der Straße abgekommen und gegen einen Baum geprallt. Es war naß und getrunken hatte er auch noch. Es war ein nagelneues Auto, ich hatte ihm alle meine Ersparnisse dafür gegeben, weil er ja die Möbel kaufen wollte. Das Geld ist jetzt weg."

Sie seufzte tief und fuhr nach einer kurze Pause fort.

„Und was noch schlimmer ist, ich bin schwanger, im dritten Monat."

Ich schwieg betroffen, sie weinte.

„Noch könnte ich das Kind abtreiben lassen, aber ich will es nicht. Ich bin da vielleicht etwas komisch in meinen Ansichten. Aber für mich wäre das Mord. Es ist auch die letzte Erinnerung an ihn."

Ich streichelte ihre Hand.

„Mach dir keine Sorgen", versuchte ich sie zu beruhigen, „ich helfe dir; du kannst dich auf mich verlassen."

„Danke", antwortete sich nur, mit Tränen erstickter Stimme.

Wir schwiegen noch eine Weile.

„Ich muß jetzt wieder arbeiten", meinte sie schließlich, stand auf und verließ das Zimmer.

Ich saß lange da und dachte nach. Es machte mir Mühe, meine Gedanken zu ordnen. Meine stille Liebe zu ihr, unsere harmlose Freundschaft hatte ein jähes Ende gefunden. Das war klar. Vermutlich brauchte sie mich nun. Die finanzielle Seite war nicht das Problem; in dieser Hinsicht konnte ich ihr gegebenenfalls unter die Arme greifen. Auch war meine Wohnung groß genug für drei Personen, sie konnte mit dem Kind bei mir einziehen, falls es erforderlich sein würde.

Ganz anders lagen die Dinge in unserem Verhältnis zueinander, darin barg sich die Gefahr. Ich liebte sie über alles und konnte nun in Versuchung geraten, wenn auch vielleicht nur unbewußt, ihre Lage auszunutzen, während sie möglicherweise aus Dankbarkeit auf meine Wünsche einging. Ich mußte mich vorsehen, denn so weit durfte ich es nicht kommen lassen, ich würde mir das niemals verzeihen. Allerdings wußte ich nun auch, worum es ging, was auf dem Spiel stand und das beruhigte mich, erforderte es doch nur etwas Selbstdisziplin. Zunächst galt es aber erst einmal, Agathe wieder auf die Beine zu helfen.

Wechselfälle

Um Agathe eine Abwechslung zu bieten, lud ich sie einige Tage später abends zum Essen ein.

„Ich kenne da ein sehr gutes Restaurant", erklärte ich ihr.

Wir fuhren hin. Schon von außen war zu erkennen, daß es sich um ein vornehmes Lokal handelte. Sie warf einen Blick auf die aushängende Speisekarte.

„Ein teurer Laden, mir würde eine Pizza genügen."

„Keine Angst, ich habe genug Geld dabei."

„Es sind bestimmt nur vornehme Leute drin."

„Ach was", sagte ich fordernd, „wir gehen rein."

„Ich möchte aber nicht", entgegnete sie und blickte mich flehend an, Tränen standen in ihren Augen.

„Was hat sie denn nun schon wieder", dachte ich, „ist es vielleicht die Scheu, weil sie noch nie in einem so vornehmen Lokal gespeist hat?"

Ihre seelische Verfassung war nicht sehr gut und ich war eben etwas grob zu ihr gewesen. Sie umzustimmen war jetzt unmöglich und da ich sie nicht unnötig verletzen wollte, gab ich nach.

„Also gut Agathe", sagte ich sanft, „machen wir etwas anderes. Hast du einen Vorschlag?"

Sie wirkte erleichtert.

„Der Abend ist so schön warm. Machen wir erst einen Schaufensterbummel in der Stadt. Essen können wir, wenn es dunkel wird. Ich habe außerdem noch gar keinen Hunger."

„Schön, das machen wir."

Sie interessierte sich besonders für die Läden, die Babysachen führten. Sie betrachtete die Auslagen sorgfältig. „Sei nicht ungeduldig, aber ich muß mich langsam umschauen."

„Ach Agathe", lachte ich, „es ist erst Ende Juni, wir haben noch ein halbes Jahr Zeit."

Ich ließ sie aber gewähren.

Ich hatte das Auto in einer Seitenstraße geparkt. Auf dem Rückweg fiel uns eine Pizzeria auf.

„Schauen wir sie uns an", schlug sie vor.

Wir gingen rein. Es war nichts besonderes. Das Lokal sah weder gut noch schlecht aus, eine Fischereihafendekoration, wie man sie häufig sieht, ein paar Bilder mit Mittelmeermotiven an den Wänden, eher billige Tische und Stühle, sowie ein paar Spielautomaten.

„Schau mal, ein Flipperspiel gibt es auch, hier bleiben wir", rief Agathe erfreut.

Also gut, es gab ja auch keinen triftigen Grund, ein anderes Lokal zu suchen.

„Flipperst du auch gerne ?" fragte sie gleich.

„Na ja, so mit elf Jahren, als die ersten Flipperautomaten in unserem Dorf auftauchten, haben wir Buben das Spiel mit großer Leidenschaft betrieben, oft unser ganzes Taschengeld dafür ausgegeben. Später hat sich das dann gelegt. Ich glaube ich habe es seit mehr als fünfundzwanzig Jahren nicht mehr gespielt, wenn man von dem einen Besuch in der 'Kette' absieht."

„Dann wird es Zeit zum Üben; ich flippere leidenschaftlich gern; besonders wenn Kummer habe, kann ich dabei so schön entspannen und alles vergessen. In der 'Kette' haben sie übrigens vier Automaten."

„Warum gehen wir nicht einmal zusammen hin ?"

„Ach nein, lieber nicht, es hängen zu viele Erinnerungen daran."

Wir begannen, und spielten, unterbrochen nur von einer kurzen Essenspause, bis das Lokal schloß. Agathe gewann natürlich meistens.

Draußen auf der Straße zog ich Stift und Notizblock hervor und schrieb Namen und Straße auf.

„Damit wir es wiederfinden", meinte ich.

Agathe lachte.

„Du bist vielleicht ein Komiker."

Ja, sie hatte wieder gelacht. Endlich !

In der folgenden Zeit suchte ich Agathes Nähe wo immer ich konnte, lud sie zum Kaffee, zum Essen ein, bot ihr meine Dienste an. Zuerst hatte ich den Eindruck, als schämte sie sich ein bißchen, aber nach und nach nahm sie meine Hilfe immer selbstverständlicher an. Das war gut so. Sie wurde fröhlicher, konnte öfter lachen, ihre Augen gewannen den alten Glanz zurück; kurzum, sie blühte wieder auf und ich freute mich darüber. Es wurde ein langer, warmer Sommer. Die Schwangerschaft bereitete ihr keine besonderen Probleme - alles verlief normal. Auch das war ein gutes Zeichen.

Ich verbrachte einen Großteil meiner Freizeit mit Agathe, nahm Rücksicht auf ihre Wünsche. Manchmal spürte ich allerdings auch das Verlangen, meinen eigenen Interessen nachzugehen. In diesem Sommer waren es die Konzerte im Schloßpark, die, meistens samstags, in unregelmäßigen Abständen stattfanden. Agathe interessierte sich nicht für klassische Musik, das wußte ich. Entschlossen, notfalls auch alleine zu gehen, fragte ich sie dennoch, um ihr nicht das Gefühl zu geben, einfach zur Seite geschoben zu werden.

„Nächsten Samstag möchte ich ein Konzert besuchen. Es handelt sich um eine in unserer Gegend recht bekannte Gruppe, die Musik aus der Zeit der Renaissance spielt. Ich wollte sie mir schon öfters einmal anhören, bisher hat es allerdings aber nie geklappt. Hast du Lust mitzugehen ?"

Ich erwartete natürlich, daß sie ablehnte, Agathe aber sagte zu.

„Ich kann es ja einmal versuchen."

Ich zweifelte, ob der Abend ein Erfolg würde.

„Wenn es dir nicht gefällt, können wir in der Pause gehen."

Ich beobachtete sie während der Aufführung ganz genau. Sie lauschte zwar andächtig der Musik, doch glaubte ich zu spüren, daß es ihr im Grunde genommen ganz und gar nicht gefiel.

„Wollen wir gehen ?" fragte ich sie in der Pause.

„Nein, warum ?"

„Weil du dich langweilst."

„Ich langweile mich überhaupt nicht."

„Aber die Musik findest du abscheulich ?"

„Im Gegenteil, ich finde sie sehr schön."

„Wirklich ?"

„Ja."

„Agathe, ich bin dir nicht böse, du brauchst nicht wegen mir zu bleiben."

„Mir gefällt die Musik aber und ich möchte das Konzert zu Ende hören", erklärte sie ungehalten.

Ich gab nach, wir blieben. Natürlich gefiel es ihr nicht ! Daß diese Weiber nie die Wahrheit sagen können !

Als Konsequenz aus diesem Vorfall zog ich den Entschluß, in Zukunft derartige Veranstaltungen nur noch während der Woche zu besuchen. Dann konnte ich notwendige Überstunden oder wichtige Besprechungen, die bis spät in den Abend hinein dauerten, als Ausrede benutzen und es erschien mir jedenfalls moralischer, solche Notlügen zu gebrauchen, als sie aus einer Dankbarkeitsverpflichtung heraus zu veranlassen, ihre eigenen Gefühle mir gegenüber zu verleugnen, zumal sich dies langfristig negativ auf unsere Freundschaft auswirken mußte. Für das Wochenende suchte ich dagegen Veranstaltungen aus, die, soweit ich das aus unseren Gesprächen beurteilen konnte, ihren Interessen entsprachen. So scheute ich mich auch nicht, sie ins Kino einzuladen, um eines jener amerikanischen Hollywoodmachwerke, die wesentlich zur Zerstörung unserer Kultur beitragen, anzusehen. Das muß ein Mann eben ertragen können - Agathe gefiel der Film natürlich.

Allmählich machte sich die Schwangerschaft auch äußerlich bemerkbar: Agathe wurde fülliger. Verbunden damit war ihre nachlassende Lust auszugehen. Der beginnende Herbst brachte längere Abschnitte trüber Tage mit sich, die sich ungünstig auf ihre Stimmung auswirkten: sie wirkte oft bedrückt, melancholisch. Ich beobachtete diese Entwicklung mit großer Sorge. Sie besuchte nun wieder öfters den Friedhof, saß stundenlang auf einer Bank in der Nähe des Grabes ihres Freundes.

„Das solltest du nicht tun, Agathe", ermahnte ich sie, „es ist nun schon zu kalt um lange draußen herumzusitzen."

„Ach laß mich bitte in Ruhe; versteh mich doch, es schwirren so viele schöne Erinnerungen an unsere gemeinsame Zeit in unserem Kopf herum."

Was kann man da tun ? Die Verbundenheit mit ihrem toten Freund war offensichtlich noch so stark, daß ein falsches Wort genügte, um eine seelische Katastrophe auszulösen.

Mir wurde jedenfalls klar, daß ich niemals ihr Herz für mich gewinnen konnte.

Der Entbindungstermin rückte langsam näher. Es galt nun, über die Zukunft nachzudenken. Wir hatten zwar vorher noch nie konkret darüber gesprochen. Doch wußte ich, daß sie in der Wohngemeinschaft, in der sie mit einigen Kolleginnen lebte, nur über eine kleine Kammer verfügte, zu eng für sich und das Kind.

„Meine Wohnung ist groß genug", schlug ich ihr eines Tages vor, „ein Zimmer ist praktisch frei, und wenn ich mein Bett ins Arbeitszimmer stelle, steht dir auch mein Schlafzimmer zur Verfügung. Das müßte genügen."

„Aber das kann ich von dir nicht verlangen", entgegnete sie beschämt.

„Doch, ich habe es mir genau überlegt und ich denke, es ist die beste Lösung für uns alle."

Ich sagte dies sehr überzeugt und Agathe widersprach nicht.

„Das ist sehr nett von dir, danke."

„Du brauchst dich nicht zu bedanken, ich tue es gerne."

Kummer bereiteten mir allerdings die Begleitumstände des Umzugs. Agathe wurde dadurch aus ihrer gewohnten Umgebung an einen fremden Ort, an dem sie niemanden kannte, verpflanzt und mußte nun naturgemäß unter der Einsamkeit leiden, zumal die Zeit des Mutterschutzes begann, sie also nicht mehr arbeitete. Ich zog daher in Erwägung, Urlaub zu nehmen um ihr Gesellschaft zu leisten. Letztlich erwiesen sich diese Befürchtungen als unbegründet. Verantwortlich dafür waren wohl jene wechselhaften Seelenzustände einer Frau, die ein Mann nie begreifen wird. Agathes Verhalten änderte sich völlig. Die Melancholie, die ich den gesamten bisherigen Herbst kummervoll beobachtet hatte, verschwand schlagartig. Sie wurde fröhlicher und verspürte keinerlei Bedürfnis mehr, den Friedhof aufzusuchen. All ihre Gedanken galten nun dem Kind; sie war ausschließlich damit beschäftigt, ein Heim für das Baby einzurichten, die notwendige Ausstattung zu besorgen, sowie sich um den Haushalt zu kümmern. Oft mußte ich sogar ihren Eifer bremsen, weil ich fürchtete, sie würde sich überanstrengen. Insgesamt betrachtete ich diese neue Entwicklung allerdings mit einer gewissen Erleichterung, zumal mich, so lächerlich das auch klingen mag, ein anderes Problem beschäftigte. Weihnachten stand vor der Tür und ich suchte ein passendes Geschenk für sie. Zunächst fiel mir der Armreif ein; ich betrachtete ihn lange, aber schließlich hielt ich ihn doch für ungeeignet. Er wirkte meiner Meinung nach zu provokativ, zu eindeutig fordernd in der Absicht, die dahinterstand und ich hatte Angst, ich könnte sie damit eher verletzen als erfreuen. Ich sann auf eine Alternative und erfuhr aus ihren Gesprächen, daß sie für das Krankenhaus ein neues Nachthemd und einen Morgenrock benötigte, was mir als Geschenk geeigneter erschien. Agathe begleitete mich beim Kauf. Damit war zwar der Überraschungseffekt erloschen, aber schließlich sollten die Kleidungsstücke ihrem Geschmack entsprechen. Das erschien mir wichtiger.

„Du hattest letztes Jahr von einem Weihnachtskonzert in der Stiftskirche gesprochen. Findet es diesmal wieder statt ?" fragte sie mich eines Tages.

Ihr Wunsch erfreute mich einerseits, verwunderte mich aber dennoch. Woher kam plötzlich ihr Interesse an klassischer Musik ? Ich bohrte in dieser Sache aber nicht weiter nach, sondern erkundigte mich und tatsächlich, am ersten Weihnachtstag fand das Konzert statt. Ich besorgte Karten.

Ich kaufte einen Weihnachtsbaum, den wir am Heiligen Abend, als es bereits zu dämmern begann, gemeinsam schmückten.

„Er ist sehr schön geworden, geradezu herrlich", freuten wir uns anschließend als wir unser Werk betrachteten, „jetzt können wir Weihnachten feiern."

Wir zündeten die Kerzen an.

„Bei uns zuhause wurde vor dem Essen immer erst die Weihnachtsgeschichte gelesen und gesungen", bemerkte sie.

„Also fein, du singst und ich lese."

Ich holte die Bibel aus dem Bücherschrank, setzte mich in einen Sessel, schlug das Buch auf und begann zu lesen. Agathe setzte sich auf die Sessellehne, legte ihren Arm auf meine Schulter und hörte aufmerksam zu. Als ich geendet hatte, sang sie zwei polnische Weihnachtslieder.

„Du hast eine wunderschöne Stimme", lobte ich.

Sie strahlte.

„Ja, ich weiß, aber jetzt mußt du auch ein Lied singen."

„Nur wenn du mitsingst."

Sie kannte ein deutsches Weihnachtslied und wir sangen es.

Agathe hatte ein wunderbares Weihnachtsessen vorbereitet und wir setzten uns nun an den schon gedeckten Tisch. Ich öffnete eine Flasche Wein und schenkte ein.

„Frohe Weihnachten."

„Wesolych Swiat Bozego Narodzenia."

Wir begannen zu essen, es schmeckte köstlich.

„Es wird Zeit für die Weihnachtsmesse", sagte sie schließlich, „der Gottesdienst ist sicher gut besucht und wir dürfen nicht zu spät sein, wenn wir noch einen Sitzplatz in der Kirche bekommen wollen."

Wir räumten das Geschirr ab, zogen unsere Jacken an und verließen das Haus.

Es war den ganzen Tag über diesig gewesen, doch gegen Abend hatte der Himmel aufgeklart und es war kalt geworden. Langsam schritten wir durch die dunklen Straßen. Sie reichte mir ihre Hand.

Der feierliche Gottesdienst beeindruckte mich, Agathe ebenso. Sie saß andächtig auf ihrem Platz, eine heitere Ruhe ging von ihr aus. Ab und zu blickte ich verstohlen zu ihr hin. Ihr Gesicht wirkte verklärt. Ob sie glücklich war ?

Nach Ende des Gottesdienstes bat sie:

„Gehen wir noch nicht gleich nach Hause zurück. Die Luft ist so kalt und so klar, laß mich die Nacht noch ein bißchen genießen."

Hand in Hand wandelten wir durch die Straßen, die sich langsam leerten und ruhiger wurden. Ab und zu schauten wir uns lächelnd an, schwiegen aber, um die Stille nicht zu stören. Als Agathe müde wurde, beendeten wir unsere kleine Wanderung. In der Wohnung angekommen, meinte sie:

„Mir ist kalt, ich koche mir noch einen Tee. Magst du auch einen ?"

„Gerne."

Wir unterhielten uns noch eine Weile, während wir den Tee tranken.

„Ich friere immer noch, ich gehe ins Bett", sagte sie schließlich, „kommst du mit ?"

„Ja, ich gehe auch zu Bett."

Agathe lachte.

„Du hast mich nicht verstanden. Kommst du zu mir ins Bett, um mich zu wärmen ?"

Sie blickte mich treuherzig an, ich erschrak.

„Keine Angst, das Bett ist groß genug und so dick bin ich jetzt auch wieder nicht."

Kann man da noch ablehnen ?

Ich legte mich zu ihr.

„Das Baby strampelt", rief sie plötzlich erfreut.

„Komm, fühle, es ist schön."

Und schon legte sie meine Hand auf ihren Bauch. Ich spürte deutlich die zappelnden Bewegungen, ich kannte das von früher. Unwillkürlich begann ich, sanft ihren Leib zu streicheln. Agathe genoß diese Zärtlichkeit und blickte mich liebevoll an.

„Es wird ein Mädchen hat mir der Arzt gesagt."

„Es wird bestimmt so schön wie du, kochana dziewczina."

„Ja, sicher."

Agathe lächelte. Was hatte ich da eben gesagt ? Kochana dziewczina ? Ich erschrak über meine Worte, aber Agathe lächelte weiter, die Worte taten ihr offenbar wohl. Eng aneinander liegend schliefen wir ein.

Agathe schlief noch als ich erwachte. Vorsichtig öffnete ich den Rolladen. Das helle Licht eines klaren Wintertages fiel auf ihr lockiges, dunkelblondes Haar. Wie schön sie war ! Vorsichtig legte ich meinen Kopf auf ihre Brust und lauschte dem gleichmäßigen Pochen ihres Herzens. Die Wärme ihres Körpers durchdrang das dünne Nachthemd und erfüllte mich mit Wohlbehagen. Ich drehte mich etwas zur Seite, um auch den süßen Duft ihrer Haut zu genießen. Ihr ruhiger Atem schläferte mich allmählich wieder ein.

Ein zarter Kuß auf meine Stirn weckte mich.

„Guten Morgen, es ist schon elf. Die Sonne scheint, laß uns frühstücken oder besser gleich zu Mittag essen und anschließend ein Stück spazieren gehen, der Tag ist zu schön, um ihn im Bett zu verbringen."

Wir erhoben uns, zogen uns an, bereiteten das Mittagsmahl, aßen und brachen dann auf. Wir schlenderten langsam durch die Felder und Wiesen, erzählten viel und genossen der herrlichen Sonnenschein. Zwischendurch tranken wir in einem kleinen Gasthof eine Tasse Kaffee.

Abends besuchten wir das Weihnachtskonzert. Ich war mißtrauisch, fragte mich einmal mehr, woher ihr plötzliches Interesse an klassischer Musik kam. Ob sie mir damit einen Gefallen tun wollte? Ich beobachtete sie während der Darbietung ganz genau. Sie lauschte andächtig der Musik, keine Anzeichen von Langeweile oder Überdruß waren zu erkennen.

„Ach, das war herrlich", sagte sie freudestrahlend als wir die Kirche verließen, „hat es dir auch so gut gefallen?"

Agathe, Agathe, was bist du doch für eine großartige Schauspielerin.

„Gehen wir noch etwas trinken", fragte sie anschließend.

„Die Schloßweinstube ist ein sehr gemütlicher Ort", bemerkte ich.

Agathe lächelte.

„Also gut, gehen wir hin."

Das Kind

An einem kalten Januarabend setzten die Wehen ein. Ich fuhr Agathe ins Krankenhaus.

„Kommst du mit ?" fragte sie als sie in den Kreißsaal geführt wurde.

Es klang wie eine normale, belanglose Frage, aber ihre Augen schauten mich bittend an, als wollte sie sagen, ich habe Angst, allein.

Die Sache war mir peinlich. Nicht etwa, weil ich Scheu gehabt hätte, bei einer Geburt zuzusehen, schließlich war ich bei meinen eigenen Kindern auch dabei gewesen. Damals allerdings lagen die Dinge anders, es war meine Ehefrau gewesen, die ich schon lange kannte. Agathe dagegen war für mich in dieser Beziehung im Grunde genommen eine Fremde. Ich hatte sie ja auch noch nie unbekleidet gesehen. Man wird verstehen, daß ich mich daher etwas schämte. Aber konnte ich sie jetzt im Stich lassen. Nein ! Ich willigte ein.

Über die Geburt selbst brauche ich wohl nicht viel zu erzählen - sie verlief glatt. Es war in der Tat ein Mädchen.

„Ich werde sie Carola nennen", erklärte Agathe mir lächelnd, nachdem die Hebamme ihr das kleine Kind auf den Bauch gelegt hatte und sie es nun liebevoll streichelte, „ich denke, der Name wird dir gefallen."

„Oh, Agathe, was bist du nur für ein wundervolles Biest", dachte ich, nicht ohne innerlich zu grinsen.

Carola - so hieß meine große Jugendliebe. Sechzehn war ich, als ich sie kennenlernte, sie war ein Jahr jünger. Meine Gefühle wurden allerdings von ihr nicht erwidert, aber ich gab nicht so schnell auf. Fünf lange Jahre lief ich ihr nach. Nur langsam und widerwillig sah ich die Vergeblichkeit meiner Bemühungen ein. Dann verlor ich sie aus den Augen. Fast fünfundzwanzig Jahre lag das nun zurück, doch vergessen konnte ich Carola nie. Wahrscheinlich hatte ich diese Geschichte Agathe einmal beim Kaffee trinken erzählt, wann genau wußte ich allerdings nicht mehr. Agathe erinnerte sich jedoch offenbar noch genau daran und zog ihre Konsequenzen daraus. Ich erkannte das damals nicht. Die heitere Verwunderung über die Namensgebung hielt mich davon ab, über die Gründe hierfür nachzudenken. Erst später wurde mir klar, welche Botschaft Agathe mir damit vermitteln wollte.

Das Baby veränderte unser Leben beträchtlich. Ich brauche das wohl nicht näher zu erläutern. Insbesondere Agathe wurde durch die intensive Zuwendung, die in den ersten Wochen notwendig war, stark beansprucht, zumal ich während der Woche oft erst spät am Abend nach Hause kam und ihr daher nur wenig Unterstützung bieten konnte. Als Ausgleich bot ich ihr an, das nächtliche Füttern und Wickeln am Wochenende zu übernehmen, da ich dann morgens ausschlafen konnte. Agathe hielt das zunächst für unzumutbar, gab jedoch schließlich nach, als ich hartnäckig blieb. Für mich bedeutete die Teilnahme an der Babypflege eine größere Einbindung in ihr Leben und damit eine wachsende Vertrautheit mit ihr.

Auf ihren Spaziergängen mit dem Kind, die sie begann sobald die Witterung es zuließ, lernte sie andere junge Mütter kennen, konnte ihre Einsamkeit durchbrechen und wurde so langsam in ihrer neuen Umgebung heimisch. Gegenseitige Besuche am späten Nachmittag wurden üblich. Zwar störten mich manchmal diese fröhlichen Frauenrunden, wenn ich abends müde aus dem Büro zurückkam, andererseits sagte ich mir jedoch, ein einsame Agathe wäre um ein Vielfaches unerträglicher und akzeptierte daher das Treiben ohne Murren.

Im Laufe der Zeit kristallisierte sich eine besondere Freundschaft zu Hildegard heraus, deren Töchterchen einen Monat älter war. Zwangsläufig folgten gemeinsame sonntägliche Spaziergänge mit anschließenden Kaffeerunden, an denen neben Hildegards Ehemann auch ich wie selbstverständlich teilnahmen. Wir wurden sozusagen in Agathes Bekanntenkreis als Paar angesehen. Dies wiederum brachte eine weitere Einbindung meinerseits in Agathes Leben mit sich, ja, es entwickelte sich allmählich aus dem bisherigen Zusammenwohnen sogar eine Art Familienleben.

Im übrigen überwand Agathe die Auswirkungen der Schwangerschaft rasch und gewann auch bald ihre alte Figur zurück. Sie wirkte jetzt schöner und begehrenswerter als je zuvor und sie suchte meine Nähe, wo immer sie konnte. Ich fühlte mich unbehaglich. Nicht, daß sie mir unangenehm gewesen wäre, im Gegenteil. Ich spürte aber, daß unsere Beziehung auf einen Punkt zusteuerte, den ich unbedingt vermeiden wollte. Noch stand, davon war ich fest überzeugt, ihr verstorbener Freund zwischen uns, so daß es in dieser Hinsicht keine gemeinsame Zukunft für uns geben konnte. Allerdings besaß ich auch keine Vorstellung davon, wie es langfristig weitergehen sollte, wagte es aber auch nicht, mit Agathe darüber zu sprechen. Also ließ ich die Dinge laufen, zog mich aber zurück, wenn Gefahr bestand, eine von mir gesetzte Grenze zu überschreiten.

Das Frühjahr ging vorüber, ohne daß sich in dieser Hinsicht etwas besonderes ereignete.

Carola wuchs und gedieh, wurde lebhafter, bald würde sie anfangen zu krabbeln und erste Worte plappern. Ich freute mich darauf, denn ich hatte die Kleine inzwischen in mein Herz eingeschlossen und wünschte, daß für immer alles so bliebe wie es war.

Agathe und ich gingen nun abends wieder öfter aus, ins Kino, ins Theater, sogar in 'Die Kette', während sich Hildegards jüngere Schwester um das Baby kümmerte.

Alles schien in Ordnung, mein Weg schien der Richtige.

Entscheidung

Es war Mitte Juli. Ich saß abends auf dem Sofa und las. Agathe trat ins Zimmer.

„Das Baby schläft."

Sie trug ein duftiges, neues Sommerkleid, das ihre wundervolle, schlanke Gestalt bestens hervorhob. Sie setzte sich neben mich, zunächst in keuschem Abstand. Langsam rückte sie näher, Stück für Stück und lächelte mich dabei an, ihre Augen leuchteten. War es nun dieses Leuchten, die Wärme, die ihr Körper zu mir herüberstrahlte oder der Duft ihre Parfüms, was mich betörte, jedenfalls spürte ich plötzlich ein unbändiges Verlangen, sie zu umarmen, zu küssen, ihr die Kleider vom Leibe zu reißen. Meine Gier erschreckte mich, ich wurde von jähem Entsetzen gepackt. Mein Gott, wie soll das enden ! Nein, so weit durfte ich es nicht kommen lassen !

„Es war ein anstrengender Tag heute, ich bin müde, gute Nacht."

Ich erhob mich und ging.

Am nächsten Abend war die Wohnung leer als ich nach Hause kam. Auf dem Eßzimmertisch lag ein Zettel:

„Lieber Fritz, wir wollen keine Last für dich sein. Wir können einige Zeit bei Hildegard wohnen. Morgen abend gegen sechs hole ich die restlichen Sachen ab. Sei bitte zuhause. Ich danke dir für alles und möchte nicht ohne Abschied gehen. Agathe."

Der Himmel möge diese Weiberseelen verstehen ! Was hatte denn das zu bedeuten ?

Ungeduldig wartete ich auf den nächsten Abend.

„Sag mal, Agathe, wie kommst du eigentlich darauf, daß ihr mir lästig seid ?" fragte ich hastig als sie zur Tür hereinkam.

„Ach, ich merke doch, wie du dich in letzter Zeit verändert hast. Du bist oft abwesend, verschlossen, unmutig und vorgestern, als ich ein bißchen zu dir wollte, bist du einfach gegangen. Meine Nähe ist dir wohl unangenehm."

„Im Gegenteil, deine Nähe ist mir zu angenehm."

Die Betonung lag deutlich auf 'zu'. Agathe kannte mich mittlerweile gut genug, um die Bedeutung meiner Worte richtig zu verstehen. Sie lachte schallend.

„Ach du lieber Himmel, so ist das also. Na und, ich bin eine gesunde Frau, kein zerbrechliches Wesen und meine Schwangerschaft ist schon lange vorbei. Was ist also das Problem ?"

„Ich möchte dir nicht zu nahe treten."

„Was meinst du damit ?"

„Na ja, ich liebe dich über alles. Du sollst es nicht aus Dankbarkeit tun. Ich will sicher sein, daß du mich auch liebst."

„Bist du das nicht?"

„Ja, du hast einmal gesagt, daß du nur deine Freund lieben kannst."

„Mein Freund ist schon lange tot! Soll ich ihm ewig nachtrauern? Hast du etwa den Eindruck, daß ich das tue? Wie oft war ich seit Carolas Geburt auf dem Friedhof? Weißt du es?"

Ich schüttelte den Kopf.

„Zweimal! In sechs Monaten! Ich habe schon lange begriffen, daß das Leben weitergeht, auch wenn ich am Anfang vor Trauer fast gestorben bin. Es ist viel geschehen seit damals. Meine Gefühle haben sich im Laufe der Zeit geändert, auch dir gegenüber."

„Aber du hast doch einmal erwähnt, du könntest niemals mit mir zusammenleben, weil..."

Sie unterbrach mich.

„Auch das ist lange her. Mittlerweile kann ich über derartige Sachen hinwegsehen. Du hast doch selbst gesagt, daß solche Unterschiede keine Rolle spielen, wenn zwei Menschen sich lieben. Vor einem Jahr sah ich das noch anders, aber heute, nach so vielen Monaten mit dir zusammen, was stört mich noch das Geschwätz deiner Kollegen. Außerdem putze ich schon lange nicht mehr dort, wahrscheinlich erinnern sie sich gar nicht mehr an mich."

„Dann bleibe hier."

„Nein, das wäre jetzt nicht sinnvoll, denn du hast immer noch nicht begriffen, daß man seine Ansichten ändern kann. Die letzten Monate haben es bewiesen. Denke nicht so viel, achte lieber auf deine Gefühle. Warum hast du mich vorgestern nicht so behandelt, wie ein Mann eine Frau behandelt, wenn er merkt, daß sie seinem Verlangen entgegen kommt. Dann hättest du erfahren, wie sehr ich dich liebe."

„Aber warum hast du es mir nie gesagt?"

„Was hätte das für einen Sinn gehabt? Erinnerst du dich noch an das Konzert im letzten Sommer? Damals hast du mich die gesamte Pause über genervt und ständig gefragt, ob es mir gefällt. Du hast mir einfach nicht geglaubt und bist wahrscheinlich heute noch der Meinung, daß ich die Aufführung schrecklich fand, nur weil ich irgendwann einmal gesagt hatte, daß ich klassische Musik nicht mag. So ist das eben bei dir. Ich kann jetzt nicht bei dir bleiben, weil du immer noch nicht glaubst, daß ich dich wirklich liebe, auch wenn du nun tausendmal beteuerst, alle deine Zweifel seien verflogen, damit ich nicht weggehe. Aber bei jedem Kuß, jeder Umarmung, jeder Zärtlichkeit wirst du denken, das tut sie nur aus Dankbarkeit."

Agathe küßte mich auf die Stirn, Tränen standen in ihren wundervollen Augen.

„Ich meine es nicht böse. Aber nicht ich habe das Problem, sondern du. Und lösen kannst du es nur, wenn du allein bist. Meine Nähe stört dabei. Verstehst du mich?"

Sie hielt einen Moment inne.

„Hildegards Mann muß im Auftrag seiner Firma für einige Monate nach Fernost. Er wird erst Ende des Jahres zurückkehren. Bis dahin kann ich bei ihr wohnen. Du hast also genügend Zeit, nutze sie."

Agathe packte die restlichen Sachen zusammen, ich half ihr dabei. Dann verabschiedeten wir uns.

Die folgenden Wochen waren bitter, bereiteten mir viele schlaflose Nächte. Allmählich wurde mir klar, was ich in meiner Verbohrtheit angerichtet hatte und wie sehr mich Agathe in Wirklichkeit liebte. Zahlreiche Einzelheiten aus unserer gemeinsamen Zeit, die ich damals achtlos übergangen hatte und die mir nun nach und nach wieder einfielen, bewiesen es.

Meine Sehnsucht nach ihr wuchs von Tag zu Tag. Ich begann, alle Spazierwege, die wir zusammen gegangen waren, abzuschreiten, in der Hoffnung, sie zu treffen, denn sie anzurufen wagte ich nicht. Bald merkte ich aber auch, daß Agathe offenbar genauso fühlte. Viel häufiger, als daß es purer Zufall sein konnte, lief sie an dem Haus, in dem ich wohnte vorüber. Ich faßte mir ein Herz.

„Hallo Agathe, hast du Lust auf eine Tasse Kaffee hereinzukommen", rief ich ihr zu, als sie wieder einmal an einem Samstag mit dem Kinderwagen vorbeispazierte.

Sie schaute mich freudestrahlend an, ihre Augen leuchteten. „Ja, natürlich.“
Es wurde ein wundervoller Nachmittag; über das 'heikle' Thema wurde allerdings nicht gesprochen. Immerhin verabredeten wir uns für den nächsten Tag. Seitdem treffen wir uns häufig. Unsere Liebe blüht kräftiger als je zuvor. Über ihre Rückkehr haben wir allerdings noch nicht gesprochen. Ich erwartete zunächst, daß sie das Thema anschneiden würde. Vergeblich. Doch mittlerweile ist mir klar geworden, daß ich es bin, der den ersten Schritt tun muß. In zwei Tagen treffen wir uns wieder. Dann werde ich ihr vorschlagen, zu mir zu ziehen. Ich will es nicht 'zurückkehren' nennen, denn es soll ein Neuanfang sein. Ich bin sicher, daß sie einwilligen wird.
Und zur Begrüßung werde ich ihr den Armreif schenken

Episode 3: Der Weg zur Vollendung

Heiligabend

Es war noch dunkel, als ich das Haus verließ. Ich stieg ins Auto, startete den Motor und fuhr los, durch die Straßen unseres Städtchens, die im Glanz der Weihnachtsdekoration erstrahlten. Mein Weg führte in Richtung Autobahn.

Es war Heiligabend, etwa halb acht Uhr am Morgen. Noch hatten die meisten Geschäfte nicht geöffnet, und es waren daher nur wenige Menschen unterwegs. Bald aber würde der Rummel losbrechen. Tausende würden sich durch die Straßen quälen, um noch ausstehende Weihnachtseinkäufe zu erledigen: letzte Geschenke, das Fleisch für den Braten oder Alkohol, der ja an solchen Tagen besonders reichlich genossen wird. Ich jedoch konnte getrost den ganzen Rummel hinter mir lassen. Meine Frau hatte sich vor ein paar Monaten von mir getrennt, ich lebte jetzt allein. Die wenigen, notwendigen Sachen, die ich über die Feiertage brauchte, waren schon längst besorgt, sogar einen kleinen Weihnachtsbaum hatte ich am Vorabend noch schnell gekauft. Verpflichtungen gab es heute für mich nicht. Die Geschenke für meine schon fast erwachsenen Kinder hatte ich bereits am vierten Advent abgeliefert.

Ich hatte mir vorgenommen, bis etwa vier Uhr nachmittags im Büro zu arbeiten; dann blieb mir noch genügend Zeit, den Baum zu schmücken, ein bißchen alleine Weihnachten zu feiern, vielleicht wieder einmal nach vielen Jahren den Gottesdienst zu besuchen und mich hinterher zu betrinken. Der Tag lag also klar vor mir.

Gegen halb neun erreichte ich mein Büro und begann gleich zu arbeiten. Draußen dämmerte ein diesiger Tag, ab und zu fiel ein leichter Nieselregen. Man versäumt nichts, sagte ich mir, das ideale Arbeitswetter. Ich ging die Meßdaten unseres letzten Experimentes noch einmal durch, analysierte manches, was noch unklar erschien, neu, rechnete Ergebnisse nach und machte mir Notizen für einen Vortrag, den ich Mitte Januar auf einer Konferenz halten sollte. Zwischendurch rauchte ich die eine oder andere Zigarette oder trank etwas Tee, den ich mir im Labor nebenan zubereitete. So verging der Vormittag. Gegen ein Uhr verspürte ich Hunger und aß ein mitgebrachtes belegtes Brot. Anschließend hatte ich Lust auf eine Tasse Kaffee.

Einen Automaten gab es in der Eingangshalle am anderen Ende des Gebäudes. Vermutlich hatten sie ihn gestern nochmals aufgefüllt, so daß meine Chance etwas zu bekommen gut standen. Ohne große Eile schritt ich durch die ausgestorbenen Gänge. Aus dem einen oder anderen Zimmer drangen Geräusche, es hatten sich wohl noch mehr Kollegen heute hierher verirrt.

Die Eingangshalle mit dem Kaffeeautomaten war aber leer oder, genau gesagt, fast leer. An einem der Tische saß eine junge Frau. Obwohl sie mir den Rücken zukehrte erkannte ich sie sofort. Sie war eine unserer Gebäudereinigerinnen, ein Polin. Was machte ausgerechnet sie heute hier?

Ich wußte, sie war eine sehr hübsche Frau. Sie hatte dunkelblonde, lockige Haare, wundervolle weiche Gesichtszüge, war schlank, aber nicht dünn. In der Regel trug sie dunkle Leggins und einen weiten Pulli. Die schlichte Kleidung hob ihre natürliche Schönheit in besonderem Maße hervor. Ich schätzte sie auf ungefähr dreißig Jahre. Am meisten jedoch beeindruckten mich ihre Augen. Ich weiß nicht so recht wie ich es ausdrücken soll, aber sie hatten einen Glanz, ein Leuchten, das mir, ehrlich gesagt, manchmal den Verstand raubte. Sie wissen, was ich meine? Ich hatte sie schon oft gesehen und manchmal auch überflüssige Wege gemacht, um ihr zu begegnen, wenn sie in unserem Gebäudeabschnitt die Flure wischte. Ich hatte auch versucht mit ihr zu flirten, zunächst vorsichtig, mit ein paar freundlichen Worten, ja, ich hatte mir sogar ein paar Worte polnisch angeeignet, oder indem ich ihr eine der Gangtüren aufhielt, wenn sie mit ihrem Putzwagen durchmußte; es versteht sich von selbst, daß manchmal etwas Zeitaufwand notwendig war, um im richtigen Augenblick zur Stelle zu sein. Sie hatte mir auch meistens freundlich zugelächelt, meine Worte liebenswürdig erwidert, doch alle meine Versuche, ihre Bekanntschaft zu machen, waren gescheitert. Sie gab sich mir gegenüber äußerst zurückhaltend und scheu, obwohl sie im Kreise ihrer Kollegen von der Reinigungsfirma recht temperamentvoll, ausgelassen, ja sogar burschikos auftreten konnte. Einmal hatte ich mich besonders weit vorgewagt und sie einfach zu einem Kaffee eingeladen - ohne Erfolg, sie lehnte ab.

Nun saß sie also hier, allein. Die Chancen, endlich mit ihr ins Gespräch zu kommen, waren gut. Obwohl ich ein leichtes Herzklopfen verspürte, zögerte ich nicht lange. Ich nahm den Plastikbecher mit dem Kaffee in die Hand und ging zu ihr hin.

„Dzien dobry bardso piekne kobiety, jak sie pani povodzi?"

Sie drehte sich um, lachte mich an und schüttelte dabei den Kopf.

„Was machen Sie denn heute hier?" fuhr ich fort.

„Ich warte auf den Bus, und Sie?" erwiderte sie mit ihrer weichen Stimme, ihre Augen leuchteten mich an.

Ich wurde verlegen, kam ganz aus dem Konzept. Eigentlich hatte ich sie ausfragen wollen, aber nun war ich es, der brav antwortete.

„Ich arbeite."

„Aber heute arbeitet hier doch kein Mensch!"

„Ich bin aber Physiker", antwortete ich lachend, langsam gewann ich meine Sicherheit zurück, „solche Leute haben immer etwas zu tun. Ich zum Beispiel muß im Januar zu einer Tagung fahren und einen Vortag halten. Die ruhige Zeit an und zwischen den Feiertagen eignet sich besonders gut zur Vorbereitung, zum Texte schreiben, Bilder anfertigen und so weiter. Man wird weniger gestört und kann sich besser konzentrieren -

wenn man nicht gerade am Kaffeeautomaten eine schöne Frau trifft."

„Ja das ist möglich", erwiderte sie, leicht errötend. Mir war nicht ganz klar, was sie damit meinte.

Sie blickte zur Uhr.

„Ich muß jetzt gehen, ich verpasse sonst den Bus."

Diese Worte gefielen mir gar nicht, ich wollte sie unbedingt noch etwas dabehalten. Während ich also fieberhaft überlegte, was zu tun sei, fiel mein Blick durch die Scheibe der Eingangstür. Ich zeigte nach draußen.

„Es hat wieder angefangen zu regnen und bis zur Haltestelle sind es fast zwei Kilometer. Sie werden völlig durchnäßt wenn sie die Strecke zu Fuß gehen. Ich kann sie aber hinfahren oder besser, ich kann Sie nach Hause bringen. Das ist kein Problem."

Sie blickte mich unschlüssig an; die Nässe da draußen schien zwar ein gutes Argument, trotzdem ließ ich nicht locker.

„Na ja, Sie können auch eins zwei Straßen eher aussteigen, falls Sie Angst haben, ihr Mann oder Freund werden Krach machen, wenn Sie von einem Fremden nach Hause gebracht werden."

„Machen Sie sich keine Sorgen wegen meines Freundes. Ich erwarte ihn erst um sechs Uhr heute Abend."

„Dann haben Sie ja noch etwas Zeit und wir können noch ein bißchen plaudern."

Sie war aufgestanden und hatte ihre Jacke bereits angezogen. Nun überlegte sie eine Weile.

„Eigentlich haben Sie recht, ja, das könnten wir."

Sie setzte sich und zog die Jacke wieder aus.

„Mögen Sie auch einen Kaffee ?"

„Gern."

Ich ging zum Automaten und holte zwei Tassen. Sie hatte sich inzwischen eine Zigarette angezündet und hielt mir die Schachtel hin.

„Rauchen Sie auch ?"

„Ja, natürlich."

Es ist schon seltsam, wie rasch sich manche Dinge verändern. Noch vor wenigen Minuten war sie bestrebt, unser Gespräch zu beenden und zu gehen, und jetzt machte sie es sich bequem.

„Eigentlich könnten wir 'Du' zueinander sagen, das lockert die Unterhaltung etwas auf", schlug ich vor, „ich heiße übrigens Fritz."

„Abgemacht", antwortete sie, „und ich heiße Agathe."

Auf meine Anfangsfrage zurückkommend, wiederholte ich jetzt:

„Was machst du heute eigentlich hier?"

„Ach, ich habe nur einige Sachen abgeholt, Kleidungsstücke, ein Paar Schuhe, zwei Bücher. Wir hatten gestern hinten im Aufenthaltsraum noch eine kleine Weihnachtsfeier und hinterher war ich nicht mehr so ganz beieinander", sie lächelte verschmitzt, „da habe ich sie vergessen."

„Hätte das nicht Zeit bis nach den Feiertagen gehabt? Die laufen doch nicht weg und stehlen wird sie auch keiner."

„Tja, im Januar bin ich nicht mehr hier. Ich höre auf."

„Wieso denn?"

„Ich habe in Polen Chemielaborantin gelernt. Nach dem politischen Umbruch dort bin ich arbeitslos geworden und daher nach Deutschland gegangen. Ich konnte die Sprache nicht und wegen der Anerkennung meiner Zeugnisse gab es auch Schwierigkeiten, deshalb habe ich notgedrungen als Putzfrau gejobbt. Aber das ist jetzt vorbei, ich habe eine Stelle in meinem Beruf gefunden. Die wird auch besser bezahlt, und ich kann mir endlich ein paar schöne Kleider kaufen, vielleicht auch ein Auto."

„Das hört sich gut an, viel Glück", lobte ich, obwohl mir ihre Worte gar nicht gefielen, denn es war klar, daß ich sie nun nicht mehr sehen würde.

„Aber du kannst uns ja hier einmal besuchen", meinte ich.

„Vielleicht, aber wahrscheinlich ist das nicht."

„Und was machst du so an Weihnachten?"

Ich suchte ein neues Gesprächsthema.

„Heute Abend fahren wir zu den Eltern meines Freundes, hätte ich das nur schon hinter mir."

Sie stöhnte.

„Diese Leute denken nur ans Essen, Trinken und die Geschenke. Nicht einmal in die Kirche gehen sie. Weihnachtsstimmung kommt da nicht auf. Und du?"

„Ich bin allein; ich werde vielleicht zum Gottesdienst gehen und mich hinterher betrinken."

„Glaubst du, daß das eine Lösung ist?"

„Nein, aber dämpft die innerliche Unruhe. Übermorgen werde ich dann ein Weihnachtskonzert besuchen, das ist eine Abwechslung."

„Weihnachtskonzert? Welche Musik wird denn da gespielt?"

„Barock."

„Barock?"

„Na ja, klassische Musik eben."

„Oh Gott, wie langweilig; ich mag sie nicht besonders. Ich höre lieber Schlager."

„Das sollte man so nicht sagen. Man muß diese Musik erst kennenlernen, ich habe mittlerweile Gefallen daran gefunden. Noch vor ein paar Jahren war das anders, da mochte ich nur Rockmusik, Jethro Tull, die mag ich besonders, Santana, ist aber auch nicht schlecht, und solche Sachen. Mein Lieblingslied ist übrigens 'Stairway to Heaven' von Led Zeppelin. Kennst du es?"

„Nein, nie gehört; es muß wohl schon älter sein, ich bin mehr für die aktuellen Sachen."

„Schade, es ist wirklich ein klasse Song."

Wir redeten noch eine ganze Weile, über die verschiedensten Dinge. Schließlich blickte sie zur Uhr und sagte zu meinem Leidwesen:

„Oh, es ist schon fast vier. Sei mir bitte nicht böse, jetzt muß ich aber wirklich gehen."

„Um Gottes Willen, nein, ich bin dir doch nicht böse. Es war schön, überhaupt einmal mit dir zu reden. Ich muß noch schnell meine Sachen holen. Ich mache jetzt auch Schluß."

Ich fuhr sie nach Hause.

„Leb wohl Fritz, es war toll, deine Bekanntschaft zu machen und frohe Weihnachten."

Sie lächelte mich an und zwinkerte dabei mit den Augen.

„Trink nicht so viel."

„Ich werde es mir merken. Übrigens, was heißt 'frohe Weihnachten' auf polnisch."

„Wesolych Swiat Bozego Narodzenia."

„Wesolych Swiat Bozego Narodzenia, Agathe, do widzenia."

„Das heißt aber 'auf Wiedersehen'."

„Ich weiß."

„Die bin ich endgültig los. Schade", dachte ich während der Heimfahrt.

Unlustig schmückte ich den Baum. Meine Stimmung war verdorben. Was so vielversprechend begonnen haben schien war nun vorbei. Do widzenia? Nur ein frommer Weihnachtswunsch.

Ich hatte irgendwo im Bücherschrank noch eine große Flasche Whiskey stehen, guten irischen. Mit ihr würde ich den Abend verbringen. Ich aß ein bißchen was, trank aber hauptsächlich. Irgendwann fiel mir der Armreif ein. Ich holte ihn aus der Schreibtischschublade und betrachtete ihn ausgiebig. Unwillkürlich mußte ich lachen.

Einige Wochen zuvor war ich abends durch die Stadt gelaufen und hatte dabei von Agathe geträumt, so intensiv, daß Traum und Wirklichkeit miteinander verschmolzen. In der Auslage eines Juweliers hatte ich den Armreif entdeckt. Kurz entschlossen ging ich in das Geschäft hinein und kaufte ihn, weil ich überzeugt war, dringend ein Weihnachtsgeschenk für sie zu benötigen. Hinterher kam ich mir ziemlich dumm vor. Ich hatte keine Ahnung, wann oder ob überhaupt ich ihr den Reif ihr jemals geben würde.

„Schade um das viele Geld", dachte ich traurig, legte ihn in die Schachtel zurück und verstaute ihn in der hintersten Ecke einer Schublade.

„Einer anderen schenke ich ihn auch nicht", meinte ich trotzig zu mit selbst.
Dann trank ich weiter. Irgendwann schlief ich im Sessel ein.

Dunkle Jahre

Ich weiß noch heute nicht, wie ich ins Bett gekommen bin. Jedenfalls, als ich am nächsten Morgen so gegen elf erwachte, lag ich drin, noch halb angekleidet. Ich fühlte mich hundeelend und blieb daher gleich liegen. An meinem Zustand änderte sich den ganzen Tag über wenig. Ich konnte weder essen, trinken noch rauchen. Erst am zweiten Weihnachtstag ging es mir wieder etwas besser. Am Nachmittag konnte ich sogar für längere Zeit aufstehen und bei herrlichem Sonnenschein einen kleinen Spaziergang unternehmen, wurde aber bald wieder müde. Auch ein starker Kaffee, den ich in einem kleinen Gasthof trank, brachte keine nennenswerte Besserung. Ich kehrte in die Wohnung zurück und legte mich ins Bett. Das Weihnachtskonzert in der Stiftskirche fiel aus, zumindest für mich. Schade, wo ich mich doch so darauf gefreut hatte.
Die Tage bis Neujahr verliefen ruhig. Es schneite häufig. Eigentlich hatte ich ja Urlaub, wollte aber mit meinem Vortrag weiterkommen. Ich holte mir die Unterlagen aus dem Büro, an Heiligabend hatte ich sie ja vergessen, wegen Agathe. Wie lange schien das nun schon her !
Ich arbeitete zuhause, auch am Silvesterabend. Ich hatte keine Lust auszugehen und den anderen beim Feiern zuzusehen.
Ohne Agathe verliefen die Tage im Büro gleich, sie hatten irgendwie ihren Reiz verloren; andererseits konnte ich mich wieder voll auf meine Arbeit konzentrieren. Ich sah sie aber noch lange im Geiste den Fußboden wischen wenn ich die Flure entlang schritt, es waren jedoch nur Träume, Bilder. Seltsamerweise verblaßten sie nicht.
Von der Tagung im Januar, die in einem kleinen Ort in den Bergen stattfand, hatte ich mir einige Abwechslung erhofft.

Fehlanzeige ! Ich lauschte zwar eifrig den Vorträgen, diskutierte intensiv mit Kollegen wissenschaftliche Probleme, konnte andererseits aber mit der Freizeit wenig anfangen, obwohl das Wetter in dieser Woche wirklich herrlich war, prächtigster Sonnenschein. Ich hatte keine Lust zum Ski laufen und begnügte mich mit ein paar Spaziergängen - die Sonne trieb mich aus dem Zimmer hinaus. Meistens träumte ich dabei von Agathe.

Unsere Experimente, die fast ohne Unterbrechung von Anfang Februar bis in den Mai hinein liefen, brachten etwas Farbe in den grauen Alltag: lange Arbeitszeiten, Hektik, Streß, aber auch interessante Ergebnisse ließen Agathes Bild allerdings nur zeitweise etwas verblassen, hinterher war alles wieder wie früher.

Irgendwann erhielt ich einen Brief von einem Rechtsanwalt, aus dem hervorging, daß meine Frau die Scheidung eingereicht hatte; meinetwegen. Ich brachte die Angelegenheit lustlos hinter mich. Ich vergrub mich in meine Arbeit und meine Träume.

So verging die Zeit.

Im zweiten Jahr besserte sich mein Zustand allmählich. Ich konnte Agathe nicht vergessen, doch ich sah ein, daß die selbstgewählte Isolation mir auch nicht weiterhalf. Ich ging abends öfters aus, besuchte Theateraufführungen, Opern, Konzerte, politische Diskussionen und lernte andere Frauen kennen. Ich maß jede an Agathe - gewogen und zu leicht befunden, lautete stets das Urteil. Kurzum, ich war unfähig, eine neue Bindung einzugehen.

Ich blieb allein und widmete mich weiterhin weitgehend meiner Arbeit.

Frühlingslicht

Es ist schon seltsam, aber es gibt Tage, an denen man eigentlich nichts besonderes erwartet, die jedoch dann das gesamte Leben umkrempeln. Bei mir war es ein gewöhnlicher Freitag im März. Beiläufig hatte mir mein Zimmerkollege im Büro erzählt, daß am Wochenende im Stadttheater 'Fidelio' aufgeführt werden sollte, ein Gastspiel. Ich kannte die Oper noch nicht und wollte sie sehen. Ich fragte nach Karten. Samstag und Sonntag waren ausverkauft, für Freitag waren noch einige erhältlich. Das war mir nicht unrecht, denn so konnte ich direkt vom Büro aus hinfahren und ersparte mir eine lange Anfahrt.

Die Aufführung gefiel mir gut. In der Pause ging ich in Richtung Bar, um mir etwas zu trinken zu kaufen, als ich plötzlich hinter mir eine seltsam bekannte Stimme hörte.

„Hallo Fritz, wie geht's ? Schön dich wiederzusehen!"

Ich drehte mich um und blickte in die leuchtendsten Augen, die ich je gesehen hatte - es war Agathe.

„Hallo Agathe, was machst du denn hier ?"

„Das gleiche wie du, die Oper genießen."

„Die Oper genießen ? Du hast doch früher nie klassische Musik gemocht."

„Früher ! Ja, das stimmt. Aber vor ein paar Monaten hat mich eine Kollegin überredet, mit ihr in ein Konzert zu gehen. Ich wollte erst nicht, sagte, das sei langweilig. Sie meinte jedoch nur, ich solle mich einfach ruhig hinsetzen, entspannen, vielleicht sogar die Augen schließen und mich auf die Musik konzentrieren. Das habe ich getan, und es war himmlisch. Seitdem besuche ich öfters Konzerte oder auch Opern. Du hattest recht, irgendwann kommt man auf den Geschmack."

„Du bist allein?"

„Ja."

„Und dein Freund ?"

„Ach, mit dem Langweiler habe ich schon lange Schluß gemacht. Der mochte nur fernsehen, Karten spielen, na ja, und das andere halt."

„Ich war gerade auf dem Weg zur Bar. Kommst du mit?"

„Gerne."

Nach einigem Anstehen erhielt jeder ein Glas Sekt.

„Prost! Auf unser Wiedersehen! Ich freue mich riesig!"

Agathe strahlte.

„Ich mich auch!"

Leider mußten wir uns schon bald wieder trennen, der Gong ertönte, die Pause war zu Ende.

„Gehen wir hinterher noch zusammen aus?"

„Na klar."

Die weitere Vorstellung war für mich sozusagen gestorben. Ich dachte nur noch an Agathe. Wahnsinn! Nach so langer Zeit! Ich konnte mein Glück kaum fassen. Am meisten beglückte mich jedoch, daß sie überhaupt noch an mich gedacht hatte. Immerhin hatte sie mich ja entdeckt und angesprochen und ihre überschwängliche Freude, mich zu sehen war ohne Zweifel echt. Sie war in mich verliebt, das stand fest. Ich versuchte, wenn auch vergeblich, sie im Publikum zu entdecken, lachte vor Seligkeit leise vor mich hin. Was mein Platznachbarn wohl von mir gedacht haben mögen? Die Musik interessierte mich nicht mehr. Ungeduldig wartete ich auf das Ende der Aufführung. Warum können die nicht schneller singen?

Wir trafen uns nach der Vorstellung im Foyer.

„Diese Oper muß ich mir unbedingt noch einmal anschauen. Den zweiten Teil habe ich gar nicht mehr mitbekommen, ich konnte nur noch an dich denken", sagte ich zu ihr.

„Mach dir nichts daraus, mir ging's genauso."

Ich umarmte sie und küßte sie auf die Stirn. Sie schaute mich lächelnd an. Ach, wie hübsch sie war, viel schöner als je zuvor.

Wir suchten uns ein gemütliches Lokal und redeten lange miteinander. Es gab ja soviel zu erzählen.

„Soll ich dich nach Hause bringen?" fragte ich sie schließlich.

„Nicht nötig, ich habe ein eigenes Auto. Aber sag mal, willst du heute Nacht nicht bei mir bleiben ?"

Mein Herz jauchzte, ich schwebte im Himmel. Natürlich wollte ich das !

„Na gut, du fährst; ich kann mein Auto ja morgen abholen."

Es wurde eine herrliche Nacht; nicht daß es zu intensivsten Berührungen gekommen wäre, nein, dazu waren wir viel zu aufgeregt. Wir lagen umarmt im Bett, erzählten, tranken zwischendurch Wein und lachten viel, so zum Beispiel, als ich ihr von meiner Verliebtheit und meinen zaghaften Flirtversuchen sowie von meiner Verwunderung oder gar Verzweiflung über ihre zurückhaltende und scheue Reaktion darauf, erzählte; damals, als sie noch die Flure wischte.

„Trauern wir nicht der verlorenen Zeit nach. Wir haben uns ja jetzt gefunden; genießen wir die Zukunft."

Über sich selbst und ihre leidenschaftlichen Gefühle, die sie mir entgegenbrachte, erzählte sie nur wenig, fast gar nichts. Noch hütete Agathe ihr Geheimnis, um mir eine Überraschung zu bereiten. Nach und nach wurden unsere Zungen schwerer und wir schliefen allmählich ein.

Ihre zarte Hand, die meinen Kopf streichelte, und ihr süßer Duft weckten mich. Ich hörte Musik, die Melodie kam mir bekannt vor; ich blieb still liegen und lauschte.

„Stairway to Heaven."

Agathe grinste.

„Richtig, ein wunderschönes Lied. Ich habe es vor einigen Monaten zum ersten Mal im Radio gehört, in so einer Wunschsendung. Es gefiel mir auf Anhieb. Als der Moderator hinterher den Titel nannte, glaubte ich mich zu erinnern, ihn irgendwo schon einmal gehört zu haben."

Agathe unterbrach ihre Rede und blickte mich beschämt an.

„Tut mir leid, Schatz, ich hatte dich mittlerweile völlig vergessen. Das Lied jedoch ging mir nicht aus dem Kopf. Ich kaufte die CD. Nach einigen Tagen endlich fiel mir unsere Gespräch von Heiligabend damals ein. Es war ja dein Lieblingslied. Ich erinnerte mich allmählich wieder an alle Einzelheiten, verliebte mich in dich und spürte das Verlangen, dich wiederzusehen. Es ist schon seltsam, wie man Dinge miteinander verknüpft, denn jedes Mal, wenn ich das Lied hörte, träumte ich von dir. Ich habe es oft gehört!"

„Warum hast du mich denn nicht besucht? Du wußtest doch, wo ich arbeite."

Agathe wurde verlegen.

„Ach, ich wollte es, habe mich aber nicht getraut. Ich dachte, du hättest mich längst vergessen."

„Dich vergessen? Das geht nicht."

Ich schlang meine Arme um ihre Schulter, zog sie zu mir, drückte sie an meine Brust und küßte sie.

„Kochana dziewczyna, wie gut, daß es dich gibt - und dieses Lied."

Nach langer Zeit erhoben wir uns, frühstückten und überlegten, was wir an diesem Wochenende unternehmen wollten. Wir diskutierten eine Weile.

Konzert oder Theater - nicht schon wieder; Kinobesuch - kein interessanter Film; Kneipenbesuch - kein großes Interesse. Schließlich einigten wir uns darauf, tanzen zu gehen, in eine Diskothek.

„Meinst du, die lassen mich da rein?" fragte ich zweifelnd.

„Ich denke schon, vielleicht bekommst du sogar Seniorenrabatt."

Wir holten mein Auto ab. Ich wollte nach Hause, um frische Kleidung anzuziehen. Agathe begleitete mich. Mir fiel der Armreif ein. Ich kramte ihn aus der Schublade hervor und gab ihn ihr. Sie freute sich, ihre Augen strahlten.

„Ein prächtiges Stück, vielen Dank; aber wo hast du den her?"

„Ich habe ihn extra für dich gekauft."

„Du schwindelst, wir waren doch die ganze Zeit zusammen."

Ich erzählte ihr die Geschichte. Sie lachte laut.

„Du bist wirklich ein verrückter Kerl."

Nach dem Abendessen fuhren wir zur Diskothek. Ich hatte so einen Schuppen seit mehr als zwanzig Jahren nicht mehr betreten und fühlte mich unwohl, nicht nur wegen meines Alters; sowohl die laute Musik mit ihrem monotonen Rhythmus, als auch das ständige Lichtgeblitze störten mich. Ich dachte daran, wie oft mich meine Tochter mit diesem Krach genervt hatte. Agathe aber gefiel es hier. Sie wirkte ungeheuer gelöst, in Hochstimmung.

„Komm, wir tanzen !" forderte sie, ich zögerte.

„Stell dich nicht so an, du bist doch gar nicht so alt wie du tust!"

Kann man da noch mißmutig sein ?

„Sei doch nicht so steif, du gehst doch nicht am Krückstock !" schnauzte sie mich lachend an, als ich mich ganz vorsichtig auf der Tanzfläche bewegte.

Ich wurde lockerer. Es wurde ein herrlicher Abend. Wir amüsierten uns prächtig.

„Es ist wie bei den Opern", dachte ich, „man darf sich nicht sperren, muß entspannen, aufnahmebereit sein."

Und Agathe wirkte hier Wunder.

„Das können wir öfter machen", sagte ich zu Agathe, als wir sehr spät oder, besser gesagt, früh am Morgen die Diskothek verließen.

„Man darf nichts übertreiben", war ihre Antwort.

Wir sanken todmüde ins Bett.

Entsprechend reduzierte sich die geplante Sonntagswanderung zu einem kleinen Spaziergang.

„Heute Abend gehen wir essen. Ich kenne da ein sehr gutes Restaurant", schlug ich vor.

Schon von außen war zu erkennen, daß es sich um ein vornehmes Lokal handelte. Agathe warf einen Blick auf die aushängende Speisekarte.

„Ein teurer Laden. Hast du genug Geld ?"

„Ich hatte mehr als zwei Jahre Zeit zum Sparen."

„Tu nicht so scheinheilig; komm, wir gehen rein."

Ein sehr würdevoll daherschreitender Ober wies uns einen freien Tisch zu.

„Der sieht aus wie ein dressierter Pinguin", frotzelte sie leise.

178

Wir bestellten Wein und ließen uns die Speisekarte bringen. Agathe blickte um sich und musterte die anderen Gäste.

„Lauter vornehme Leute", meinte sie schließlich leicht spöttisch.

„So vornehm können wir auch tun", entgegnete ich heiter.

„Können ! Müssen wir aber nicht."

„Stimmt."

Wir suchten uns etwas aus. Das Essen war wirklich hervorragend, es schmeckte köstlich.

„Hier können wir öfters hergehen; was meinst du ?" bemerkte ich, als wir das Lokal verließen.

„Die Speisekarte ist lang genug", entgegnete sie trocken.

Wir fuhren zu meiner Wohnung zurück und sie blieb für eine wundervolle Nacht bei mir.

Trotz der Anstrengungen des Wochenendes wirkte ich heiter und frisch, als ich Montag morgens das Büro betrat. Meine Arbeit ging mir leicht von der Hand. Mein Zimmerkollege merkte das.

„Na Fritz, was ist heute mit dir ?"

„Die Sonne scheint wieder", lachte ich.

„Die Sonne scheint wieder ? Was soll denn das heißen ? "

„Das wirst du früh genug erfahren", erwiderte ich und tat sehr geheimnisvoll. Man muß doch nicht alles gleich breittreten ! Nicht wahr, sloneczko.

Die folgenden Wochen verliefen abwechslungsreich. Wir gingen ins Theater, ins Kino, zum Tanzen, besuchten an Regentagen Ausstellungen und Museen. Und ich lernte 'Die Kette' kennen, Agathes Stammlokal.

'Die Kette' erwies sich als typische Proletenkneipe. Die Einrichtung war einfach, billige Tische und Stühle, ohne jeden Stil, an den Wänden ein paar Bilder. In irgendeiner Ecke lief ein Fernsehapparat, aus einer Musikbox neben der Tür ertönte Rapmusik. Zahlreiche Spielautomaten hingen an den Wänden neben den Bildern oder standen im Schankraum. An einigen Tischen saßen Männer, aber auch Frauen und spielten Karten. Eine solche Pinte hatte ich seit zwanzig Jahren nicht mehr betreten. Die Gäste redeten wild durcheinander. Hier gesellten sich offenbar diverse Nationen, denn es herrschte ein babylonisches Sprachengewirr.

Wir fanden einen freien Tisch. Eine Kellnerin, die wie ein Strichmädchen aussah, fragte uns nach unseren Wünschen. Wir bestellten Bier. Agathes Augen leuchteten.

„Ich habe die Kneipe durch meinen früheren Freund kennengelernt. Jetzt komme auch noch oft hierher, meistens allein. Man trifft Leute, kann miteinander reden, Musik hören, spielen. Mein Ex-Freund spielte Karten, ich flippere lieber, das ist so richtig entspannend. Besonders wenn ich Kummer habe kann ich stundenlang spielen."

„Und ab und zu wird hier einer abgestochen", warf ich ein.

„Dummkopf, hier gibt es keine Schlägereien. Hast du Lust auf ein Flipperspiel ?"

So mit elf bis fünfzehn Jahren, als die ersten Flipperautomaten in unseren Dorf auftauchten, hatten wir Buben dieses Spiel mit Leidenschaft betrieben, oft unser ganzes Taschengeld dafür ausgegeben. Aber wie lange hatte ich nicht mehr vor so einem Apparat gestanden ! Ich willigte ein, und wir suchten uns ein freies Gerät. Agathe gewann natürlich, obwohl ich mich trotz mangelnder Übung gar nicht so schlecht anstellte.

„Nicht übel für den Anfang", meinte sie, „ich denke, so in einem halben Jahr wirst du für mich ein ernst zunehmender Gegner sein."

„Du willst also nicht oft hierher gehen ?"

Agathe verstand den Hintersinn meiner Worte.

„Du bist ja mächtig eingebildet !"

Wir probierten auch die anderen Spielautomaten aus. Agathe gewann stets, außer beim Tischfußball. Hier wirkte sich das Training mit meinem Sohn noch immer positiv aus. Lange ist's her, dachte ich. Meine anfängliche Abneigung gegen diese Kneipe schwand rasch und bald fühlte ich mich hier ebenso wohl wie Agathe. Erst lange nach Mitternacht verließen wir das Lokal.

Wir verbrachten mittlerweile auch während der Woche unsere Freizeit oft, aber nicht immer, zusammen. Agathe blieb an diesen Tagen allerdings lieber zuhause, wollte abends kochen und hinterher fernsehen oder lesen.

„Mein Ex-Freund hat ebenfalls manchmal gekocht. Kannst du das auch?"

„Nein."

„Warum nicht?"

„Kochen ist Frauensache."

„Macho."

„Ich kann dafür das Geschirr spülen und abtrocknen."

Agathe lachte.

„Na gut, damit kann man auch leben."

Die Aufgaben waren nun verteilt.

Im Fernsehen schaute sie sich am liebsten jene alten Komikerfilme von der Jerry-Lewis-Sorte an. Als wieder einmal so ein Streifen lief, saß ich daneben und las in einem Buch. Agathe lachte fast ständig über die meiner Meinung nach schalen Späße.

„Du magst solche Filme wohl nicht?" fragte sie unvermittelt.

„Nicht besonders."

„Schade."

„Ach, wir müssen doch nicht immer das gleiche mögen."

„So?" sagte sie spitz und rückte näher. Ehe ich mich versah, hatte sie mich umarmt, küßte mich zärtlich, entwand mir dabei geschickt das Buch und warf es zu Boden. Augenblicke später lag ihr Kopf auf meinem Schoß. Sie streichelte liebevoll meine Beine, schaute mich spitzbübisch an und lächelte triumphierend:

„Das nächst Mal machen wir es gleich so."

Konnte ich ihr da böse sein?

Es war einfach ihre Art, so zu reagieren, meiner Brummigkeit humorvoll schlagfertig zu begegnen, mich dadurch zu überrumpeln und auf ihre Seite zu ziehen; wie auch bei jenem Kinobesuch.

Es war eines jener amerikanischen Hollywoodmachwerke gewesen, die maßgeblich zur Zerstörung unserer Kultur beitragen. Ich fügte mich meinem Schicksal, ließ mir nichts anmerken. Agathe durchschaute mich trotzdem; im übrigen gefiel ihr der Film natürlich.

„Ach jammere doch nicht wegen des Eintrittsgeldes", sagte sie beim Herausgehen, „natürlich hatte der Film kein Niveau, aber das kannst du auch nicht erwarten, wenn **** (es handelte sich hierbei um einen bekannten, aus einem gebirgigen europäischen Land stammenden Schauspieler) die Hauptrolle spielt. Aber technisch war der Film doch gut gemacht, richtig spannend, gib's doch zu. Ich habe genau gesehen, wie du dir vor Nervosität ständig mit der Faust auf die Oberschenkel geklopft hast."

Das ist tatsächlich so eine Marotte von mir.

„Siehst du", fuhr sie fort, „das ist auch eine Art der Entspannung, des Vergnügens; du solltest es genießen, anstatt herumzunörgeln. Komm, laß uns etwas trinken gehen, am besten in eine Weinstube; in 'Die Kette' kannst du in diesem Zustand jedenfalls nicht."

„Wir gehen in 'Die Kette' und spielen", erwiderte ich trotzig.

„Gewonnen", antwortete sie, „da wollte ich sowieso hin."

Als es wärmer wurde meint Agathe eines Tages:

„Wir sollten einmal etwas ganz anderes unternehmen. Hast du eine Idee ?"

Ich überlegte lange.

„Ich habe noch ein altes Segelboot. Es ist schon seit Jahren nicht mehr benutzt worden, aber vielleicht schwimmt's noch."

„Segeln !" rief sie begeistert, „ja, das wäre fein."

„Segeln ? Kannst du das ?"

„Aber klar ! In meiner Kindheit und Jugend sind wir in den Sommerferien oft nach Masuren gefahren, dort habe ich es gelernt."

„Diesen Sommer können wir auch hinfahren. Ich habe noch kein Ziel. Und du ?"

Agathe jauchzte.

„Jawohl, das machen wir. Ich arrangiere das, keine Sorge."

„Da mußt du mir vorher aber noch ein bißchen polnisch beibringen."

„Das ist kein Problem. Ein paar Worte kannst du ja schon,
'bardso piekne kobiety' oder 'kochana dziewczyna'. Aber das
sagst du nicht bei anderen Frauen. Ist das klar?"

Ich lachte.

„Nein, nur zu dir; bei allen anderen wäre es ja auch gelogen."

„Was bist du doch für ein scheinheiliger Gauner!"

Der Zustand des Segelbootes erwies sich als gar nicht so
schlecht wie ich gedacht hatte. Mit wenig Arbeit machten wir
es wieder flott. Bei einem Segelklub in der Nähe gab es noch
freie Liegeplätze; die waren zwar nicht billig, aber was sollte
es. Ich stellte bald fest, daß Agathe eine begeisterte Seglerin
war, sie beherrschte ihr Handwerk. Natürlich fehlte es uns beiden an Übung. Das führte anfänglich zu einigen Vorfällen, die
ich hier besser übergehe. Aber wir stritten uns deswegen
kaum. Wir verbrachten die folgenden Wochenenden fast vollständig auf dem Wasser - zumindest die Tage. Bald waren wir
perfekt; während der Flauten lernte ich polnisch. Der Segelurlaub würde schön werden. Ganz bestimmt!

Prüfungen

Es herrschte aber nicht nur eitel Sonnenschein, ab und zu gab
es auch Meinungsverschiedenheiten, Auseinandersetzungen.
Ich bewunderte, wie Agathe in solchen Situationen reagierte.
Sie trotzte nicht beleidigt, wenn ich Kritik - manchmal unbe-
rechtigt - an ihr übte oder gar verletzend wurde, vielmehr kon-
terte sie geschickt, gab mir Gelegenheit, Dinge, die in der ersten Gefühlsaufwallung zu drastisch gesagt wurden, zu relati-
vieren, mich zu verteidigen oder zu entschuldigen. Auch sah
sie eigene Fehler ein. Dennoch schützte uns das nicht vor je-

nem großen Streit, an dem unsere Liebe beinahe zerbrochen
wäre.

An einem Samstagabend in der zweiten Junihälfte gab ein früherer Schulfreund eine große Geburtstagsparty. Die Einladung
hierzu hatte ich schon im Februar, also einige Zeit vor dem
Wiedersehen mit Agathe, erhalten. Andere ehemalige Klassen-
kameraden, von denen ich einige seit mehr als zwanzig Jahren
nicht mehr gesehen hatte, hatten ihr Kommen zugesagt. Es war
für mich selbstverständlich hinzugehen, allein, obwohl Partnerinnen ebenfalls eingeladen waren. Agathe kannte niemand
von den erwarteten Gästen und ich wollte die Gelegenheit zu
intensiven Gesprächen mit früheren Mitschülern aus der
Gymnasialzeit nutzen um alte Erinnerungen aufzufrischen,
hatte daher wenig Lust, mich auf dem Fest um sie zu kümmern. Agathe mußte das einsehen. Unglücklicherweise hatte
ich die ganze Angelegenheit im Rausch der vorangegangenen
Monate völlig vergessen; erst eine knappe Woche vor der Party fiel mir der Brief beim Sortieren von Rechnungen zufällig
in die Hände. Ich berichtete Agathe. Sie war enttäuscht.

„Du hattest versprochen, am Samstag mit mir in das Konzert
im Schloßpark zu gehen, die Karten hast du auch schon."

„Tut mir leid, Schatz, aber du mußt mich verstehen; ich war
die gesamte letzte Zeit immer nur mit dir zusammen und
möchte nun einmal auch alte Bekannte wiedersehen."

„Aber das Konzert!"

„Du kannst doch alleine hingehen."

„Alleine?"

„Agathe, du bist doch kein kleines Kind und bist, bevor wir
uns wiedersahen, auch oft alleine ausgegangen. Außerdem
kannst du ja eine Kollegin mitnehmen. Ich habe schließlich
zwei Karten."

„Kollegin! Ich wollte mit dir ins Konzert gehen, ich habe
mich so darauf gefreut. Behalte deine Karten."

„Es finden noch mehr Konzerte statt, das nächste in drei Wochen, dann klappt es bestimmt."

Ich hielt ihr die Karten hin.

„Bitte nimm."

„Nein", schrie sie wütend, riß mir die Karten aus der Hand und warf sie auf den Boden, „entweder du gehst mit mir zum Konzert oder es ist aus zwischen uns."

Ich war empört über ihre Starrköpfigkeit und erpressen ließ ich mich schon gar nicht.

„Ruf mich an, wenn du dich wieder beruhigt hast!"

Ich drehte mich um und ging.

Die Party gefiel mir sehr gut, sie erfüllte meine Erwartungen. Eine Jazzkapelle war engagiert worden, wir hörten Musik, tranken, redeten. Es war schon hell als ich nach Hause kam. Ich legte mich schlafen. Gegen Abend erwachte ich und rief gleich Agathe an. Niemand meldete sich.

„Na gut", dachte ich, „wieso sollte sie nicht ohne mich ausgehen."

Am nächsten Abend probierte ich es erneut.

„Hallo Schatz", rief ich freundlich, „sehen wir uns heute Abend?"

„Erstens bin ich nicht mehr dein Schatz", erwiderte sie giftig, „und zweitens, bildest du dir eigentlich ein, ich hätte nichts besseres zu tun, als zuhause herumzusitzen und zu warten, bis du dich herabläßt, mir deine Einladung anzubieten? Ich bin doch nicht deine Sklavin, die springt, wenn du rufst!"

Selbst im Zorn war sie süß.

„Kochana dziewcyna ...."

Ich kam nicht weiter.

„Laß mich in Ruhe mit deinem 'kochana dziewcyna'! Leb wohl - oder auch nicht!"

Sie knallte den Hörer auf.

„Die Weiber sind doch alle gleich. Kaum gibt man ihnen den kleinen Finger und schon liegt man an der Kette wie ein Hund", seufzte ich, „warten wir ein paar Tage, dann kommt sie schon wieder."

Sie kam jedoch nicht, meldete sich nicht einmal. Die Woche verstrich. Ich wurde nervös, wollte sie erneut anrufen, unterließ es dann aber. Schließlich hatte sie ja den Streit begonnen und sollte nun auch den ersten Schritt zur Versöhnung unternehmen. Auch die zweite Woche verstrich; keine Nachricht von Agathe. Ich fühlte mich zwar durch sie in meinem Stolz, meiner Ehre verletzt, bekam nun jedoch Gewissensbisse. Vielleicht hätte ich ihr die Sache mit der Party schonender beibringen oder ganz verzichten sollen. Ich hatte ihr das Konzert versprochen und es war nicht ihre Schuld, daß ich den Partytermin vergessen hatte. Anrufen mochte ich sie aber trotzdem nicht, ich hatte keine Lust, mir noch eine Abfuhr einzuhandeln.

Das dritte Wochenende ohne Agathe stand bevor. Furchtbar ! Man müßte sie irgendwo treffen können, aber wo ?

Mir fiel 'Die Kette' ein. Sie hatte ja einmal davon gesprochen, daß sie beim Flipperspiel all ihren Kummer vergessen könne. Ja, vielleicht war sie am Samstag Abend dort.

Ich fuhr hin, fand sie aber nicht. Vielleicht kommt sie noch. Ich saß herum, trank, rauchte, spielte ab und zu. Es war schon fast Mitternacht, als ich wieder einmal zu einer Spielrunde aufbrach, und plötzlich erblickte ich sie - natürlich vor einem Flipperautomaten. Sie bemerkte mich nicht, war ganz in das Spiel vertieft.

„Hallo Agathe, wie läuft's denn ?" sprach ich sie an.

Sie drehte sich um, schaute mich an und ihre Augen begannen zu leuchten.

„Schlecht", antwortete sie, „ich bin einfach zu nervös. Und bei dir ?"

„Auch nicht besser."

„Kann man nichts machen."

„Vielleicht doch."

Sie schwieg und vertiefte sich wieder in das Spiel. Ich blieb bei ihr stehen und schaute zu. Sie war wirklich sehr nervös.

„Spielen wir die nächste Runde zusammen ?" fragte ich als das Spiel zu Ende ging.

Sie blickte mich keck an und sagte nur: „Gut."

Es wurden viele Runden. Zunächst schwiegen wir weitgehend, kämpften verbissen um Punkte. Agathe siegte natürlich meistens, wie immer. Nach und nach begannen wir aber mehr und mehr miteinander zu reden, belanglose Sachen, unterließen es, unseren Streit zu erwähnen.

„Zumindest beim Flippern ist alles wie früher“, meinte ich beiläufig, als sie wieder einmal gewonnen hatte, „es wäre gut, wenn sich das auch in anderen Dingen so einrichten ließe.“

„Kommt auf einen Versuch an“, erwiderte sie mit offensichtlich gespielter Gleichgültigkeit.

„Soll das heißen, daß du mir eventuell verzeihen kannst?“

„Ich dir schon, mit etwas gutem Willen.“

Ich blickte ihr in die Augen.

„Was heißt ‘ich dir schon’?“

„Na ja, das mußt du besser wissen.“

„Es war doch alles meine Schuld. Ich brauche dir nicht zu verzeihen, ich war dir auch nie richtig böse.“

„Wirklich?“

„Ja doch.“

Sie fiel mir um den Hals und küßte mich.

„Ich wußte, daß du kommen würdest.“

„Und ich wußte, daß du hier sein würdest.“

Wir verließen rasch ‘Die Kette’ und gingen zu ihr. Versöhnungen sollte man nicht in der Öffentlichkeit feiern. Sie können so wundervoll sein.

Am nächsten Morgen, noch im Bett, kam ich nochmals auf den ‘großen Krach’ zu sprechen. Agathe wehrte ab.

„Ach, laß das“, bat sie, „das ist vorbei.“

„Nein, Agathe“, beharrte ich, „das ist zu wichtig. Sieh mal, beinahe wären wir auseinander gegangen, für immer. Vermutlich wären wir beide, ich mit Sicherheit, unglücklich geworden. So etwas darf nie wieder geschehen. Wir müssen das ausdiskutieren.“

„Du hast recht“, antwortete sie.

Wir redeten lange. Es ging nicht um Schuldzuweisungen, vielmehr darum, zu erkennen, wie derartige Konflikte entstehen, sich entwickeln und wie man sie verhindern beziehungsweise lösen kann.

„Die Theorie beherrschen wir jetzt", sagte ich schließlich.

„Ja, jedoch die Praxis müssen wir noch lernen", entgegnete sie, „das wird schwerer."

„Stimmt, aber wir wissen jetzt, worum es geht."

Am darauffolgenden Wochenende fand wieder ein Konzert im Schloßpark statt. Es war ein herrlicher, warmer Sommerabend. Wir waren frühzeitig gekommen und konnten vorher noch einen langen Spaziergang durch die weitläufige Parklandschaft unternehmen. Oft blieben wir stehen, umarmten und küßten uns. Mich schauderte ab und zu. Was wäre jetzt ohne Agathe? Wie böse hätte das enden können.

Die Musik war wundervoll. Hinterher tranken wir noch etwas im Biergarten und genossen dann bei einem abschließenden Rundgang die kühle Nachtluft. Glücklich wie nie zuvor kehrten wir nach Hause zurück.

Die Versöhnung hatte uns wieder näher zusammengeführt. Es lag nahe, über unsere gemeinsame Zukunft zu reden. Eines Abends kam das Thema zur Sprache.

„Wir sollten zusammenziehen, wir sind ja sowieso die meiste Zeit zusammen, bei dir oder bei mir. Was brauchen wir da noch zwei Wohnungen?" erklärte Agathe ohne Umschweife, wie es ihre Art war.

„Daran habe ich auch schon gedacht, meine Wohnung ist groß genug."

„So meine ich das nicht, wir sollten eine neue Wohnung nehmen."

„Warum?"

„Deine Wohnung liegt ungünstig. Jeder von uns ist täglich fast zwei Stunden unterwegs, zur Arbeit und zurück. Ich habe etwas besseres in Aussicht, ein hübsches, großes Appartement in einem Mehrfamilienhaus mit relativ wenigen Wohneinheiten, ruhig gelegen, gar nicht teuer. Einer unserer Gruppenleiter wird versetzt, er will es verkaufen. Ich habe es mir schon angesehen, es ist wirklich toll und liegt günstig. Nur gut zehn Minuten mit dem Fahrrad zur Arbeitsstelle, für jeden von uns.

Und eines der beiden Autos können wir uns dann auch sparen."
Ich war überrascht, fühlte mich übergangen. Agathe merkte das, ließ dennoch nicht locker.
„Ich habe einiges Geld gespart, und wenn du deine Wohnung verkaufst, können wir das Appartement leicht bezahlen. Der Kollege ist großzügig, er hat mir acht Tage Bedenkzeit gegeben. Am ersten September wird es übrigens frei."
Agathe blickte mich liebevoll an.
„Komm, mach so kein Gesicht. Schau dir die Wohnung erst einmal an. Du brauchst nicht sofort 'ja' zu sagen."
Agathe hatte mit sicherer Stimme gesprochen, ihr liebevoller Blick, der nun mehr und mehr ängstliche Züge annahm, stand in krassem Gegensatz dazu. Offensichtlich war ihr nicht wohl bei der Sache. Ich dachte an den 'großen Krach'. Sollte ich wieder eine Auseinandersetzung riskieren und sie endgültig verlieren ? Das lohnte sich wirklich nicht, obwohl ich sauer war, daß sie derart weitreichende Pläne über meinen Kopf hinweg geschmiedet hatte. Andererseits hatte sie es gut gemeint; vielleicht war die Wohnung wirklich günstig und sie wollte die gute Gelegenheit nicht verstreichen lassen.
Ich sagte daher nur: „In Ordnung, ich werde es mir überlegen. Morgen früh gebe ich Bescheid."
Agathe strahlte erleichtert:
„Dann können wir sie morgen nach Feierabend anschauen."
Ich lächelte über diese Worte, typisch Agathe.
Später, im Bett, dachte ich über die Angelegenheit nach. Im Grunde genommen hatte Agathe Recht. Meine eigene Wohnung bedeutete mir nicht allzu viel. Der Kauf damals war eher eine Notlösung gewesen, weil ich mich scheute, nach der Trennung in die Fremde zu gehen, lieber in meinem Heimatstädtchen bleiben wollte. Freunde hatte ich dort eigentlich nicht. Ohne Agathe war ich allein gewesen und wäre es mit Sicherheit auch geblieben. Der große Zeitaufwand, um zur Arbeitsstelle zu gelangen, sowie die hohen Fahrtkosten waren auch kein schlechtes Argument. Im Grunde genommen hatte

ich ihren Vorschlag ja auch gleich akzeptiert, redete ich mir jetzt ein und war eher aus gekränkter Eitelkeit ungehalten geworden. Und die Bedenkzeit hatte ich mir ja nur ausbedungen, um ihr zu zeigen, daß ich mich nicht sofort ihrem Willen unterwarf.

Am nächsten Abend besichtigten wir die Wohnung. Agathe hatte wirklich eine gute Wahl getroffen. Die finanzielle Seite war schnell geklärt. Wir kauften. Agathe war sichtlich erleichtert als alles so glatt ablief; auch sie hatte offenbar einen größeren Streit befürchtet.

Vollendung

Die drei Wochen Segelurlaub in Masuren waren phantastisch. Es war eine Zeit der Liebe und der Harmonie. Diese Tage sollen unser süßes Geheimnis bleiben. Deshalb werde ich auch nichts darüber erzählen, zumal sie auch nur unwesentlich zum Verständnis dieser Geschichte beitragen.

In der ersten Septemberwoche übernahmen wir die Wohnung. Sie erwies sich, wie wir schon bei der Besichtigung bemerkt hatten, im allgemeinen in gutem Zustand, lediglich ein paar Schönheitsreparaturen mußten durchgeführt werden; außerdem wollten wir neue Tapeten, Teppichböden und Gardinen. Vielmals stritten wir uns über Farben und Muster bis tief in die Nacht. Dennoch gelang es uns immer, etwas zu finden, mit dem wir beide einverstanden waren, wenn es auch oft nicht dem entsprach, was wir uns ursprünglich vorgestellt hatten, sondern etwas anderes, neues war. Die manchmal leidenschaftlichen Diskussionen blieben aber immer sachlich. Wir lernten auf diese Weise, unsere Konflikte auszutragen, ohne uns gegenseitig zu verletzen. Wir suchten zusammen Lösungen, die uns beide befriedigten, so daß niemand am Ende das Gefühl haben konnte, die eigenen Ansichten oder Interessen seien unterdrückt oder beiseite geschoben worden - eine gute Basis für die Zukunft.

Endlich, als alle Möbel eingeräumt waren, begutachteten wir unser neues Nest. Wir durchschritten alle Zimmer, musterten, urteilten.

„Es hat sich gelohnt, wirklich ein kleines Paradies; hier werden wir uns wohl fühlen", meinte Agathe schließlich und küßte mich zart. Ich war selig.

Ende September begann es für mehrere Tage zu regnen, es wurde kalt. Wir blieben das Wochenende über im Bett, nur manchmal stellten wir uns ans Fenster, schauten hinaus auf die grauen Wolken, die ohne Ende vorüberzogen und die immer größer werdenden Pfützen auf der Erde.

„Ein trotz mancher trüber Tage wundervoller Sommer geht zu Ende", bemerkte ich irgendwann.

„Sei nicht traurig", erwiderte Agathe, „es werden noch viele herrliche Sommer folgen, ohne Schatten."

Begegnung in Tours

Die einfachen Dinge erweisen sich oft umständlicher und folgenreicher als man zunächst annimmt. Eigentlich wollte ich am nächsten Tag lediglich einen Zug früher nach Paris fahren, um etwas mehr Zeit für den Transfer vom Gare Montparnasse zum Gare l'Est zur Verfügung zu haben und daher die Platzreservierung im TGV abändern lassen. Ich hielt das ganze für eine Zwei-Minuten-Angelegenheit.

„Das ist kein Problem", erklärte mir Schalterbeamtin, aber dann begann sie, endlose Folgen von Buchstaben und Zahlen in ihren Computer einzuhacken, verlangte alle meine Fahrkarten, auch die der Herfahrt, welche schon längst ungültig waren. Während sie nun also eifrig arbeitete, schaute ich mich gelangweilt um, nach rechts, nach links oder nach hinten durch die Glasfront in die Bahnhofshalle. Dabei fiel mein Blick auf eine dunkelblonde Frau in einem weißgrundigen, mit blau-rotem Blumenmuster bedruckten Sommerkleid, die gerade eines jener Zeitungskioske betrat, die man dort als 'Relais' bezeichnet. Ich schaute ihr nach, bis sie im Innern verschwunden war und überlegte, wer es sein könnte. Seltsam, sie kam mir bekannt vor, obwohl ich ihr Gesicht nicht richtig hatte sehen können. „Vous billets, Monsieur" oder so ähnliche Worte brachten mich in die Gegenwart zurück. Die Fahrkartenverkäuferin reichte mir ein Bündel Papier. Ich bedankte mich und verließ den Schalterraum. Die dunkelblonde Frau hatte sich irgendein Magazin ausgesucht und bezahlte gerade. Als sie sich umdrehte um den Zeitungsladen zu verlassen, erkannte ich sie sofort. Kein Zweifel - es war Agathe. Ich setzte meinen Weg derart fort, daß ich ihr unmittelbar begegnen mußte.

„Dzien dobry bardso piekne kobiety. Jak sei pani povodsi?" rief ich ihr von schräg hinten halblaut zu.

Sie drehte sich um und schaute mich mit ihren leuchtenden Augen an. Anfangs wirkte sie ziemlich erschreckt, doch dann huschte ein Lächeln über ihr hübsches Gesicht.

„Sie?" sagte sie bloß.

„Ja, ich bin's. Und wie kommen Sie hierher?"

„Ich mache Urlaub, bin mit einer Reisegruppe unterwegs. Und Sie?"

„Dienstreise, ich nehme an einer Konferenz teil. Trinken wir einen Kaffee zusammen?"

„Tut mir leid, wir haben gleich eine Stadtführung. Ich muß weg."

„Und heute Abend?"

Sie überlegte kurz. „Heute Abend geht."

„Ist halb acht recht?"

„Ja, treffen wir uns hier?"

„Ja, gut. Also halb acht hier am Eingang."

„Bis später."

Sie eilte davon. Ich blieb noch eine Weile stehen.

„Das gibt es doch nicht", dachte ich, „sie hier zu treffen, auf dem Bahnhof von Tours."

Ich schüttelte ungläubig den Kopf.

Agathe - so hieß sie nicht wirklich, aber ihr richtiger Name war mir unbekannt. Sie hatte einige Zeit in unserer Firma als Putzfrau gearbeitet. Ihre Schönheit war mir bald aufgefallen. Ich hatte sie oft gesehen oder, besser gesagt, beobachtet, wenn sie dir Flure wischte oder ihren Putzwagen durch die Gänge schob - und ich hatte mich in sie verliebt. Ich hatte ihr vielmals die Türen aufgehalten, wenn sie mit ihrem Wagen durchmußte, sie stets freundlich gegrüßt, ein paar nette Worte an sie gerichtet und sie hatte ebenso freundlich geantwortet, mich angelächelt, war aber ansonsten seltsam scheu und reserviert geblieben. Als ich erfuhr, daß sie Polin war, hatte ich sogar ein paar Brocken polnisch gelernt, in der Hoffnung, daß sie auftauen würde - umsonst. Ich hatte auch versucht, sie zu einem Kaffee in die Kantine einzuladen - vergeblich; das erste Mal, ich glaube es war im Januar, eher beiläufig, sie reagierte nicht, tat so, als verstünde sie mich nicht; das zweite Mal, Mitte April, hatte ich sie direkt gefragt, sie lächelte mich an - und lehnte ab. Zwei Tage später verschwand sie - kam nicht mehr. Zunächst glaubte ich, sie sei krank oder habe Urlaub, aber sie blieb weg. Ich fragte einen ihrer Kollegen, erhielt jedoch nur eine ausweichende Antwort: das heißt, ich erfuhr nichts. Und nun, fast fünf Monate später, begegnete sie mir hier auf dem Bahnhof - in Tours. Welch ein Zufall ! Und ich würde sie wiedersehen - in vier Stunden. Mein Herz hüpfte vor Freude.

Ich eilte zum Konferenzort zurück und kam gerade noch rechtzeitig zum letzten Vortrag und zum Resümee. Danach allgemeines Verabschieden, es dauerte nicht lange. Ich kehrte in mein Hotel in der Rue Blaise Pascal, nicht weit vom Bahnhof entfernt, zurück, um mich frisch zu machen und die Kleider zu wechseln. Ich fand keine Ruhe, bereits um sieben befand ich mich am Treffpunkt und wartete. Auch sie erschien früher als verabredet, so gegen Viertel acht.

„Oh, Sie warten schon ?"

„Wundert Sie das ?"

„Nein, ich habe damit gerechnet. Was unternehmen wir ?"

„Es ist ein herrlicher, warmer Sommerabend. Gehen wir ein bißchen durch die Stadt spazieren und dann hinunter zum Loireufer, es ist dort sehr schön wenn die Sonne untergeht. Anschließend können wir in einem Restaurant in der Altstadt essen. Oder haben Sie einen anderen Vorschlag ?"

„Nein, es ist gut so. Machen wir uns auf den Weg."

Ohne Eile und eigentliches Ziel schlenderten wir durch die Straßen, blieben manchmal an den Schaufenstern stehen, durchquerten zwischendurch einen kleinen Park, bis wir schließlich in der Nähe einer mächtigen Brücke, die in vielen Bögen den Fluß überquerte, die Loire erreichten. Eine breite, schon leicht verwitterte Treppe führte zum Ufervorplatz hinunter. Wir setzten uns auf eine Bank nahe einer großen Trauerweide.

Während der ganzen Zeit hatten wir nur wenig miteinander gesprochen, meistens nur, wenn wir die Auslagen der Geschäfte betrachteten, die Waren begutachteten, die Preise kommentierten. Was hätte ich ihr auch sagen sollen. „Ich liebe dich, Agathe." Dieser Satz verdrängte alle anderen Gedanken aus meinem Kopf.

„Warum haben Sie damals meine Einladung zum Kaffee abgelehnt?" fragte ich schließlich.

„Ich hatte Angst vor dem Gerede."

„Wieso Gerede?"

„Na ja, Sie sind Physiker, ich war Putzfrau; das ergibt doch ein eher ungewöhnliches Paar, finden Sie nicht auch?"

„Hm, das stimmt zwar, aber es geht doch niemanden etwas an, wer mit wem Kaffee trinkt. Außerdem stört mich das Geschwätz der Leute nicht."

Agathe lächelte: „Unter normalen Umständen hätte ich das auch so gesehen, aber die Dinge lagen nun einmal etwas anders."

„Ich verstehe nicht was Sie meinen."

„Ich wollte oder besser, mußte Aufsehen vermeiden, in meinem eigenen Interesse, mußte sozusagen unauffällig bleiben. Das hatte nichts mit Ihnen zu tun."

Sie schwieg eine Weile.

„Kurz gesagt, meine Papiere waren nicht in Ordnung, das heißt, sie waren gefälscht. Verstehen Sie jetzt, warum ich jedes Aufsehen vermeiden wollte?"

Ich blickte sie groß an.

„Was sollte ich denn tun?" fuhr sie fort, ihre Stimme klang, als müsse sie sich verteidigen, „ich wollte doch nur arbeiten, ein bißchen Geld verdienen. Legal war keine Arbeitsgenehmigung zu erhalten, da habe ich mir eben eine gekauft. Ich wollte wirklich niemandem zur Last fallen, nur arbeiten. Ich war auch nie krank. Es ist ja auch lange gut gegangen. Aber irgendwann haben sie es doch herausgefunden und mich kurzerhand ausgewiesen, mich ohne Umstände abgeholt, zur Grenze verfrachtet und nach Polen zurückgeschickt. Ich konnte nicht einmal mehr alle meine Sachen packen."

„So ist das in unserer jämmerlichen Republik", dachte ich, „da

196

erhalten Tausende krimineller Ausländer oder Terroristen Bleiberecht; will man einen abschieben, marschieren Horden von Rechtsanwälten und sogenannten Menschenrechtlern auf, protestieren, prozessieren. Die schönsten Blumen aber schmeißt man kurzerhand hinaus und keine Sau kümmert das !"

Wir schwiegen eine Weile.

„Ich könnte etwas für dich tun", meinte ich schließlich.

„Was denn ?"

„Dich heiraten !"

„Heiraten ? Aber du kennst mich doch gar nicht."

„Das stimmt nicht, ich kenne dich schon lange."

Agathe lachte.

„Du meinst, du kennst eine hübsche Frau, über die du dir schon viele Gedanken gemacht und von der du lange geträumt hast. Aber bin das wirklich ich ? Du kennst weder meine Gefühle, meine Gedanken, meine Interessen, meine Wünsche, meine Lebenseinstellung, meine Stärken, meine Schwächen. Du kennst nur das Bild, das du dir von mir gemacht hast. Aber entspricht das der Wirklichkeit ?"

„Ich denke schon, ich kann in dein Herz sehen."

Agathe lachte erneut und schüttelte dabei den Kopf.

„Ach, das hast du in irgendeinem Groschenroman gelesen. Sei doch nicht sentimental. Außerdem - nach Deutschland kehre ich sowieso nicht mehr zurück. Ich habe einiges Geld gespart und außerdem mittlerweile in meiner Heimatstadt eine Arbeit gefunden. Für die nächste Zeit komme ich klar."

„Man sollte niemals 'nie' sagen. Außerdem kann ich dich oft besuchen. Das ist kein Problem."

Agathe schaute mich liebevoll an, ihre Augen glänzten.

„Das wäre fein, das kannst du tun."

Ich wollte etwas antworten, aber sie legte mir den Finger auf den Mund.

„Der Abend ist zu schön, und wir haben nur ein paar Stunden. Verschwenden wir sie nicht mit solchen Diskussionen. Schau, es wird schon dunkel und außerdem bekomme ich langsam Hunger."

In der Tat war die Sonne mittlerweile hinter dem Horizont verschwunden, der im Abendrot so richtig zu glühen schien. Wir verließen die Bank, stiegen die Treppe empor und schlenderten langsam, Hand in Hand, in Richtung Altstadt. Es herrschte Hochbetrieb. Ich kümmerte mich jedoch nicht um die vielen anderen Menschen, sondern hatte nur Augen für Agathe. Ständig mußte ich sie anschauen um mir ihre Gesichtszüge in allen Einzelheiten einzuprägen, denn mir war klar, daß ich sehr bald von der Erinnerung leben mußte.

Irgendwo fanden wir in einem Straßenrestaurant einen freien Tisch und nahmen Platz.

Während Agathe langsam und bedächtig die Speisekarte studierte, um sich ihr Essen auszusuchen, warf ich nur einen kurzen Blick hinein und bestellte dann irgend etwas. Mir war bewußt, daß unsere gemeinsame Zeit beschränkt war, und ich hatte keine Lust, sie mit solchen Nebensächlichkeiten zu verschwenden, vielmehr wollte ich nur ihren Anblick genießen, ihre leuchtenden Augen, ihr makellos schöne Gesicht, ihre zarten Hände, die sie bei ihrer Arbeit oft mit großen Gummihandschuhen geschützt hatte. Und während sie genüßlich aß, stocherte ich nur unlustig in meinem Essen herum. Der Gedanke, sie bald wieder zu verlieren ließ mein Herz zusammenkrampfen und raubte mir den Appetit.

„Schmeckt es dir nicht?" fragte sie mich einmal und lächelte mich dabei sanft an.

Wie süß ihre Stimme klang.

„Doch, doch", antworte ich unsicher, wollte ein Kompliment hinzufügen, unterließ es aber, da ich fürchtete, es könnte die Harmonie des Abend stören. Alles erschien wie ein Traum, und ich hatte Angst, schon ein überflüssiges Wort könnte ihn beenden.

Aber die Zeit ließ sich nicht aufhalten.

„Laß uns bezahlen", sagte sie endlich, „es ist schon spät und wir fahren morgen schon früh nach Paris weiter."

Zögernd, fast unwillig traten wir den Rückweg an. Langsam schlenderten wir durch die fast leeren Straßen, bei jedem Schritt unser Zusammensein auskostend.

Vor dem Hotel blieben wir stehen und blickten uns lange schweigend in die Augen.

„Gute Nacht und auf Wiedersehen", sagte ich schließlich.

Agathe antwortete nicht, sondern reckte sich etwas empor und küßte mich auf den Mund. Unwillkürlich schlang ich meine Arme um ihren Körper und erwiderte ihre Liebkosung. Ihr süßer Duft und ihre Wärme betörten mich. Sie umarmte mich nun ebenfalls und drückte mich fest an sich. Ihr Herz schlug wild, ich spürte es deutlich. Endlich - es mußten wohl Stunden vergangen sein - löste sie sich sanft aus meiner Umarmung.

„Ich muß jetzt wirklich gehen", sagte sie leise, „gute Nacht und auf Wiedersehen."

Ich blickte ihr nach während sie die Eingangshalle betrat. Sie drehte sich noch einmal um, führte die rechte Hand zum Mund, formte die Lippen zu einem Kuß und streckte den Arm anschließend zu mir hin aus. Ich erwiderte diese Geste. Dann verschwand sie im Fahrstuhl.

Ich blieb noch eine Weile stehen. Das Erlebte hatte mich tief aufgewühlt und ich konnte in meinem jetzigen Zustand unmöglich einfach in mein Hotel zurückkehren und mich schlafen legen. Ich beschloß zur Loire zurückzukehren, erreichte sie nahe der Pont Wilson, lehnte mich an die Steinmauer, die den Place Anatole France zur tiefer liegenden Uferpromenade hin begrenzt und schaute auf den Fluß.

Ein kühler Windhauch weckte mich aus meinen Träumen. Ich blickte auf. Die Sonne war schon hinter den Wolken am Horizont verschwunden, zwischen deren Lücken das Abendrot hervorquoll. Ich versuchte, dem Rauschen des Wassers zu lauschen, um meine Gedanken wieder aufzunehmen, doch es versank unter dem Gedröhn des Motorenlärms. Ich kehrte um. An der Fußgängerampel blieb ich stehen und wartete auf Grün obwohl die Straße frei war, denn die Autoscheinwerfer auf der anderen Seite der Kreuzung starrten böse auf mich, wie die Augen von Tigern. Ich verspürte eine leichte Angst. Eine vorbeikommende, fette Zigeunerin bettelte mich um Geld an. Ich gab ihr nichts. Langsam, fast unwillig setzte ich meinen Weg in Richtung Altstadt fort. Ich verspürte nun Hunger. Die Straßencafes auf dem Place Plumerau, wo ich am Abend zuvor mit zwei Kollegen beim Bier zusammengesessen und dem Jongleur, der hier seine Kunststücke vorführte, zugesehen hatte, waren fast leer, die Restaurants in der Rue du Marche Grande jedoch gut besetzt. Unschlüssig schlenderte ich die Straße entlang. Ein ärmliches Pärchen sang melancholische Lieder, der Mann begleitete zusätzlich auf der Gitarre. Die traurigen Melodien berührten mich, ich lauschte eine Weile und gab dem Mann schließlich ein Zehn-Franc-Stück. Dann ging ich zurück. In einer Pizzeria nahe des Place Plumerau fand ich einen freien Tisch. Eine dicke Kellnerin mit auffallend dunklen Ringen um die Augen fragte mich nach meinen Wünschen. Ich bestellte Bier und eine Pizza 'Reine'. Während ich auf mein Essen wartete fiel mir Agathe wieder ein. Seltsam, ich wußte nicht einmal ihren richtigen Namen. Anfangs hatten wir uns gesiezt, irgendwann wechselten wir formlos zum 'du', aber unsere Vornamen hatten wir nie benutzt. Auch ihre Adresse wußte ich nicht. Schade, ich hätte sie ja einmal besuchen können. Aber das beunruhigte mich überhaupt nicht, denn ich war sicher, ich würde sie wiedersehen - in jeder Stadt.

Das Beziehungsexperiment

Die Wahl

Sie standen sich in zwei Reihen gegenüber, jeweils zwanzig Männer und Frauen, alle spärlich bekleidet. Am Oberarm trug jeder ein Bändchen mit einer Nummer.

„Wenn alles fertig ist, dann können wir anfangen. Den Nummern nach dürft ihr euch eine Partnerin oder einen Partner auswählen, abwechselnd Männer und Frauen. Mit dem Mann Nummer eins fangen wir an. Habt ihr begriffen?" rief ihnen der Aufseher zu.

Die Menschen blickten sich an. Die Nummerierung legte also nur die Reihenfolge fest, wie gewählt werden sollte. So hatten sie sich das nicht vorgestellt. Sie hatten die Nummern aus einem großen Topf gezogen, geglaubt, daß gleiche Nummern ein Paar festlegten. Nun gab es solche die wählen durften und sich einen anderen als Beute aussuchen konnten. Das behagte niemanden, außer denen natürlich, die zuerst an der Reihe waren. Aber war das wirklich so schlimm? Schließlich kannte niemand den anderen.

Die Männer und Frauen wußten auch nicht genau, was hinter dem Spiel stand. Es war innerhalb des Lagers lediglich ein Aufruf ergangen, in dem Männer und Frauen gesucht wurden, die eine Partnerin oder einen Partner wünschten. Den zu bildenden Paaren waren große Vergünstigungen versprochen worden. Gerade letzteres verlockte viele sich zu melden, so daß eine strenge Auslese erfolgte und am Ende jeweils zwanzig Männer und Frauen ausgewählt wurden, allesamt einigermaßen wohlgestaltete Personen.

Es handelte sich um ein sogenanntes 'Leichtes Straflager', in dem politische Gefangene untergebracht waren, denen ein eher geringes Vergehen gegen die Staatsordnung und Sicherheit des Staates vorgeworfen worden war. In der Regel handelte es sich hierbei um öffentlich geäußerte abfällige Bemerkungen gegenüber der Regierung insgesamt oder gegenüber einzelnen Regierungsmitgliedern oder um kritische Äußerungen zur Regierungspolitik.

Die Haftbedingungen waren insgesamt recht erträglich. Es gab Gemeinschaftsräume, ausgestattet mit Fernsehgeräten, eine Bibliothek, ab und zu fanden auch Veranstaltungen, wie Theateraufführungen oder Konzerte statt. Die Häftlinge waren zur Arbeit verpflichtet, erhielten sogar einen geringen Lohn. Von dem Geld konnten sie sich im Magazin des Lagers mit Gebäck, Tabakwaren, Getränken, im geringen Umfang auch mit alkoholischen, Körperpflegemitteln und anderen Kleinigkeiten versorgen. Das Lager bestand aus einer Frauen- und einer Männerabteilung, die durch einen Zaun getrennt waren. Das Betreten des jeweils anderen Bereiches und erst recht gegenseitige Besuche waren verboten. Ansonsten konnten sie sich aber frei im Lager bewegen. Bibliothek und Magazin und das Hauptgebäude, in dem sich auch der Veranstaltungssaal befand, waren von den Wohnbaracken abgetrennt, wurden sowohl von den Männern als auch den Frauen genutzt, auch Veranstaltungen durften von beiden Geschlechtern gemeinsam besucht werden; es gab jedoch praktisch keine nennenswerte Möglichkeit Kontakte zu knüpfen.

Das Auswählen begann. Fitz Ohlenbruck trug die Nummer M5. Als er an die Reihe kam, keine der vier Frauen, die vor ihm sich einen Partner aussuchen durften, hatte ihn gewählt, schaute er sich die verbliebenen weiblichen Wesen noch einmal genauer an. Man ließ ihm Zeit. Er versuchte in den Gesichtern Blicke der Zuneigung zu erkennen, die 'nimm mich, du gefällst mir auch' ausdrückten, fand aber nichts dergleichen. Aufgrund der äußeren Erscheinung war keine wirklich bevorzugungswert; alle waren einigermaßen hübsch und wohlgeformt. Und so entschied er sich schließlich für eine blonde Frau, welche die Nummer F11 trug. Sie traten dann beiseite, aus den Reihen heraus. Die Frau schien nicht sehr glücklich über diese Entscheidung zu sein, schaute Fitz mürrisch an.

„Du machst nicht den Eindruck, als wärst du mit meiner Wahl zufrieden."

„Nein, das bin ich auch nicht", entgegnete sie.

„Nun ja, wir werden uns aneinander gewöhnen; ich heiße Fitz."

Sie verzog den Mund, antwortete aber nicht.

„Ich hoffe, ihr seid alle mit der Wahl zufrieden", meinte der Aufseher, nachdem alle verteilt waren.

„Nein", meldete sich sofort F11, „mir gefällt M5 ganz und gar nicht, ich hätte lieber M8."

„So ?" brummte der Aufseher. Er hatte das in jovialem Ton gesagt, keineswegs in der Absicht eine Änderung in der Verteilung vorzunehmen, hatte wohl auch nicht damit gerechnet, daß jemand reagieren würde. Daher zeigte er sich nun sehr erstaunt, zog die Brauen hoch. Ansonsten hatte sich niemand gerührt; offenbar wollten die anderen erst einmal abwarten, was nun passieren würde.

„So, dir wäre also M8 lieber, aber wärst du auch M8 lieber ?"

Der Betonung nach war dies keine wirkliche Frage. Der Satz klang nicht so, als würde er darauf eine Antwort erwarten. Doch nun meldete sich M8.

„Jawohl, das wäre es."

Der Aufseher runzelte die Stirn.

„Meinetwegen, mit ist doch egal wer wen bekommt. Es ist zwar nicht im Sinne des Auswahlverfahrens. Aber ich bin heute gut gelaunt und eine Ausnahme kann ich zulassen. Doch dann ist Schluß."

„Und was ist mit mir ?" warf nun F4 ein, „ich habe M8 schließlich ausgewählt. Und nun kriegt ihn eine andere ohne mich zu fragen. Da hätte man das ganze Spiel auch nicht machen müssen."

Der Aufseher reagierte unwirsch.

„Du bekommst dafür M5."

„Der war noch frei als ich an der Reihe war, aber den wollte ich nicht."

Der Aufseher merkte nun, daß er wohl einen Fehler gemacht und böses Blut erzeugt hatte. Er mußte nun Härte und Autorität zeigen, wurde grantig.

„Schluß jetzt! Du kriegst M5 und damit basta."

„Und wenn ich ihn nicht nehme?"

„Wenn du Zicken machst, dann kriegst du zwanzig Peitschenhiebe und kommst in ein Straflager jenseits des Polarkreises. Hast du verstanden? Ihr habt euch für diese Aktion freiwillig gemeldet und habt keine Bedingungen zu stellen. Ich halte das Ganze ohnehin für Unsinn und habe keine Lust mich mit euch den halben Nachmittag herumzuärgern."

F4 brummte etwas vor sich hin, merkte aber wohl, daß der Mann es ernst meinte, begab sich daher widerwillig zu Fitz.

Der Aufseher blickte noch kurz in die Runde.

„Kaum gibt man euch den kleinen Finger und schon fangt ihr Streit an. Ich hätte euch für vernünftiger gehalten. Ihr gehört nun zusammen. Lernt eure Partner oder Partnerinnen kennen. Heute Nachmittag habt ihr frei. Da könnt ihr euch ein bißchen beschnuppern. Macht miteinander, was ihr wollt; ich sage euch nur eins, Seitensprünge oder Trennung sind nicht drin; dann kriegt ihr ziemlichen Ärger. Den Rest erfahrt ihr von der Psychologin oder wie die Seelentante sich nennt. Ich halte das alles für Unsinn. Aber ich habe nicht zu bestimmen und Befehl ist Befehl. Ihr könnt jetzt wegtreten, aber um fünf seid ihr an der Baracke vier. Dann kriegt ihr eure Räume zugewiesen. Ihr dürft jetzt zusammen oder miteinander schlafen. Wie ihr wollt."

Er und seine Gehilfen gingen.

Fitz blickte F4 an. Sie hatte ein recht hübsches Gesicht, allerdings auch einen frechen Blick, lächelte etwas spitzbübisch, wie er meinte. Sie war nicht so schlank wie F11, aber auch noch nicht mollig. Sie hatte dunkelblonde, halblange, glatte Haare. Alles in allem keine unattraktive Erscheinung. Ihr Alter schätzte er so auf Anfang vierzig, sie schien also auch altersmäßig recht gut zu ihm zu passen.

„Wenn ich gewußt hätte, welches Zickentheater hier abläuft, dann hätte ich nicht mitgemacht", sagte er grinsend.

„So wird man hier also verschachert", entgegnete F4 mürrisch, „ich hätte auch nicht mitgemacht, wenn ich geahnt hätte, wie es hier abläuft."

„Beschwere dich nicht. Du wolltest das doch so. Warum hast du dich überhaupt gemeldet?"

„Warum? Das ist doch ein Scheißleben hier! Und sie hatten uns versprochen, daß wir einen netten Mann bekommen, einen ausgesuchten Partner! Darum!"

„Wer sagt denn, daß wir nicht aus dem Lager herauskommen und daß ich kein netter Mensch bin. Vielleicht bin ich sogar besser als M8. Den kanntest du doch auch nicht. Ich heiße übrigens Fitz."

„Der Name sagt schon alles", entgegnete F4, „M8 sieht besser aus als du, blickte freundlich und nicht so grimmig böse. Was kann man auch schon von einem erwarten, der so einen komischen Namen hat? Weil es sein muß: ich heiße Agnes."

Fitz grinste.

„Wie Agnes Bernauer. Ich hoffe, daß sie dich nicht auch einmal als Hexe ersäufen. Das wäre schade."

Agnes blickte ihn böse an. Doch Fitz grinste. Agnes konnte da nicht widerstehen, ihr Gesicht hellte sich ein bißchen auf.

„Was soll's; ich habe keine andere Wahl. Ziehen wir uns an und gehen ein wenig spazieren."

Zur angegebenen Zeit begaben sie sich zur Baracke vier, die in den letzten Wochen auf dem allgemein zugänglichen Teil des Lagers neu errichtet worden war. Jedes Paar bekam ein geräumiges Zimmer zugewiesen. Das schien aber vorerst die einzige Änderung.

Agnes uns Fitz legten ihre wenigen Habseligkeiten ab, verließen dann den Raum, verbrachten den restlichen Nachmittag bis zum Abendessen getrennt.

Die erste Nacht

Nach Einbruch der Dunkelheit kehrten sie in ihre Unterkunft zurück. Fitz saß in einem Sessel vor der Baracke und las in einem Buch als Agnes ankam. Er folgte ihr dann ins Zimmer.

„Sollen wir etwa zusammen in einem Bett schlafen?" fragte nun Agnes.

„Es bleibt uns wohl nichts anderes übrig", erwiderte Fitz, „ich sehe kein zweites."

„Ich meine damit, du könntest auf der Erde schlafen oder draußen."

„Warum ich? Wir haben ein gemeinsames Zimmer und ein gemeinsames Bett zugewiesen bekommen. Warum sollte ich es dann nicht nutzen? Es ist doch mein Recht. Und schließlich haben wir nur wenige Rechte hier. Wenn du ein Problem damit hast, dann ist das nicht meine Sache."

Fitz schaute sie grinsend an und fuhr fort als sie schwieg.

„Hast du etwa noch nie mit einem Mann in einem Bett geschlafen? Sag mir jetzt bloß nicht, du seist noch Jungfrau."

„Das waren aber Männer, die ich kannte und die ich mochte."

„Schön; jetzt schläfst du eben einmal bei einem, den du nicht kennst und den du nicht magst. Neue Erfahrungen können nicht schaden."

„Ich habe aber keine Lust, von dir im Schlaf begrapscht oder gar gebumst zu werden."

„Dann schlaf doch du auf der Erde oder vor der Tür."

„Ein Flegel bist du auch noch! Hast kein Benehmen! Du würdest eine Dame auf der harten Erde schlafen lassen und es dir selbst in einem weichen Bett bequem machen."

„Wo ist denn hier eine Dame? Du bist jedenfalls bisher den Beweis schuldig geblieben, daß du diese Bezeichnung verdient hast. Außerdem verlange ich gar nicht von dir, daß du auf der Erde schläfst. Das Bett ist groß genug für uns zwei."

„Du willst mich ja nur heute Nacht begrapschen."

„Und aus welchem Grund sollte ich das tun?"

„Weil du ein geiler Bock bist! Und das ausnutzen willst! Hal-

206

te mich nicht für blöd. Das sieht man dir doch an. Ich kenne euch Typen, ich habe dich durchschaut. Du bist doch frustriert, weil dich keine nimmt und deshalb nutzt du jede Gelegenheit aus an eine Frau heranzukommen. Aus dem Grunde hast du dich ja auch gemeldet. Oder etwa nicht?"

„Und warum hast **du** dich überhaupt gemeldet, wenn das ein Problem für dich ist? Hast du etwa gehofft einen Schwulen zu finden, der dich in Ruhe läßt? Und was war mit M8? Hast du das bei ihm nicht erwartet? Oder hätte es dir gefallen, wenn **er** es mit dir gemacht hätte?"

Agnes lächelte.

„Vermutlich. Er sah nett aus. Und du erscheinst mir als ein Ekel! Das ist der Unterschied."

Fitz verzog das Gesicht. Es machte wenig Sinn mit dieser affektierten Zicke zu diskutieren, die es offenbar liebte in ihren Vorurteilen zu schwelgen.

„Nun ja", begann er nun erneut, „ich habe einmal in einem Ritterroman gelesen, daß ein Edelmann sein Schwert zwischen sich und das Fräulein legte, mit der er zusammen in einem Bett nächtigen mußte. Ich habe kein Schwert. Ich verspreche aber, dir nichts anzutun."

„Das kann man leicht sagen."

„Mein Gott, mit welchen Kerlen hattest du bisher eigentlich Umgang? Wahrscheinlich mit primitiven Proleten, die nichts konnten außer ficken und über Fußball reden. Und wenn du die gewohnt bist, warum machst du jetzt bei mir Zicken? Denkst du etwa, ich bin auch so ein Typ? Und willst jetzt die Heilige spielen?"

„Schön daherreden kann jeder."

„Also, stell dich jetzt nicht kindisch an. Ich habe dir versprochen, dich nicht anzurühren. Und ich gehöre zu den Leuten, die ihr Wort halten. Du kannst dich beruhigt ins Bett legen. Andernfalls schlaf auf der Erde, wenn du glaubst, daß du dort sicher vor mir bist."

Agnes überlegte. Der Kerl war nicht bereit ihr das Bett zu überlassen. Und sie hatte die Möglichkeit, nun auch das Bett zu benutzen, vor der Tür zu schlafen oder auf der Erde. Letzteres hätte aber bedeutet, daß sie vor ihm kapitulierte und nachgab. Das widersprach ihrem Stolz. Sie bebte zwar innerlich, legte sich dann aber ins Bett.

„Na gut, vertreiben lasse ich mich nicht", knurrte sie.

„Ich wünsche dir eine gute Nacht", sagte Fitz.

„Laß mich in Ruhe."

„Keine Bange."

Fitz schlief bald ein, während Agnes noch lange wach lag; sie zitterte innerlich, äugte ständig zu Fitz hin. Doch als sie merkte, daß er keinerlei Anstalten machte sich an ihr zu vergreifen, beruhigte sie sich allmählich und schlief auch ein.

Als sie erwachte, war die andere Hälfte des Bettes leer.

„Hat er nachgegeben und ist nach draußen gegangen?" dachte sie.

Sie stand auf, ging zur Tür, öffnete sie.

„Das trifft sich gut, als hättest du es geahnt", ertönte Fitzens Stimme.

Er kam den Flur entlang, trug ein Tablett.

„Ich habe schon das Frühstück besorgt. Die Zeit ist knapp und es ist bald Morgenappell. Wir hätten gestern Abend nicht so lange streiten dürfen. Herausgekommen ist ohnehin nichts."

Fitz trat ein, stellte das Tablett auf den Tisch.

„Bedien dich. Na ja, viel ist es nicht, eben wie immer."

Agnes zögerte.

„Nimm doch, habe keine Scheu, ich habe es ja auch für dich geholt und vergiftet habe ich es auch nicht", munterte sie Fitz freundlich auf, „was hast du denn?"

„Nichts", antwortete Agnes und nahm ein Stück Brot, bestrich es mit Margarine. Dann schenkte sie sich Tee ein, überlegte kurz. Sie schob die Tasse Fitz hin, nahm eine zweite, füllte sie, stellte sie vor sich. Fitz verstand was sie damit ausdrücken wollte.

„Die erste Nacht haben wir hinter uns gebracht. Wir werden uns aneinander gewöhnen."

„Vielleicht", antwortete Agnes.

„Warum seid ihr Weiber immer so pessimistisch ?"

Sie begaben sich zum Morgenappell und dann zu ihrer Arbeit. Noch war alles wie zuvor.

Die Psychologin

Agnes blieb den Tag über unruhig. Die Ereignisse des letzten Abends berührten sie noch heftig. Dieser Fitz, der eigentlich nach nichts aussah, keinerlei äußerlichen Vorzüge hatte, welche eine Frau ansprechen konnten, schien doch kein ganz so übler Bursche zu sein. Er wirkte recht selbstbewußt, schien sehr von sich eingenommen, ohne es allerdings für notwendig zu erachten, sich nach außen als großartiger Kerl darzustellen. Trotz seiner Grobheit schien er doch Anstand und Benehmen zu kennen, sich allerdings absichtlich nicht an die Regeln zu halten, wenn er keine Lust dazu hatte. Man könnte auch sagen, wenn er keinen Grund hierfür sah. Und dann kam noch dieses Grinsen dazu, das hämisch, zynisch wirkte.Vielleicht hatte er mit anderen Menschen schlechte Erfahrungen gemacht, die ihn geprägt und ihm eine rauhe Schale und die etwas düstere Erscheinung, den unfreundlichen, den durchbohrenden Blick mit dem er andere musterte, verliehen hatten.

Gegen drei Uhr wurde sie in das Büro bestellt.

„Sie können für heute Schluß machen. Die Psychologin will Sie und Ihren Partner nachher sprechen, um vier Uhr im Besucherbüro; das ist drei Türen weiter, Raum Nummer neun."

Sie ging zurück zu ihrer 'Wohnung', traf dort Fitz an.

„Ich denke, wir gehen dann zusammen hin. Es würde wohl einen schlechten Eindruck machen, wenn jeder einzeln kommt", meinte Fitz.

„Aber wenn wir getrennt kommen, zeigen wir ihr damit gleich, daß ihre Methode Mist ist."

Fitz überlegte kurz.

„Wenn ich es so recht überlege, dann ist das gar keine so schlechte Idee."

Er grinste.

„Allerdings können auch schwachsinnige Pläne am Ende zu einem vernünftiger Ergebnis führen. Wie dem auch sei, ich bestehe gar nicht darauf, daß wir zusammen hingehen."

„Wir können es ja so machen: wir gehen zusammen rüber, ich gehe als erste rein, und du kommst dann eine halbe Minute später nach. Wäre das in Ordnung?" schlug Agnes vor.

„Für mich allemal", erwiderte Fitz.

Sie begaben sich zum Büro. Agnes trat ein, grüßte freundlich. Die Psychologin, sie saß hinter einem Schreibtisch, grüßte zurück, schaute Agnes verwundert an.

„Sie kommen alleine?"

„Nein", erwiderte Agnes, „ich denke, Fitz kommt auch gleich."

Es klopfte an der Tür, Fitz trat ein, grüßte. Die Psychologin schaute ihn verwundert an.

„Ihr kommt getrennt."

Fitz zuckte mit den Achseln.

„Ich hoffe, das ist in Ordnung so; aber es war nicht angeordnet, daß wir zusammen kommen müssen."

Die Psychologin lächelte

„Nein, natürlich nicht."

Sie erhob ihren Zeigefinger.

„Aber treibt keine Spielchen mit mir."

Fitz antwortete nicht; aber in seinem Gesichtsausdruck las die Psychologin:

„Jeder treibt hier sein Spielchen."

„Bei euch hat es bereits Ärger bei der Zusammenstellung gegeben?"

„Ja", antwortete Agnes, „ich hatte mir etwas besseres ausgesucht und muß jetzt mit dem da Vorlieb nehmen. Was war das eigentlich für ein komisches Verfahren gewesen? Entweder man darf wählen oder nicht. Aber wenn man die Wahl hinterher für ungültig erklärt, dann braucht man gar nicht wählen zu lassen."

„Später", reagierte die Psychologin und fragte dann, Fitz anblickend, „und wie sieht das bei Ihnen aus ?"

„Ich glaube, die da ist genauso gut oder genauso schlecht wie jede andere."

Die Psychologin schüttelte den Kopf.

„Also, Liebe auf den ersten Blick ist es bei euch gerade nicht. Habt ihr euch inzwischen wenigstens ein bißchen beschnuppert ?"

„Was heißt hier beschnuppert ?" wandte Fitz ein, „sie riecht nicht besonders, strömt keinen interessanten Duft aus, der einen Mann betören könnte."

„Willst du damit etwa sagen, daß ich stinke. Ich wasche mich jeden Tag mit Kernseife, etwas anderes gibt es hier ja nicht. Da kann man nicht verführerisch riechen. Im übrigen habe ich auch gar kein Interesse daran, dich zu verführen."

„Das würde dir auch nicht gelingen, selbst wenn du dich noch so sehr parfümiertest."

„Schluß jetzt", unterbrach sie die Psychologin, „beschimpfen könnt ihr euch später noch genug. Dazu sind wir nicht hier. Bevor wir weitermachen. Mögt ihr Kaffee ?"

Sie mochten. Die Psychologin lächelte.

„Zumindest in diesem Punkt seid ihr euch einig. Das ist doch schon etwas."

Sie holte aus dem Nebenraum eine Kanne Kaffee, dann drei Tassen mit Unterteller, Zucker, Milch, Kaffeelöffel.

„Bedienen Sie sich."

Die Psychologin schwieg einen Augenblick.

„Oh, entschuldigen Sie, ich habe mich ja noch gar nicht vorgestellt. Ich heiße Annegret Raisberg, Dr. Raisberg, um genau zu sein. Und Sie sind Agnes Harbicht und Fitz Ohlenbruck. Ist das richtig ?"

Die beiden nickten.

„Zunächst danke ich Ihnen einmal, daß Sie sich als Probanden für mein Experiment zur Verfügung gestellt haben."

„Für welches Experiment?"

„Ach, wissen Sie, ich arbeite in der Verhaltensforschung. Und mein neues Projekt besteht darin, zwei sich unbekannte Menschen, Mann und Frau, zu einem Zusammenleben zu veranlassen um zu studieren, wie sich ihre Beziehung zueinander entwickelt."

„Und wozu ist das gut?" wandte Fitz ein.

„Wissen Sie, heutzutage spricht man von Liebe. Zwei Menschen, die sich lieben, bilden ein Paar, heiraten, gründen eine Familie und so weiter."

„Und irgendwann lassen sie sich wieder scheiden", bemerkte Agnes.

„Ach, unterbrechen Sie mich doch nicht ständig", die Psychologin wurde leicht ärgerlich, „auf den Punkt komme ich jetzt zu sprechen. Also, aber vielfach zerbrechen solche Beziehungen auch wieder rasch. Wo einmal von Liebe die Rede war, spricht man nun von Gleichgültigkeit, manchmal sogar von Haß."

Sie schwieg kurz.

„Früher galten andere Maßstäbe. Da wurden junge Frauen und junge Männer einfach miteinander verheiratet. Da wurden Ehen arrangiert. Die Brautleute kannten sich bei der Hochzeit oft gar nicht einmal. Und es gab auch keine Möglichkeit sich wieder zu trennen, Scheidungen waren nicht erlaubt. Aber irgendwie, trotz allem, funktionierte die Gesellschaft; es wurden Kinder gezeugt und großgezogen, der Hof wurde bewirtschaftet, das Handwerk ausgeübt. Aber wie war das Verhältnis der Eheleute zueinander?"

„Es heißt, die Frau hatte sich unterzuordnen", bemerkte nun Agnes, „das sagt doch alles."

„Ja, aber wie war ihr Denken? Wie waren ihre Empfindungen?"

„Das ist wohl weitgehend unbekannt? Gibt es darüber zuverlässige Berichte?"

„Nein, die gibt es nicht. Daher habe ich mir dieses Projekt auch ausgedacht. Man bildet ein Paar, Mann und Frau, beobachtet ihr Verhältnis zueinander, wie es sich entwickelt oder auch nicht entwickelt."

Fitz zuckte mit den Achseln.

„Und warum nehmen Sie dafür Häftlinge?"

„Ganz einfach; ich habe zahlreiche Anzeigen aufgegeben, Leute gesucht, aber das Ergebnis war unbefriedigend. Und dann kommt natürlich auch die Finanzierung hinzu. Die Paare brauchen eine gemeinsame Wohnung, ihre Arbeitsplätze dürfen nicht zu weit auseinander liegen, sie sollen ja zusammenleben; und sie dürfen sich ja auch nicht kennen. Und die Paare, die mir geeignet erschienen, verlangten natürlich Geld. Das war nicht machbar, da meine Universität sich weigerte dies zu finanzieren. Und so kam ich auf den Gedanken Häftlinge zu nehmen. Das war gar nicht so schwer, denn ich habe gute Beziehungen zum Innenminister und der unterstützte das Projekt. Die Staatssicherheit war natürlich dagegen, sie hält das Ganze für Unsinn, aber dem Minister, ihrem Chef, mußte sie sich fügen, wenn auch sehr widerwillig, wie ihr gestern gesehen habt. Die Paare sollten ja auch nach dem Zufallsprinzip zusammengestellt werden, entsprechend der Nummern. Es war auch nicht vorgesehen, daß ihr euch halbnackt ausziehen mußtet. Ich war gestern leider kurzfristig verhindert und da hat der Lagerleiter sein eigenes Spiel getrieben."

Fitz blickte sie skeptisch an.

„Und warum erzählen Sie uns das alles so ausführlich? Es hätte doch genügt uns kurz zu sagen, was Sache ist."

Die Psychologin konnte nicht antworten, denn Agnes fuhr dazwischen.

„Und was passiert, wenn wir nicht mehr wollen?"

„Du hast doch gehört, was der Aufseher gesagt hat", meinte Fitz nun, „dann kommst du in ein Straflager jenseits des Polarkreises."

„Was heißt 'ich'? Du kommst da auch hin."

„Wieso denn? Du willst doch nicht mehr. Ich schon."

Die Psychologin schlug mit der Faust auf den Tisch.

„Ruhe jetzt ! Seid mal vernünftig ! Also in ein Lager jenseits des Polarkreises kommt niemand. Wenn ihr nicht mehr wollt, dann ist das Experiment zu Ende. Und dann kommt ihr wieder dahin, wo ihr hergekommen seid. Ich habe euch deshalb alles so genau erklärt, weil ich euch, zumindest aufgrund eurer Unterlagen, so ziemlich für die vernünftigsten Leute gehalten habe. Ihr habt fast den gleichen Intelligenzquotienten und zwar einen deutlich oberhalb des Mittelwertes, seid beide gebildet, habt beide qualifizierte Tätigkeiten ausgeübt, habt auch, soweit das zu erkennen war, ähnliche Interessen, was die Freizeitgestaltung betrifft. Bei euch ist der intellektuelle Unterschied der geringste aller Paare. Ihr seid schon eine interessante Kombination. Deswegen solltet ihr genau wissen, worum es geht. Es wäre ja schon wichtig zu erfahren, ob und in welchem Maße Vernunft in der Beziehung zwischen Mann und Frau eine Rolle spielt."

Fitz blickte sie etwas scheel an, schwieg aber. Die Psychologin erriet, was er sagen wollte.

„Nein, ich bin nicht verheiratet, habe auch keinen festen Freund. Aber ihr führt euch hier auf wie Kinder. Und was ihr bisher von euch gegeben habt, erweckt in mir auch nicht den Eindruck, daß Vernunft in der Beziehung zwischen Mann und Frau überhaupt eine Rolle spielt. Das hat sich doch letzte Nacht gezeigt."

„Woher wissen Sie davon ?" fragte nun Agnes.

Die Psychologin blickte sie lächelnd an.

„Raten Sie mal."

Dann wurde sie wieder ernst.

„Also, wollen Sie mitmachen oder nicht ? Das ist zwar eure Sache, aber wenn ihr meinen Rat hören wollt: versucht es wenigstens eine Woche miteinander und gebt mir dann Bericht. Haben Sie noch Fragen ?"

„Im Moment nicht. Aber ohne versteckte Kamera", erwiderte Fitz.

„Es war keine Kamera, sondern ein Mikrophon. Aber jetzt, wo

ihr es wißt, nutzt es ohnehin nichts mehr."

„Na ja, sonst ist nichts", meinte er dann, „aber Frauen haben gerne das letzte Wort. Wie steht es mit dir, Agnes ?"

„Wir können es ja mal probieren."

„Gut, dann bis in einer Woche. Das wäre es für heute. Auf Wiedersehen."

Sie wandten sich zum Gehen.

„Ach, warten Sie einen Moment", rief ihnen die Psychologin nach, „ich brauche ja noch etwas für die Unterlagen."

Sie holte eine Sofortbild – Kamera aus ihrem Schreibtisch hervor.

„So, ein Bild von Ihnen als Paar und dann noch von jedem ein Einzelphoto."

Sie photographierte.

„Ach, da hätte ich noch eine Bitte", meldete sich Fitz zu Wort, „ich hätte auch gerne ein Photo von meiner Partnerin."

Die Psychologin lächelte.

„Na, da wollen wir heute einmal großzügig sein. Schauen Sie bitte nicht so grimmig, Frau Harbicht."

Sie reichte ihm dann das Photo.

„Vielen herzlichen Dank, das war sehr nett von Ihnen", schmeichelte Fitz nun.

Die Psychologin wandte sich an Agnes.

„Möchten Sie auch ein Photo von Ihrem Partner ?"

„Nein !" fauchte die.

„Na schön, dann ist ja alles in bester Ordnung. Auf Wiedersehen."

Sie verließen den Raum.

„Ich habe noch vier Paare heute. Hoffentlich sind die nicht so anstrengend", sagte Annegret vor sich hin als sie alleine war.

Gespräch am Abend

Fitz und Agnes gingen in Richtung ihrer Baracke. Unterwegs holte sich jeder noch im Magazin einen großen Becker Kaffee.

Es war warm, sonnig. Vor der Baracke standen einige Tische, umgeben von Stühlen. Sie waren alle unbesetzt. Sie nahmen einen der Tische, rückten ihn etwas beiseite, um auch dann noch ungestört reden zu können, falls andere hinzukommen würden. Sie holten dann noch zwei Stühle, setzten sich, stellten die Kaffeebecher auf den Tisch, nachdem jeder einen tüchtigen Schluck genommen hatte.

„Hast du gehört", stichelte Fitz jetzt, „du hättest fast den gleichen Intelligenzquotienten wie ich. Unfaßbar!"

„Vielleicht sogar einen noch etwas höheren", war die Antwort. „Damit hätte ich jetzt auch kein Problem. Aber dann laß uns mal vernünftig miteinander umgehen."

Agnes blickte ihn lächelnd an.

„Wir sollten wirklich einmal anfangen vernünftig miteinander umzugehen. Letztlich geht es doch darum, ob wir das Experiment fortsetzen oder uns gleich trennen wollen. Eigentlich macht es doch wenig Sinn, sich noch eine Woche durch die Tage zu quälen, wenn man sowieso nichts von einer näheren Beziehung hält."

„Ist das bei dir so?"

„Ach ich weiß nicht, dieses ganze Experiment ist doch so ein typisch unnützes Akademikerspielchen einer Professorin, die nichts gescheites gelernt hat. Welche Erkenntnis will man da gewinnen?"

„Lachhaft ist das schon, man kann doch das Verhalten zweier Strafgefangener, denen man gewisse Vergünstigungen verspricht, nicht auf mittelalterliche Verhältnisse übertragen. Wir haben doch ein ganz anderes geistiges Umfeld."

„Und außerdem haben wir beide sicher schon Erfahrungen mit Beziehungen."

„Du vielleicht", grinste nun Fitz, „ich nicht."

Agnes grinste nun auch.

„Bist du vielleicht noch Jungmann?"

„Nein, ich war öfters im Puff. Und wenn man nicht so anspruchsvoll ist, dann ist das am Ende billiger als eine Frau zu unterhalten."

„So genau wollte ich das eigentlich gar nicht wissen. Aber ich habe da noch etwas anderes. Wir haben hier nur ein gemeinsames Zimmer, sonst nichts und werden auch noch abgehört. Die haben alles mitbekommen, was wir da letzte Nacht geredet haben."

„Tja, sie hat zwar gesagt, daß sie das Mikrophon nicht mehr verwenden will, aber das muß man nicht unbedingt glauben."

„Genau. Die kann doch nicht erwarten, daß wir jetzt noch unbefangen miteinander umgehen."

„Ich frage mich aber nur, warum sie das überhaupt erwähnt hat."

„Vielleicht um uns zu ermahnen uns wie vernünftige Leute zu verhalten. Und wenn wir uns auch jetzt nicht unbefangen unterhalten können, dann doch vernünftig."

„Gut, dann fangen wir gleich damit an. Was gefällt dir eigentlich an mir nicht. Sei ganz ehrlich, ich nehme dir kein Wort krumm."

„Ach, weißt du, es gibt so eine spontane Sympathie und ein spontanes Gefallen. Beides habe ich bei dir nicht empfunden."

„Bin ich dir zu häßlich ? Oder hättest du lieber einen fetten Kerl ?"

„Nun ja, du bist nicht gerade das, was man als einen gutaussehenden Mann bezeichnen könnte. Und du hast auch keinen freundlichen Blick, du schaust düster, finster, grimmig. Manchmal wirkt das direkt unheimlich. Und wenn du einmal freundlicher schaust, dann ist immer so ein zynisches Grinsen in deinem Gesicht. Und spontane Sympathie zu dir habe ich nicht empfunden. Ich kann mir nicht vorstellen mit dir zusammenzuleben. Sei jetzt nicht eingeschnappt, wir wollen ja ehrlich zueinander sein. M8 wirkte da freundlicher, sympathischer, sah auch besser aus. Soll ich mich jetzt mit dir zufrieden geben, weil ich den, den ich eigentlich wollte, nicht bekam ? Und ich war gestern natürlich auch sauer, weil ich ihn hergeben mußte."

Fitz lächelte.

„Das verlangt auch keiner von dir, das wäre auch keine gute

Entscheidung. Du könntest mit mir ja auch niemals unbefangen zusammen sein, wenn du mich zum einen wegen meiner äußeren Erscheinung ablehnst und zum anderen in jedem Augenblick daran denkst, daß du viel lieber bei einem anderen liegen würdest. Aber du solltest auch eines bedenken: vielleicht gefalle ich dir nur deshalb nicht, weil du noch auf M8 fixiert bist und du dich jetzt in deinem Frust suhlst, weil du ihn nicht bekommen hast und deinen Unmut nun auf mich projizierst."

„Das heißt, du unterstellst mir, daß ich dich nur deshalb ablehne, weil ich M8 nicht bekommen habe."

„Also, ich mache dir jetzt keine Vorwürfe, dazu habe ich auch gar kein Recht. Ich habe das auch ein bißchen anders gemeint. Du bist frustriert, weil dir M8 weggenommen wurde und willst dich jetzt nicht mit einem zufrieden geben, der dir weniger gefiel. Schließlich hast du ja ihn gewählt und nicht mich. Und damit kann man das auch so ausdrücken: da du die erste Wahl nicht bekommen hast, willst du nun die zweite Wahl auch nicht."

Fitz überlegte kurz.

„Das ist vielleicht gar kein Frust, sondern verletzter Stolz."

„Das ändert aber nichts", erwiderte Agnes.

„Bei mir war das anders", fuhr Fitz nun fort, „ich hatte keine besondere Bevorzugung. Alle waren für mich gleich gut. F11 war eine Zufallswahl, aus einer Laune heraus; ich hätte auch jede andere nehmen können. Es war mir deshalb auch nicht leid, als sie mich dann nicht wollte und ich schließlich dich bekam. Du bist hübsch und gut aussehend und, wie die Psychologin sagte, auch intelligent. Ich traure F11 nicht nach; ich wünsche auch nicht, anstelle von dir eine andere zu haben. Und außerdem: die perfekte Frau erkennt man nicht an dem perfekten Aussehen, sondern an dem perfekten Geist. Und den erkennt man nicht auf Anhieb. Das ist doch eine gute Basis für mich um uns näher kennenzulernen."

„Für dich vielleicht, aber nicht unbedingt für mich."

„Das habe ich auch nicht behauptet. Aber wir wollen doch offen miteinander reden und die Fakten nennen: du lehnst mich ab, aber ich dich nicht."

Fitz schwieg kurz.

„Es gibt da noch etwas anderes, das dich sympathisch macht: dein Gesichtsausdruck. Du hast ein offenes, ehrliches Gesicht, einen schelmischen, frechen Blick, keinen verbitterten, der hinter einem freundlichen Lächeln verborgen werden soll. Du scheinst mir ein netter, lebensbejahender Mensch zu sein, kein übel launisches Weib, das seinen wahren Charakter hinter einer Maske des Lächelns zu verbergen sucht. Du scheinst mir auch keine von denen zu sein, die der Meinung sind, nur weil sie sich schlecht fühlen, müßten sich auch alle anderen schlecht fühlen und dann böse werden, wenn sie nicht wie erwartet oder verlangt reagieren. Du gehörst auch nicht zu den Weibern, die gleich eingeschnappt sind, wenn ihnen etwas nicht paßt oder man ein falsches Wort zu ihnen sagt. Nein, du gehörst zu den offenen Menschen, bei denen Verhalten und Blick gleich sind, die nicht einen bösen Blick mit freundlichem Verhalten zu verschleiern suchen oder freundlich blicken und reden um böses Verhalten oder böse Absichten zu verbergen. Man kann nicht immer nur freundlich sein und alles, was der andere tut akzeptieren, man muß auch einmal streiten können. Aber auf Streit folgt Versöhnung. So läuft das zumindest ab, wenn man offen zueinander ist. Ist man das nicht, dann werden Konflikte oberflächlich verdeckt, schwelen aber im Untergrund weiter, vergiften den Umgang miteinander, ohne daß man dies sofort gewahr wird. Das führt aber zu inneren Spannungen, Qualen und so weiter, führt dazu, daß man unzufrieden, unglücklich ist."

Agnes lachte.

„Nun, da hast du dir ja einiges zusammengereimt. Glaubst du wirklich, daß ich so bin."

„Das ist zumindest mein erster Eindruck von dir. Und der ist positiv und die Mutter des Wunsches dich näher kennenzulernen. Dann wird sich ja zeigen, ob ich Recht hatte oder ob ich einem Wunschbild aufgesessen bin."

„Und wenn ich gar nicht will, daß du mich näher kennenlernst ?"

„Dann ist das alles irrelevant und bald vergessen."

„Na, schön. Ich habe das nun zur Kenntnis genommen und werde darüber nachdenken. Aber du hast von Offenheit und Ehrlichkeit geredet. Was hat das für eine Bedeutung für dich ?"

„Also, ich wiederhole noch einmal. Der erste Punkt ist natürlich, daß einem die äußere Erscheinung des anderen gefällt. Das hast du doch auch so ähnlich gesagt. Wenn man den Partner nur als Notlösung sieht, sich ständig sagt, daß man lieber einen anderen hätte, dann nagt das genau so, wie wenn man sich ständig sagt, 'die ist aber häßlich.' Der zweite Punkt ist dann das Vertrauen zueinander. Man darf nicht das Gefühl haben, daß der andere ihn belügt, hintergeht, betrügt, ihn im Bund mit anderen schädigt, mißbraucht und so weiter. Du hast das doch letzte Nacht erlebt, du hattest Angst vor mir, wolltest nicht mit mir das Bett teilen. Ich habe dir das nicht übel genommen. Von deiner Seite aus waren deine Bedenken ja auch berechtigt. Konntest du mir denn trauen ? Als Frau hätte ich vermutlich auch nicht anders reagiert. Aber wie sieht das heute aus ? Hast du noch immer Angst ?"

Er schaute Agnes groß an.

„Ich denke, ich muß keine Angst haben. Ich frage mich allerdings, wie lange wird das gut gehen ? Du bist doch ein Mann und kannst dich sicher nicht ewig zurückhalten. Oder kannst du das etwa ?"

Fitz grinste.

„Und du bist doch eine Frau. Kannst du dich ewig zurückhalten ?"

„Was willst du damit sagen ?"

„Irgendwann werden wir wohl miteinander schlafen wollen. Es sei denn, wir trennen uns vorher."

„Gesetzt den Fall, wir trennen uns nicht. Wann werden wir miteinander schlafen ?"

„Wenn die Vertrautheit groß genug ist."
„Du hast meine Frage nicht beantwortet."
„Doch."
„Ja, und wann wird das sein?"
„Das werden wir spüren."
„Und wie?"
„Na ja, wenn du meinen Berührungen nicht mehr ausweichst, sondern sie ersehnst."
„Aha, du willst mich also doch begrabschen."
Fitz runzelte die Stirn.
„Nicht direkt, höchstens Andeutungen machen und schauen, wie du reagierst. Bist du abweisend, dann hat es keinen Zweck, bist du nicht abweisend, dann ist es soweit."
„Schöne Theorie. Oder hast du das im Puff gelernt?"
„Nein, das ist das Ergebnis logischen Denkens."
„Das muß aber eine besondere männliche Logik sein; ich wäre da nie drauf gekommen."
„Da siehst du es. Es ist gut, daß du mich hast."

Agnes hatte kurz auf ihre Uhr geschaut.
„Oh, halb acht ist es schon. Wir müssen schleunigst das Abendessen holen, sonst bekommen wir nichts mehr. Könntest du mein Essen mitbringen. Ich möchte hierbleiben und nachdenken."
„Keine Ursache."
Sie gab ihm ihre Essensmarke, Fitz holte das Abendbrot, sie aßen schweigend.
„Wo kommst du eigentlich her?" fragte Fitz schließlich, „dein Name klingt nicht unbedingt sarmarisch."
„Deiner auch nicht."
„Ich gehöre ja auch der pruzzanischen Minderheit an. Von Beruf bin ich Ingenieur, spezialisiert auf Brückenbau. Ich war beim Bau der Nordbahn zu den Bergwerken jenseits des Polarkreises beschäftigt. Tja, und da gab es einige Unregelmäßigkeiten, hinter die ich gekommen bin. Dafür hat man sich anfangs auch bei mir bedankt. Doch dann passierte die Sache mit

dem Bauleiter, der Pfusch gemacht hatte, weswegen eine Brücke einstürzte. Er schob die Sache auf einen andern, einen Freund von mir. Und der kam in ein Lager. Ein Jahr später, kurz nach Fertigstellung der Strecke, stieß ich im Zuge von Archivierungsarbeiten auf Unterlagen, welche die Fehler und die Pflichtverletzungen des Bauleiters bewiesen."

„Und was geschah dann?" fragte Agnes dazwischen.

„Na ja, mein Freund kam frei, hatte aber so die Schnauze voll, daß er seinen Beruf an den Nagel hängte und sich in die Wälder auf eine Forststation zurückzog. Und dem Bauleiter, er war ein linientreuer Parteigenosse, passierte nicht viel, er wurde nicht einmal entlassen, lediglich in der Hierarchie eine Stufe heruntergesetzt. Aber mir nahm er die Geschichte übel, begann gegen mich zu intrigieren und schaffte es schließlich, daß ich wegen irgendwelcher verleumderischer Anschuldigungen verhaftet wurde. Nun bin ich seit einem halben Jahr hier, ohne Anklage, ohne Prozeß. Aber ich rechne fest damit, daß es bald zum Prozeß kommt und ich freigesprochen werde. Denn sie haben wirklich nichts gegen mich in der Hand. Und warum bist du hier?"

Agnes lächelte.

„Der Reihe nach; erst einmal zu meinem Namen. Mein Vater stammte aus Cheruskien. Er geriet als junger Soldat im Dritten Sarmarischen Krieg in Gefangenschaft, blieb nach Kriegsende in Sarmartien, da er ein Gegner des Regimes in seiner Heimat war, heiratete später. Ich war das jüngste von drei Kindern. Von Beruf bin ich Lehrerin, unterrichte Sprachen. Verhaftet wurde ich wegen einer bissigen Bemerkung im Kollegenkreis zur Politik unserer Regierung bezüglich Chancengleichheit von Frauen und Männern, die doch als so fortschrittlich propagiert wird. Ich weiß nicht einmal, wer mich denunziert hat."

Sie schwieg kurz.

„Ich glaube, wir haben heute lange genug miteinander geredet", sagte Agnes dann, „ich muß jetzt einfach mal dasitzen und über all dies nachdenken."

„Ich hole mir ein Buch, setze mich neben dich und lese, wenn es nicht stört."

„Es stört nicht."

Agnes schlief ruhiger in dieser Nacht. So richtig mochte sie diesen Kerl zwar noch immer nicht, diese Mischung aus Schnoddrigkeit, Überheblichkeit und Zynismus, aber sie hatte mittlerweile soviel Vertrauen in ihn gewonnen, daß sie nicht fürchtete im Schlaf von ihm vergewaltigt zu werden.

Umsturz

Der Morgen begann unspektakulär, Fitz besorgte das Frühstück, sie gingen nach dem Morgenappell zu ihrer Arbeit, kehrten gegen fünf Uhr zu ihrer Unterkunft zurück.

„Irgendetwas liegt in der Luft", meinte Agnes, „in unserer Fabrik herrschte heute so eine unheimliche Spannung. Ich kann es nicht erklären, es war aber so als ob man Unheil ahne. Die Leute von draußen hatten irgendwie Angst. Aber wir erfuhren nichts; sie dürfen mit uns ja auch nicht reden."

„Also. Bei uns habe nichts gespürt; ich habe auch nicht darauf geachtet. Was soll denn schon für ein Unheil passieren ? Erdbeben gibt es hier nicht. Und für einen großen Waldbrand ist es nicht trocken genug."

„Ach mach doch keine dummen Witze. Was weiß ich ? Wissen wir denn, was in der Welt vorgeht ? Wir haben hier doch nur das Lagerfernsehen. Und da kriegen wir nur das zu sehen, was der Lagerleitung paßt."

„Das heißt, wir hören nur Lügen. Deshalb schaue ich es mir auch gar nicht erst an."

„Du siehst alles so gelassen. Es ist doch nicht so, daß das, was draußen in der Welt vorgeht uns nicht betrifft. Politische Veränderungen haben auch auf uns Rückwirkungen, meist negative, selten auch positive. Und gerade wenn sie negativ sind, dann treffen sie uns zuerst."

Fitz zuckte mit den Achseln.

„Und welche Möglichkeiten haben wir uns dagegen zu wappnen oder zu wehren?"

„Keine!"

„Daher sollten wir uns auch nicht Grämen, uns keine Sorgen machen, nicht gegeneinander stänkern, sondern das Leben genießen, solange es gut ist, zumindest das, was man hier als gut bezeichnen kann. Sonst haben wir doch ohnehin keine Wahl. Oder?"

„Das heißt, du willst mit mir bumsen?"

„Wie kommst du denn jetzt darauf?"

„Was soll es denn sonst hier Gutes für dich geben?"

Fitz grinste sie an.

„Ihr Weiber seid furchtbar, ihr könnt immer nur an eines Denken! Glaubst du vielleicht, für einen Mann gibt es nichts Besseres?"

„Was sollte das denn sein?"

Fitz zog eine Flasche Whisky aus dem Wams.

„Das habe ich heute abgezweigt, war eigentlich für den Lagerkommandanten bestimmt. Aber irgendwie fiel mir das Päckchen in die Hände. War wohl Gottes Wille. Und Gottes Willen sollte man sich beugen. Magst du auch einen Schluck."

„Zwei Schlucke wären wir lieber."

Fitz grinste.

„Na schön, wenn wir schon nicht miteinander bumsen, dann können wir wenigstens miteinander saufen."

„Das andere willst du doch sicherlich hinterher?"

„Nein, Whisky gegen Sex, das wäre ein schlechtes Geschäft. Den kriegst du ohne Gegenleistung."

Agnes lächelte.

„Eine solche Großzügigkeit hätte ich dir gar nicht zugetraut."

In der darauffolgenden Nacht wurden sie mehrfach durch Lärm geweckt, es klang wie eine Mischung aus Motorengeräuschen, Gewehrschüssen, Explosionen. Sie konnten sich keinen Reim darauf machen.

Am Morgen stellten sie dann eine seltsame Veränderung im Lagerleben fest. Die Wachen wirkten grimmiger als sonst, waren jedem freundlichen Wort unzugänglich. In der Kantine gab es zum Frühstück lediglich dünnen Kaffee, Brot und Margarine. Fitz konnte auch nicht wie an den Tagen zuvor das Frühstück abholen, es wurde nur an Anwesende unter Vorlage ihrer Essensmarke ausgegeben.

„Ihr frühstückt hier in der Kantine oder ihr kriegt nichts", brummte der Mann an der Ausgabe, der selbst Lagerinsasse war und fügte dann leise hinzu, „ich kann nichts dafür; Anordnung der Lagerleitung."

Während sie aßen streifte eine Wache durch den Raum, trieb sie zur Eile an. Dann mußten sie zum Morgenappell antreten, wo heute ein rauherer Ton herrschte. Anschließend wurden sie zu ihren Arbeitsstellen verfrachtet. Eine unheimliche Spannung lag in der Luft. Irgendetwas war geschehen. Doch sie erhielten keine Auskunft. Im Laufe des Tages sickerte allerdings das Gerücht durch, die Regierung sei gestürzt worden, durch eine Gruppe Radikaler innerhalb der Staatspartei, welcher der politische Kurs zu mild, zu liberal war. Und offensichtlich unterstützte das Militär weitgehend den Putsch. Die Hauptstadt sei bereits fest in der Hand der Umstürzler, auf dem Lande werde zwar noch gekämpft, doch seien die Regierungstreuen in der Defensive. Aber alle Information blieb unbestimmt, vage.

In der Fabrik arbeiteten nicht nur Lagerinsassen, sondern auch 'freie' Bürger. Kontakt zwischen den beiden Gruppen war zwar offiziell verboten, aber bisher hatte niemand Anstoß daran genommen, wenn man untereinander das eine oder andere Wort sprach, was allerdings nicht sehr häufig vorkam. Heute allerdings gingen die 'Freien' den Häftlingen scheu aus dem Weg.

Zum Mittagessen gab es nur eine einfache Suppe und ein Stück Brot.

„Wir haben euch Pack viel zu lange verwöhnt. Jetzt werdet ihr einmal den Gürtel enger schnallen müssen", sagte der Wachtmeister, der die Essensausgabe leitete, höhnisch.

Am Tag zuvor war er noch freundlich gewesen.

Eine Stunde später als gewöhnlich, die Arbeitszeit war kurzfristig verlängert worden, kehrte Fitz in seine Behausung zurück; Agnes war noch nicht anwesend. Er wartete eine Stunde, sie kam nicht. Und so ging er alleine in die Kantine zum Abendessen. Es gab wieder nur dünnen Kaffee, Brot und Margarine. Das Magazin, in dem sie sich bisher mit Waren des täglichen Bedarfs versorgen konnten, war geschlossen. Ein Schild hing an der Tür auf dem stand, daß Häftlinge in Zukunft hier nichts mehr kaufen könnten. Auf dem Rückweg zu seiner Baracke traf er Vladimir. Der war der erfahrendste Häftling, hatte zu allen Seiten gute Beziehungen, wußte stets Bescheid.

„Was ist los ?" fragte Fitz.

„Putsch ! Umsturz ! Der Wind hat sich gedreht ! Details sind unwichtig ! Jetzt wird es hart !" meinte er lakonisch.

„Agnes ist auch nicht zurückgekehrt. Ich mache mir Sorgen."

„Zurecht ! Aber was hilft es dir ? Du wirst sie ohnehin nicht mehr sehen. Dieses komische Beziehungsexperiment ist zu Ende. Der Lagerleitung hat das ohnehin nicht gepaßt. Und die Experimentweiber haben sie schon eingesammelt. Die kommen morgen als Lagerhuren nach Norden, in die Bergwerke."

„Und wo sind sie jetzt ?"

„Hast du Zigaretten ?"

Fitz griff in die Hosentasche. Die Packung war noch fast voll.

„Genügt das ?"

Vladimir nahm das Päckchen.

„Baracke sieben."

Er grinste, wandte sich zum Gehen.

„Aber sage ihr weder 'Auf Wiedersehen' noch 'Lebe wohl'. Erstens wirst du sie nicht wiedersehen und zweitens wird sie nicht wohl leben, sondern in einem halben Jahr kaputt sein. Und du kannst froh sein, wenn du nicht auch in ein Bleibergwerk kommst."

Er entfernte sich grußlos.

„Bleibergwerk ! Soweit sind wir noch lange nicht !" fauchte

Fitz vor sich hin.

Er lief zu seiner Baracke zurück; zwei Häftlinge schoben gerade zwei Betten in das Zimmer.

„Morgen kriegst du Gesellschaft, damit du nicht so allein bist, jetzt wo die Puppe weg ist", meinte der Aufseher höhnisch.

Fitz ließ sich in einem der Sessel vor der Baracke nieder.

„Zeit zu verschwinden", sagte er zu sich selbst, „es wird ungemütlich und ich schätze, ein fairer Prozeß ist jetzt auch nicht mehr zu erwarten."

Er dachte ein Weile nach.

„Es ist zwar Wahnsinn, was ich vorhabe, aber Agnes nehme ich mit. Sie soll nicht vor die Hunde gehen, auch wenn sie mich nicht mag."

Die Flucht

Sobald es dunkel genug war schlich er sich in den hinteren Teil des Lagerbereichs. Man hatte bereits bei der Gründung des Lagers eine spätere Erweiterung in Erwägung gezogen und daher gleich ein größeres Areal eingezäunt als notwendig war. Genutzt wurde gegenwärtig nur der vordere Teil, während den hinteren noch weitgehend Wald bedeckte. Der war zwar durch einen einfachen Zaun abgetrennt, der war mittlerweile aber weitgehend verrottet, bot kein Hindernis mehr. Die Lagerleitung hatte auch in den letzten Monaten keinerlei Anstoß genommen, wenn einzelne Häftlinge den Wald aufsuchten. Fitz hatte nie die Absicht gehabt auf Dauer im Lager zu bleiben. Einerseits glaubte er bisher zwar noch an einen baldigen, fairen Prozeß und an einen Freispruch, andererseits schloß er aber auch die Möglichkeit nicht aus, daß es nicht dazu kommen würde, traf daher Vorbereitungen zur Flucht. Denn Vertrauen konnte man in die Justiz in diesem Staat nicht setzen.

Da das Lager für 'leichte' Fälle errichtet worden war, war auf eine lückenlose Bewachung des Areals nicht der höchste Wert gelegt worden. Und Fitz hatte längst herausgefunden, daß es 'blinde' Stellen gab, die nachts nicht ausgeleuchtet wurden. Dort konnte man ungesehen durch den Zaun schlüpfen. Eine geeignete Drahtschere hatte er nahe der Stelle, die ihm zum Entschlüpfen am günstigsten schien, in den Wurzeln eines Baumes versteckt. Er hatte auch einige Gegenstände, die ihm bei einer Flucht nützlich schienen, 'organisiert' und in einem Rucksack in einem hohlen Baum versteckt. Vorsichtig schlich er nun durch den Wald, überzeugte sich, daß die Sachen noch an Ort und Stelle waren. Er pirschte sich dann zu Baracke sieben, sie lag etwas abseits. Neben ihr stand ein kleiner Schuppen. Er beobachtete die Umgebung; es war nur eine Wache aufgestellt, die lustlos ihre Runden drehte. Er wartete. Punkt elf Uhr erfolgte die Ablösung.

„Das ist gut. Dann haben wir zwei Stunden Zeit."

Er schlich sich an die Wache heran, schlug sie nieder, schleifte sie in den Schuppen. Er zog ihr die Uniformjacke aus, nahm ihr Taschenlampe und Pistole ab, betastete sie dann. Er vermutete, daß die Baracke verschlossen war und die Wache einen Schlüssel besaß, da bei der Wachablösung ein Gegenstand übergeben worden war. Er fand den Schlüssel. Dann fesselte und knebelte er den Wächter. Er zog die Uniformjacke an, lief zur Baracke, schloß die Tür auf, leuchtete hinein. Einige Frauen lagen noch wach.

„Harbicht ! Mitkommen !" rief er barsch.

Agnes, die noch nicht schlief, richtete sich auf, „was gibt es ?"

„Mitkommen ! Wird's bald !"

„Warum ?"

„Du sollst doch nicht ohne Andenken hier weggehen !"

Sie zögerte, aber zwei oder drei Frauen stießen sie nach vorn.

„Zier dich nicht ! Was ist schon dabei ? Und wir wollen unsere Ruhe haben."

Fitz packte sie, zog sie aus der Baracke, verschloß hinter sich die Tür.

„Ich bin's. Kein Wort", raunte er ihr zu, „komm mit."

Sie liefen in den Wald zum hohlen Baum. Fitz nahm den Rucksack heraus, legte im Gegenzug die Uniformjacke hinein.

Dann holte er die Drahtschere. Er wartete einen Moment, schaute sich um. Die Zaunpatrouille war nicht zu sehen.
„Die Luft ist rein, komm!" flüsterte er leise.
Rasch schnitt er ein kleines Loch in den Zaun, gerade so groß, daß sie hindurch schlüpfen konnten. Dann bog er den Draht wieder gerade.
„Das merken die erst morgen früh."
Sie liefen in den angrenzenden Wald. Nach einer knappen halben Stunde erreichten sie eine Bahnlinie; ein Güterzug stand auf den Gleisen.
„Das klappte ja wie am Schnürchen. Das ist der Mitternachtszug nach Jarla. Wir suchen uns jetzt ein gemütliches Plätzchen."
Sie öffneten einen Waggon, krochen hinein.
„Sei beruhigt, sie kontrollieren hier nicht, sie wechseln nur die Lokomotive. Elektrifiziert ist die Strecke nur bis Petscho, der nächsten Station, wegen der Regionalzüge. Dort gibt es aber kein Rangiergleis. Und dann folgen über hundert Kilometer Wald und Sumpf ohne eine Ortschaft. Aber still jetzt, es könnte doch jemand die Geleise abgehen. Man weiß nie."
Nach einigen Minuten setzte sich der Zug in Bewegung.
„Geschafft. Bis Jarla haben wir sechs Stunden Zeit. Wir können ein bißchen schlafen."
„Woher weißt du das alles?" wunderte sich Agnes.
„Von Jarla aus führt eine neue Bahnlinie durch die Sümpfe nach Norden zu Bergwerken. Die habe ich mitgebaut, als Ingenieur, nicht als Sträfling. Das habe ich dir doch schon erzählt."
Ein kurzes Schweigen trat ein.
„Du bist wahnsinnig. Warum habe ich mich überhaupt darauf eingelassen und bin mitgegangen? Die kriegen uns doch. Und dann werden wir erschossen. Wo willst du überhaupt hin? Bis zur cheruskischen Grenze sind es mehr als tausend Kilometer. Das schaffen wir nie."
„Warum seid ihr Weiber immer so pessimistisch? Bisher hat doch alles gut geklappt. Bis sie merken, daß wir weg sind, wird es morgen früh. Und bis dahin sind wir in Jarla. Dort ver-

muten sie uns im Leben nicht; dazu reicht doch ihre Intelligenz nicht aus. Sie werden uns erst einmal in der Umgebung des Lagers suchen. Oder glaubst du, sie kommen auf die Idee, daß wir den Zug genommen haben könnten ? Und wenn sie uns erwischen, dann werde ich erschossen, du sicher nicht. Und wenn ? Nach einem halben Jahr als Lagerhure bist du doch ohnehin ein Wrack. Wäre dir das lieber ? Und außerdem: ich habe noch die Pistole. Und ich kann damit umgehen. Aber wir sollten jetzt schlafen."

Er drehte sich um, schlief bald ein.

Agnes lag noch eine Weile wach. Sie hatte Angst.

„Das klappt doch nie", sagte sie zu sich selbst, „es sind doch über tausend Kilometer bis zur cheruskischen Grenze. Wie wollen wir dahin kommen ? Ohne Pässe. Hat er denn überhaupt Geld ? Ich habe keines."

Aber irgendwann fiel sie dann doch in den Schlaf.

„Wir sind da. Es wird allmählich hell. Wir müssen raus."

Agnes blickte sich schlaftrunken um.

„Wo sind wir überhaupt ?"

„In Jarla. Hier ist Endstation.Wir müssen weg bevor sie mit dem Entladen anfangen. Komm zu dir."

Vorsichtig öffnete Fitz eine Waggontür, sah mehrere Bahngleise vor sich.

„Falsche Seite", murmelte er vor sich hin, öffnete dann die Tür auf der gegenüberliegenden Seite, sah Wald.

„Hier raus."

Sie verschwanden im Unterholz. Nach einer Weile hielten sie an.

„Erst halb sieben", meinte Fitz, „noch zu früh."

„Wozu zu früh ?"

„Na ja, um in die Stadt zu gehen und eine Herberge suchen. Die schlafen doch noch alle."

„Ich habe aber Hunger", meinte Agnes jetzt.

„Das ist das geringste Problem", entgegnete Fitz.

Er griff in den Rucksack, holte zwei Büchsen heraus, öffnete sie.

„Brot und Wurst. Genügt das fürs erste ?"

Agnes blickte ihn lächelnd an.

„Ja."

Fitz grinste.

„Richtig hübsch siehst du jetzt aus. Ich denke, man sollte dich öfters aus einem Lager holen."

„Witzbold ! Mir genügt das eine Mal. Und wir sind noch lange nicht in Sicherheit."

„Warum hast du mich eigentlich mitgenommen ?" fragte Agnes nach einer Weile.

„Wir haben schließlich eine Vereinbarung, ein halbes Jahr zusammenzuleben. Hätte ich das jetzt einseitig brechen sollen ?"

„Und ich werde gar nicht gefragt, ob ich das noch will."

„Du hättest auch ungefragt deine Meinung sagen können. Das tust doch sonst auch. Hast du aber nicht getan. Daher gehe ich davon aus, daß die Sache für dich in Ordnung ist."

„Du hast mir doch gar keine Zeit gelassen."

„Laß doch die Ausflüchte. Zum Reden habt ihr Weiber immer Zeit. Außerdem haben wir auch der Psychologin versprochen bis zum nächsten Termin zusammenzubleiben."

„Es gibt aber keinen nächsten Termin mehr. Das Experiment ist zu Ende. Das sagte der Lagerleiter."

„Der hat da gar nichts zu sagen. Das ist Sache der Psychologin. Die leitet das Experiment und die bestimmt, wann es zu Ende ist."

Agnes lachte.

„Du willst mich wohl auf den Arm nehmen. Die Psychologin ist tot. Sie war die Geliebte des Innenministers und wurde zusammen mit ihm liquidiert."

„Dann hat sie uns also angelogen. Sie sagte doch, sie hätte keinen Freund."

„Das habe ich auch gar nicht behauptet. Ich habe lediglich gesagt, er war ihr Geliebter."

„Trotzdem, das ist aber kein Grund, sein Wort zu brechen.

Vielleicht treffe ich sie einmal in der Hölle wieder. Und dann möchte wenigstens ich nicht als Lügner und Wortbrüchiger dastehen."

Agnes schüttelte den Kopf.

„Ernsthaft kann man mit dir nicht reden?"

„Unsere Lage ist ernst genug. Da muß man nicht noch ernst reden. Das frustriert, führt nur zu Psychosen. Und die können wir im Moment ganz und gar nicht brauchen."

„Ich sage ja schon nichts mehr. Ich will schließlich keine Psychosen in dir züchten. Du bist auch so schon schlimm genug."

Sie schwiegen eine Weile.

„Komisch", begann dann Fitz, „wie manche Kleinigkeiten die Welt verändern können. Wenn F11 nicht so rumgezickt hätte, dann säßen wir jetzt nicht hier zusammen."

Agnes blickte ihn fragend an.

„Was soll das jetzt schon wieder bedeuten?"

„Na ja, dann säße sie jetzt hier und wärst auf dem Weg nach Krasnojarsk oder zu sonst einem Lager. Das hat sie nun davon."

Agnes antwortete nicht darauf, dachte allerdings.

„Ich weiß aber im Moment nicht, wer am Ende das bessere Los gezogen haben wird."

In Jarla

Gegen zehn Uhr entschloß sich Fitz zum Aufbruch.

„Ich denke, jetzt können wir unverdächtig in die Stadt gehen."

Als sie einen hohlen Baum passierten, hielt er an, nahm die Pistole aus dem Rucksack, legte sie hinein.

„Merk dir die Stelle, aber ich denke, in der Stadt nutzt sie uns nichts. Und wenn sie die bei uns finden, kann das übel ausgehen."

Als sie so durch die Straßen liefen, Fitz hatte offenbar ein bestimmtes Ziel vor Augen, verriet aber nichts, bog plötzlich eine Milizstreife aus einer Seitengasse heraus. Zum Ausweichen war es zu spät. Der Streifenführer blickte sie mißtrauisch an.

„Halt ! Stehen bleiben ! Eure Ausweise !" fuhr er sie an.

Agnes erschrak fast zu Tode.

„Jetzt ist es aus !" dachte sie.

Doch Fitz blieb ruhig.

„Guten Morgen, Sergeant", sagte er freundlich, „wir sind entlassene Sträflinge. Ausweise haben wir noch nicht, nur Entlassungspapiere. Einen Moment, bitte."

Er nahm den Rucksack ab, wollte ihn öffnen.

„Das interessiert mich nicht. Das könnt ihr auf der Wache klären. Iwan, führe die beiden zum Revier. Die anderen kommen mit mir."

Der Genannte trat hervor.

„Folgt mir."

Sie gingen durch einige Straßen.

„Wir könnten versuchen zu fliehen", raunte Agnes Fitz zu.

Der schüttelte den Kopf.

„Nein, das sieht alles gar nicht so schlecht aus."

Agnes zitterte. Was führte er jetzt schon wieder im Schilde ?

Sie betraten das Revier.

„Guten Morgen, Herr Wachtmeister", grüßte Fitz freundlich, „wir haben unterwegs Ihre Streife getroffen. Das war gut. Das hat uns das Suchen erspart. Wissen Sie, wir sind gerade erst angekommen und waren auf dem Weg zu Ihnen."

Der Wachtmeister blickte ihn mißtrauisch an.

„Das kann jeder Festgenommene sagen."

Er unterhielt sich kurz mit Iwan. Dann wandte er sich wieder zu Fitz hin.

„So, so. Ihr habt also keine Papiere, nur Entlassungsscheine. Zeigt sie mal vor."

„Es sind Entlassungspapiere aus dem Lager Sorsk. Wir sollen nach Dobracek. Dort bekommen wir Arbeit und auch Ausweise, hat man uns gesagt", erklärte Fitz, während er aus dem Rucksack ein Briefkuvert hervorkramte, es öffnete, zwei Blatt

Papier herausnahm und sie dem Wachtmeister reichte.

Der blickte abwechselnd die Papiere und die beiden an.

„Ihr seid es wohl", sagte er dann, „Igor und Helena Brosk, entlassen vorgestern. Und ihr habt so lange bis hierher gebraucht?"

„Das Reisen ist im Moment etwas schwierig, insbesondere, wenn man kaum Geld hat. Und wir haben gestern leider auch niemand gefunden, der uns die Scheine abstempelt. Wir müssen uns ja täglich oder in jeder größeren Stadt melden. Das steht ja auch auf dem Papier. Könnten Sie das bitte für heute erledigen?"

„Mir egal", brummte der Wachtmeister, „wir haben im Moment wichtigeres zu tun als uns um entlasse Strafgefangene zu kümmern. Ihr könnt gehen."

Er stempelte die Bögen ab, gab sie Fitz zurück.

„Das war knapp", Agnes atmete auf als sie draußen waren.

„Du hast wohl wenig Erfahrung mit der Miliz in der Provinz", meinte Fitz grinsend, „die sehen das alles nicht so eng, sind froh, wenn sie ihre Ruhe haben. So knapp war das gar nicht. Die Formulare sind echt, die Photos sind echt, die Stempel sind echt, nur die Unterschrift ist nachgemacht."

„Was sind das überhaupt für Papiere?"

„An und für sich ganz normale Entlassungspapiere."

„Darf ich sie mal sehen?"

„Sicher."

„Aber das ist doch das Photo von mir um das du die Psychologin gebeten hast."

„Sicher, was glaubst du eigentlich, aus welchem Grund ich es sonst wollte."

„Und dann hast du gleich so ein Formular für mich ausgefüllt."

„Sicher, man muß doch auf alles vorbereitet sein. Im Grunde genommen war es ein Glücksfall, daß wir auf die Streife getroffen sind; zu einen sind wir jetzt hier gemeldet, können uns also in der Stadt frei bewegen, zum anderen hilft uns das bei der weiteren Flucht. Der Stempel beweist, daß wir uns in Jarla ordnungsgemäß gemeldet haben, beweist sozusagen, daß unsere Reise legal ist und die Papiere echt sind. Das ist doch ein bißchen Angstschweiß wert ? Oder etwa nicht ?"

Die 'Pruzzanischen Brüder'

Sie setzten ihren Weg durch die Stadt fort, erreichten schließlich das Gasthaus, welches Fitz offensichtlich gesucht hatte. Sie traten ein. Fitz wandte sich an den Wirt.
„Wir sind auf der Durchreise, suchen ein Zimmer für ein oder zwei Nächte."
Der Wirt musterte sie kritisch und mißtrauisch.
„Das wird schwierig, ich fürchte, wir haben kein Zimmer frei."
„Das wäre schade, wir kommen von weit her, aus Vischnar, und sind sehr müde. Und wir müssen noch nach Halartar."
Die Mine des Wirtes hellte sich nun auf.
„Ich werde einmal in unserer Belegungsliste nachschauen, wartet ein Moment."
Er holte eine Kladde aus einem Regal, öffnete sie, blätterte darin, schaute sich einige Seiten intensiver an.
„Ihr habt Glück", meinte er schließlich, „es ist ein Zimmer frei, Nummer fünfzehn, es liegt im Hinterhaus; Obergeschoß."
Er wandte sich dem Schlüsselbrett zu, reichte dann Fitz die Schlüssel.
„Was hast du da für komische Sachen gesagt", meinte Agnes, als sie das Zimmer betraten und Fitz seinen Rucksack abgelegt hatte, „wo kommen wir her ? Aus 'Vischnar' ? Und wo wollen wir hin ? Nach 'Halartar' ? Die Ortsnamen sagen mir gar nichts. Was hat das zu bedeuten ?"
„Fange jetzt nicht wieder an zu streiten", entgegnete Fitz, „es ist besser für dich, wenn du manches nicht weißt; vertraue mir."
„Ein Geheimcode also ?"
„So ist es."

235

Fitz gehörte der pruzzanischen Minderheit in Sarmartien an. Das Siedlungsgebiet der Pruzzaner lag zwischen dem der Sarmaren und der Cherusker. Streng genommen bildete es die nördliche Pufferzone zwischen den beiden Völkern, während das Gebiet der Awaren die südliche Pufferzone bildete. Das Land war seit Jahrhunderten umkämpft und erst vor zehn Jahren, nach Ende des letzten Krieges zwischen Cheruskern und Sarmaren, dem Vierten Sarmarischen Krieg, war der größte Teil des pruzzanischen Siedlungsgebietes wieder unter cheruskische Herrschaft gelangt und bildete die cheruskische Provinz 'Pruzzorasien'. Die Pruzzaner arrangierten sich sehr schnell mit den neuen Herren, was bei den Sarmaren zu zunehmender Abneigung gegen die noch Lande lebenden Pruzzaner führte, da man sie verdächtigte, mit ihren Landsleuten jenseits der Grenze konspirativ zu kooperieren und eine weitere Abspaltung nordwestlicher sarmarischen Gebiete vorzubereiten. Dies zog Unterdrückungsmaßnahmen der sarmarischen Regierung nach sich, zahlreiche Pruzzaner, welche hohe und einflußreiche Positionen in Staat und Wirtschaft innehatten, wurden entlassen und wer öffentlich für die Interessen der Pruzzaner eintrat, mußte mit Verhaftung rechnen. Im Gegenzug bildeten sich rasch Widerstandsgruppen mit sehr unterschiedlichen Ausrichtungen. Eine von ihnen nannte sich die 'Pruzzanischen Brüder'. Sie beteiligten sich nicht an politischen Aktionen, sondern sahen es als ihre vornehmliche Aufgabe, wegen ihres Einsatzes für ihr Volk und ihre Kultur verhafteten Volksangehörigen zur Flucht ins Ausland zu verhelfen und bauten ein großflächiges, geheimes Fluchthilfenetzwerk auf. Fitz hatte bereits vor etlichen Jahren Kontakt zu dieser Gruppe geknüpft, war ihr schließlich beigetreten. Und während des Baus der Eisenbahnlinie hatte er seine Stellung als 'leitender Ingenieur in einem Teilprojekt' genutzt um Flüchtlingen in einem der Arbeitercamps kurzfristigen Unterschlupf zu gewähren, sie mit Nahrungsmitteln und mit für ihre weitere Flucht nützliche Gerätschaften auszustatten. Auch hatte er es verstanden, größere Mengen an offiziellen Formularen, wie Entlassungsscheine aus Arbeitslagern, Reiseaufträge, Aufenthaltsgenehmigungen, ja selbst Paßvorlagen beiseite zu schaffen und sie den 'Pruzzanischen Brüdern' zukommen zu lassen. Dies alles war unentdeckt geblieben, spielte auch für seine Verhaftung infolge einer rachsüchtigen Intrige eines Bauleiters und Parteigenossen, dem er gravierende Fehler und Pflichtverletzungen nachgewiesen hatte, keine Rolle.

'Halartar Vischna' war ein Kennwort der Gruppe, bedeutete soviel wie 'Brüder im Geist'.

Agnes schlief den Tag über, kam dann erst zum Abendessen in die Gaststube. Fitz hatte sich am Nachmittag mit dem Wirt getroffen und das weitere Vorgehen verabredet. Zuvor lief Fitz allerdings in den Wald zurück, holte die Pistole.

„Wir brauchen keine große Hilfe. Unsere Entlassungspapiere nach Dobracek wurden von der hiesigen Polizeibehörde anerkannt und bestätigt. Das ist zwar positiv, aber ich fürchte doch ein bißchen, daß wir wegen der unklaren Lage nach dem Umsturz Schwierigkeiten bekommen könnten, wenn wir offen reisen. Ansonsten brauchen wir für den Marsch durch den Sumpf zu unserem Kontaktmann, Lebensmittel für ein paar Tage, ein Zelt, zwei Schlafsäcke. Und ein Karte wäre auch nicht schlecht. Ich habe Geld und kann bezahlen."

„Das ist nicht notwendig."

„Ich weiß, aber nimm das Geld trotzdem; hebe es für die auf, die es notwendig haben."

„Wie du willst; wir treffen uns dann am Abend um halb neun im Schuppen unter eurem Zimmer. Deine Begleiterin kannst du mitbringen, die kann beim Tragen helfen."

Der Marsch durch den Sumpf

Sie begaben sich dann zur angegebenen Zeit zu dem Schuppen.

„Hier sind die Sachen drin", erklärte der Wirt; er zeigte auf zwei Rucksäcke, „und der LKW – Fahrer wartet auf euch am Tabor-Platz; der ist etwa zweihundert Meter von hier entfernt. Punkt fünf Uhr. Euer Kennwort ist 'Trischka', er antwortet darauf 'Parkon'. Merkt euch das gut. Hier ist noch ein kleiner Wecker, damit ihr rechtzeitig wach werdet. Laßt ihn dann einfach auf dem Nachttisch stehen. Sonst noch Fragen ?"

„Nein, nur eines: meinen alten Rucksack lasse ich hier. Du kannst dann damit machen, was du willst. Aber wenn du auf mich hörst, dann verbrenne ihn am besten gleich."

Fitz und Agnes gingen auf ihr Zimmer. Fitz verstaute seine Sachen noch schnell in einem der Rucksäcke, die ihnen der Wirt gegebenen hatte. Dann begaben sich zur Ruhe.

Zehn Minuten vor fünf Uhr am nächsten Morgen verließen sie die Herberge, liefen zum Tabor – Platz. Kurze Zeit später fuhr ein Lastwagen vor, hielt an; Fitz lief hin, klopfte an die Seitenscheibe. Der Fahrer öffnete die Türe.

„Wir wollen nach Trischka", sagte Fitz leise.

„Das liegt auf dem Weg", antwortete der Mann am Steuer, „ich fahre nach Parkon."

„Klettert auf die Ladefläche", fuhr er dann fort, „die Fahrt dauert gute zwölf Stunden. Mit Kontrollen ist nicht zu rechnen."

„Drei Kilometer vor Dobracek liegt ein verlassenes, größeres Gebäude. Laß uns dort raus, wenn die Luft rein ist; ansonsten auf freier Strecke, irgendwo in der Nähe. Wir wollen nicht unbedingt in die Stadt. Und falls doch kontrolliert wird, dann sage, du hättest uns kurz hinter Jarla an der Straße aufgelesen und mitgenommen. Das ist nicht verboten."

„Geht in Ordnung."

Agnes und Fitz kletterten auf die mit einer Plane überdeckte Ladefläche. Dann fuhr der Lastwagen los.

Die Fahrt verlief störungsfrei. Die meiste Zeit dösten die beiden vor sich hin. Zweimal, jeweils an einer einsamen Stelle, legte der Fahrer eine Pause ein. Sie verließen dann kurz die Ladefläche. Beim dritten Stopp sagte er dann, nachdem er die Plane geöffnet hatte:

„Wir sind am Ziel, ihr könnt raus, die Luft ist rein."
Sie stiegen ab. Der Lastwagen fuhr weiter.
„Das hätten wir hinter uns gebracht. Jetzt müssen wir durch
die Sümpfe zu Anton. Das wird ein Marsch von so drei Tagen
werden. Aber das kann ich dir nicht ersparen. Einen anderen
Weg gibt es nicht."
„Und was ist der Grund?"
„Antons Anwesen liegt bereits in sarmarisch Pruzzorasien.
Und dafür haben wir keine Aufenthaltsgenehmigung. Daher
können wir die 'offizielle' Straße nicht nehmen. Die weitere
Reise wird dann aber angenehmer, da wir von Anton die not-
wendigen Papiere bekommen."
„Und wer ist dieser Anton?"
„Ein guter, alter Freund von mir. Du wirst ihn kennenlernen."
„Wo sind wir hier überhaupt?"
„Kurz vor Dobracek. Das hier ist ein ehemaliges Bürogebäude
aus der Zeit des Eisenbahnbaus. Es wird heute nicht mehr be-
nötigt, steht leer. Durchreisende übernachten hier gelegentlich,
wenn sie kein Geld für ein Hotelzimmer haben und nicht unter
freiem Himmel schlafen wollen."
„Willst du hier übernachten?"
„Das habe ich eigentlich nicht vor, es sei denn, du bist zu
müde zum Weitermarsch."
„Nein, das bin ich nicht. Ich habe mich auf dem Lastwagen
ausgeruht."
„Ja, ja, Körper und Zunge haben sich dort erholt; du hast wenig geredet."
„Hätte ich dich die ganze Zeit über lieber vollquasseln
sollen?"
„Nein, nein, schon gut. Also: wenn du nicht müde bist, dann
können wir ja heute noch ein Stück marschieren. Ich möchte
aber bis zur Dämmerung warten. Der Weg führt um Dobracek
herum. Da könnten wir um diese Uhrzeit noch Bauern oder
Holzarbeitern begegnen, die auf dem Heimweg sind."
„Ja, das würde verdächtig aussehen, zwei Wanderer am Abend
auf dem Weg in den Sumpf."

„Gut, daß du das einsiehst."

„Ich bin lernfähig."

„Ich schlage aber vor, wir lassen uns in dem Schuppen nieder. Es ist schon fast Abend und man kann nicht ausschließen, daß jemand zum Nächtigen kommt. Je weniger Leuten wir begegnen, desto besser. Und der Schuppen hat einen Hinterausgang, durch den wir notfalls ungesehen davonschleichen können."

Sie dösten vor sich hin, schwiegen. Nach etwa einer Stunde ertönten Motorengeräusche.

„Das hört sich nach mehreren Fahrzeugen an", gab Agnes zu bedenken.

„Ja, das ist verdächtig; wir sollten besser verschwinden."

Sie verließen den Schuppen, liefen ein kleines Stück quer durch den Wald, erreichten bald den Weg durch die Sümpfe. Sie folgten ihm etwa einhundert Meter, schlugen sich dann seitwärts ins Gebüsch.

„Ich denke, wir sind hier in Sicherheit", sagte Fitz, „ich möchte aber trotzdem wissen, wer das ist. Ich denke, ich schaue einmal kurz nach."

„Laß das besser. Du begibst dich nur unnötig in Gefahr."

„Es ist gefährlicher nicht zu wissen, was gespielt wird", erwiderte Fitz.

Er steckte die Pistole ein, hängte das Fernglas um, schlich in Richtung der Gebäude, blieb aber in der Deckung. Einige Milizionäre trieben eine größere Gruppe von Frauen auf den freien Platz zwischen Haus und Schuppen, zwangen sie, sich dort niederzulassen. Die Frauen waren an Händen und Füßen mit Ketten gefesselt, welche ihnen aber eine eingeschränkte Bewegungsfreiheit ließen. Fitz hatte einen bestimmten Verdacht um wen es sich hier handeln könnte, nahm sein Fernglas, richtete es auf die Frauen. Nach kurzem Suchen erkannte er F11. Das genügte ihm. Er zog sich zurück.

„Es sind die Weiber aus unserem Lager. Sie kommen tatsächlich in die Bergwerke im Norden. F11 ist auch dabei."

„Das freut dich aber offensichtlich."

„Nein, aber ich dachte, es würde dir gefallen."
„Nein, es ist unmoralisch, sich über das Unglück anderer zu freuen. Das überlasse ich dir."
Fitz verzog das Gesicht.
„Noch hat sie es besser als du. Sie wird gefahren und du mußt laufen. Aber lassen wir das. Brechen wir auf, es wird bald dunkel."
Sie wanderten bis kurz nach Mitternacht.
„Ich bin müde", sagte Agnes.
„Gut, machen wir hier Rast. Wir werden aber unter freiem Himmel schlafen müssen. Das Zelt können wir in der Dunkelheit nicht aufbauen."
„Das ist mir gleich. Es ist einigermaßen warm, regnet nicht, und hoffentlich gibt es hier auch keine wilden Tiere. Und außerdem haben wir ja auch unsere Schlafsäcke."
Sie legten sich abseits des Weges nieder, schliefen ungestört. Am nächsten Morgen nach dem Frühstück ging es weiter. Der Marsch verlief ohne Zwischenfälle. Nur zweimal kamen ihnen Menschen entgegen. Sie bemerkten das rechtzeitig und verbargen sich vorsichtshalber vor ihnen im Unterholz.
Am Abend des dritten Tages erreichten sie eine Forststation.
„Das ist Antons Anwesen", erklärte Fitz, „er ist ein guter, alter Freund von mir. Ich habe dir schon von ihm erzählt. Du erinnerst dich?"
„Der Freund, der in die Wälder ging?"
„Genau. Bei ihm habe ich meine Dokumente, Zeugnisse und so weiter deponiert. Und auch Geld. Wir bekommen von ihm Pässe, die Aufenthaltsgenehmigung und können dann ganz bequem mit dem Zug bis zur Grenze reisen."
„Ich weiß, das hast du mir schon erzählt."

Aufenthalt bei Anton

Anton begrüßte Fitz herzlich.
„Ich habe damit gerechnet, daß du irgendwann kommen wür

dest. Es wundert mich nur, daß du dir so lange Zeit gelassen hast."

Fitz grinste.

„Im Lager gab es so viele hübsche Damen, und es hat einige Zeit gedauert, bis ich eine überreden konnte mitzukommen. Sie heißt übrigens Agnes und für sie brauche ich auch Papiere."

„Kein Problem", entgegnete Anton, „aber das kann so zwei bis drei Tage dauern. Habt ihr solange Zeit?"

„Ist es sicher bei dir?"

„Ja, schon, aber du solltest dich nicht so viel blicken lassen. Man kann nicht allen Waldarbeitern hundertprozentig trauen."

„Gut, das ist in Ordnung. Und nach dem Marsch durch die Sümpfe haben wir ohnehin ein bißchen Ruhe nötig, nicht wahr, Agnes?"

„Ja", antwortete sie gedehnt.

„Ich gebe euch eines der Gästezimmer hier im Haupthaus. Oder hättet ihr lieber zwei Zimmer?"

Fitz schaute Agnes an.

„Was meinst du?"

„Frag nicht so scheinheilig; du hast dich doch längst dafür entschieden, daß du nur ein Zimmer willst. Und mittlerweile haben wir so oft zusammen übernachtet, daß es jetzt auch keine Rolle mehr spielt."

Fitz grinste.

„So ist sie, ein bißchen kratzbürstig, aber im Grunde ganz heiß darauf, mit mir zusammen zu schlafen."

Anton blickte Agnes lachend an.

„Nehmen Sie es ihm nicht krumm. Er war schon immer so; es würde mir Sorgen machen, wenn er jetzt anders daherredete; ich würde dann denken, sie hätten ihn einer Gehirnwäsche unterzogen."

Agnes lachte nun auch.

„Geht das überhaupt? Dazu müßte der doch zumindest ein Gehirn haben."

Anton schmunzelte.

„Ich sehe, ihr beide paßt zusammen."

Am nächsten Tag lud Anton Fitz zu einem Gespräch.
„Also, die Papiere für Agnes bekommst du übermorgen. Ich
bringe euch dann am nächsten Tag zum Bahnhof. Ihr fahrt
nach Karlat, übernachtet dort in einer Pension namens 'Sonne'.
Sagt aber nichts von 'Pruzzanischen Brüdern' oder so; ihr
braucht auch kein Kennwort. Am nächsten Tag lauft ihr dann
zur Hütte eines gewissen Karloff, sie liegt im Gewann 'Zerti'.
Der Name ist auf der Karte, die ich dir geben werde, eingezeichnet. Nehmt den Weg, der dorthin führt. Ihr könnt ihn
nicht verfehlen. Es gibt nur einen. Dann stoßt ihr direkt auf
Karloffs Anwesen. Der Marsch dauert etwa fünf bis sechs
Stunden, je nachdem, wie schnell ihr seid. Richtet es so ein,
daß ihr gegen Abend ankommt. Karloff wird euch zu dem 'Geheimpfad' geleiten, der zu einer mehr oder weniger unbewachten Stelle der Grenze führt. Dort könnt ihr sie, sofern keine
Streifen in der Nähe sind, ungefährdet überqueren. Der Bach
ist nicht tief; den könnt ihr leicht durchwaten. Falls etwas
schief gehen sollte: auf dem 'Hauptpfad' zur Grenze dürft ihr
auf keinen Fall bleiben, der führt zu einer Stelle an der Grenze,
die von einem Wachturm aus eingesehen werden kann. Der
'Geheimpfad' biegt etwa drei Kilometer vor der Grenze links
ab. Die Stelle kenne ich nicht, kann sie dir daher nicht be-
schreiben. Jenseits der Grenze stoßt ihr auf einen Forstweg.
Folgt ihm nach Westen. Ihr trefft dann einige Stunden später
auf Ossis Anwesen. Ossi ist unser Kontaktmann. Er wird euch
dann weiterhelfen. Habt keine Bedenken zurückgeschickt zu
werden. Die 'Pruzzanischen Brüder' haben gute Beziehungen
zu cheruskischen Behörden. Alles klar ?"
Fitz nickte.
„Alles klar."
„Gut, dann noch etwas."
Anton überreichte Fitz eine Datenspeicherkarte.
„Die gibst du Ossi."
„Was ist das ?"

„Geheime Informationen, die für die Cherusker interessant sind. Näheres brauchst du nicht zu wissen. Ich gebe dir das mit, weil ich dir traue. Übergebe sie nur Ossi, keinem anderen. Und versuche auch nicht eigene Geschäfte zu machen, sie selbst irgendwelchen cheruskischen Behörden anzubieten. Das würde ihnen nichts nutzen. Die Daten sind verschlüsselt. Und falls sie euch erwischen, vernichte die Speicherkarte. Das ist besser für dich. Ansonsten, macht euch hier noch zwei schöne Tage, meinetwegen auch Nächte."

Sie befolgten Antons Ratschlag, blieben die meiste Zeit in ihrem Zimmer. Anton sahen sie nur beim Essen.

Über die Grenze

Am dritten Morgen brachte Anton die beiden zum nächsten Bahnhof. Bis Karlat mußten sie dreimal umsteigen. Meist schwiegen sie, lasen in den Zeitschriften, die sie unterwegs gekauft hatten. Sie wollten sich nicht durch unbedachte Reden verraten. Einmal wurden die Ausweise kontrolliert. Sie blieben unbeanstandet. In Karlat angekommen, es war mittlerweile schon gegen Abend, nahmen sie sich in der besagten Pension ein Zimmer, suchten dann ein in der Nähe liegendes Restaurant zum Abendessen auf, zogen sich anschließend zurück.

„Bis zu Karloffs Hütte sind es fünf bis sechs Stunden, hat Anton gesagt. Und wir sollen gegen Abend ankommen. Das heißt, wir haben Zeit, brauchen nicht allzu früh aufzubrechen."

„Bisher ist alles gut gegangen", meinte darauf Agnes, „aber wir sollten jetzt keinen Fehler machen. Vielleicht ist es besser, wenn wir nicht gleich den direkten Weg zu Karloff einschlagen, sondern erst wie harmlose Wanderer nach Nordosten laufen und dann einen Bogen um das Dorf schlagen. Das scheint mir unverdächtiger, auch wenn es eine Stunde länger dauert."

„Keine dumme Idee", lautete die Antwort.

Sie brachen nach dem Frühstück auf, liefen gemäß dem am Vorabend gefaßten Beschluß los. Es war sonnig und angenehm warm. Niemand begegnete ihnen. Ab und zu erzählten sie sich belanglose Dinge, meist trotteten sie schweigsam nebeneinander her. Jeder merkte, daß der andere sichtlich nervös war. Am späten Nachmittag erreichten sie ein kleines Anwesen.

„Das muß Karloffs Hütte sein. Er wird uns den Pfad zur Grenze zeigen", sagte Fitz.

„Wie weit ist es noch ?" fragte Agnes.

„Etwa zehn Kilometer."

Fitz klopfte an. Ein etwa fünfzigjähriger Mann öffnete. Er blickte sie finster an, er roch nach Wodka.

„Was wollt ihr ?"

„Wir kommen von Patria", antwortete Fitz.

Das war das Stichwort, das ihm Anton gegeben hatte.

„Ich weiß", antwortete Karloff, „gut, in zwei Stunden können wir losgehen. Es ist besser, wenn wir nachts unterwegs sind. Wartet im Schuppen dort drüben."

Dann schlug er die Tür zu. Die beiden begaben sich in das angegebene Gebäude.

„Was hältst du von der Sache ?" fragte Fitz.

„Das gefällt mir nicht", antwortete Agnes, „der hat keine guten Augen, der ist nicht ehrlich. Ich traue ihm nicht."

„Ich auch nicht; er sieht aus wie ein Säufer. Und hast du gerochen, wie er nach Wodka stank ? Es ist besser, ich schaue einmal nach."

Fitz steckte die Pistole in die Hosentasche, kletterte durch das rückwärtige Fenster ins Freie. Er umschlich das Haus, öffnete vorsichtig die Hintertür, gelangte in das Nebenzimmer, das dem Besitzer als Lagerraum diente, lauschte dann an der Tür zum Wohnraum. Karloff telefonierte; er gab sich keine Mühe leise zu sprechen, lallte leicht, was wohl an dem Wodka lag, den er bereits getrunken hatte. Fitz hörte noch wie er sagte:

„ … kommt schnell. Die zwei wollen über die Grenze."

Dann beendete er offenbar das Gespräch. Fitz stieß die Tür auf, trat ein.

„Mit wem hast du da telefoniert?" fragte er barsch.

„Was geht dich das an?" entgegnete Karloff unwirsch, „was hast du überhaupt hier zu suchen? Was schnüffelst du hier rum? Geh in den Schuppen!"

Fitz zog die Pistole.

„Mit wem hast du telefoniert?" wiederholte er.

Karloff erschrak, bekam Angst.

„Verdammter Schnüffler!"

„Also mit der Miliz."

Fitz schaute sich im Zimmer um. Auf dem Tisch stand eine noch fast volle Flasche Wodka. Fitz nahm sie kurzentschlossen, reichte sie Karloff.

„Trink!" befahl er.

Karloff zögerte. Fitz hielt ihm die Pistole an den Kopf.

„Sauf, wenn dir dein Leben lieb ist! Und verschütte nichts!"

Voller Angst trank Karloff die Flasche leer. Fitz nahm sie ihm dann ab, stellte sie auf den Tisch. Dann schlug er ihm mit dem Knauf der Pistole auf den Hinterkopf. Karloff sackte zusammen. Fitz zerrte ihn aufs Bett, setzte ihm noch die Mütze auf.

„Die brauchen nicht gleich die Beule zu sehen", dachte er.

Dann lief er zurück in den Schuppen.

„Der Kerl hat uns in der Tat verraten."

„Was machen wir jetzt? So kurz vorm Ziel!"

„Abwarten was passiert. Lauf schnell ein Stück in den Wald hinein und verstecke dich. Ich bleibe hier und warte. Die werden wegen zwei Flüchtlingen nicht gleich einen ganzen Trupp schicken, wahrscheinlich nicht mehr als zwei oder drei Mann. Und ich habe auch noch acht Patronen in der Pistole."

„Du willst sie umbringen?"

„Wenn's nicht anders geht. Ich habe keine Wahl."

Agnes verließ den Schuppen, lief in den Wald. Fitz blickte sich um. Der Türschlüssel steckte. Schnell schloß er den Schuppen ab, lief noch einmal ins Haus, legte den Schlüssel auf die Fensterbank.

Etwa eine Viertelstunde später fuhr ein Geländewagen vor. Zwei Milizionäre saßen darin. Einer stieg aus, ging zur Haustür.

„Karloff", rief er halblaut.

Als niemand antwortete öffnete er die Tür, betrat die Hütte. Keine zwei Minuten später kam er wieder heraus, ging zum Auto.

„Der Kerl liegt völlig besoffen auf seinem Bett und schläft, ist nicht wach zu kriegen. Sonst ist kein Mensch im Haus. Ich glaube, der hat im Suff Gespenster gesehen und uns zum Narren gehalten. Er hat am Telefon ja auch gelallt."

„Vielleicht hat er die zwei auch in den Schuppen gesperrt", gab der andere zu bedenken, „und hat sich anschließend voll gesoffen."

„Ach, Quatsch, das gibt doch keinen Sinn: die zwei einsperren, uns anrufen und sich dann sinnlos besaufen. Und zwar so stark, daß man zusammensackt. Und er hat uns doch erst vor einer halben Stunde angerufen. Sich so schnell zu besaufen, das schafft selbst Karloff nicht."

„Wir sollten trotzdem nachschauen."

Sie liefen zum Schuppen. Er war verschlossen.

„Ich habe nicht den Eindruck, das da jemand drin ist", sagte der eine Milizionär.

„Das hat nichts zu sagen. Ich schau mal im Haus nach", entgegnete der andere.

Kurze Zeit später kam er zurück.

„Der Schlüssel lag auf der Fensterbank."

Er schloß auf. Sie hielten ihre Pistolen schußbereit. Der eine stieß die Türe auf.

„Keine Sau drin."

Sie gingen hinein, kamen bald wieder zum Vorschein.

„Kein Loch in der Wand. Fenster von innen verschlossen. Türschlüssel auf der Fensterbank. Ich sage dir, da war keiner im Schuppen. Und im Haus war auch keiner. Er hätte uns auch kaum angerufen, wenn einer dabei gestanden hätte. Ich sage dir, da waren keine Flüchtlinge. Der hatte im Suff Halluzina tionen. Fahren wir zurück."

„Hätten wir doch einen Hund mitgenommen, vielleicht hätte der etwas erschnüffelt."

„Haben wir aber nicht."

„Wir könnten einen anfordern."

„Das dauert mindestens eine Stunde bis die da sind. Bis dahin sind die beiden tief im Wald; und in zwei Stunden wird es dunkel. Das bringt nichts. Begreife doch, hier waren keine Flüchtlinge. Der hat doch nur im Suff etwas zusammengefaselt. Der lallte ja auch. Außerdem, in einer Stunde beginnt ein Fußballspiel. Das möchte ich mir gerne anschauen. Aber, wenn es dich beruhigt, wir informieren vom Büro aus die Grenzpatrouillen."

Sie stiegen ins Auto, fuhren weg.

„Das ging noch einmal gut", sagte Fitz zu Agnes als er zu ihr kam, „aber wir müssen vorsichtig sein. Vielleicht schicken die Grenztruppen einen Hubschrauber. Außerdem kennen wir den Geheimpfad nicht, der zur unbewachten Stelle führt. Anton wußte ihn auch nicht genau, er sagte bloß, daß er etwa drei Kilometer von der Grenze entfernt von einem 'Hauptpfad' abzweigt. Den 'Hauptpfad' dürfen wir aber nicht nehmen, da er im Sichtbereich eines Wachturms zur Grenze führt. Und auf der Karte ist kein Geheimpfad eingezeichnet."

Sie blickten sich um, fanden bald den 'Hauptpfad', folgten ihm vorsichtig. Nach einer guten Stunde hörten sie in der Ferne ein Motorengeräusch, das rasch näher kam.

„Schnell ins Unterholz, das ist sicher ein Hubschrauber der Grenzwache", warnte Fitz.

Sie versteckten sich unter einem Busch. Der Hubschrauber flog über sie hinweg, drehte zur Grenze hin ab. Fitz gebot noch einige Minuten zu warten. Und in der Tat kam der Hubschrauber entlang des Pfades zurück. Dann verschwand er endgültig. Sie pirschten sich weiter. Es war schon fast dunkel als Agnes Fitz anstieß.

„Schau mal, da scheint ein Pfad abzuzweigen."

„Ich sehe nichts."

„Ja, die Einmündung ist getarnt, aber dahinten, dort wo das Schilf beginnt, scheint er weiterzugehen. Siehst du den schmalen Spalt. Ich schaue einmal nach. Zu verlieren haben wir ohnehin nichts."

Nach wenigen Augenblicken rief sie Fitz halblaut zu.

„Richtig, da führt eine Spur ins Schilf."

„Ob das der richtige ist ?"

„Bisher hast du mir vorgeworfen pessimistisch zu sein. Und jetzt, kurz vorm Ziel bist du es. Was haben wir denn zu verlieren ? Komm !"

Fitz war nicht überzeugt, aber er folgte ihr. Der Pfad war wirklich nur eine Spur auf sumpfigem Boden, führte durch einen ausgedehnten Schilfgürtel. Nach etwa eineinhalb Stunden lichtete er sich. Vor ihnen lag ein etwa zehn Meter breiter nur mit Gras bewachsener Streifen, der auf der anderen Seite an einen Bach grenzte. Jenseits des Baches erstreckte sich ein Wald. Ein Fußweg führte den Bach entlang. Soweit ließ sich das im Lichte des Vollmondes erkennen.

„Das muß die Grenze sein", flüsterte Agnes.

„Ja, wenn ich unsere Marschzeit bedenke und die Entfernung von Karloffs Hütte zur Grenze, dann könnte das etwa stimmen."

„Alles ist still, keine Streife in der Nähe."

„Der Bach ist angeblich nicht tief, aber wir sollten Schuhe und

Strümpfe ausziehen und die Hosenbeine hochkrempeln. Und dann nichts wie rüber."

„Hoffentlich liegen da keine Minen."

„Davon hat Anton nichts gesagt. Wir müssen es riskieren."

Sie überquerten den Streifen, wateten durch den Bach, der in der Tat nur knietief war, rannten barfuß ein Stück in den Wald hinein. Erst dann zogen sie sich Schuhe und Strümpfe wieder an.

„Hoffentlich war das auch die Grenze", meinte Agnes.

„Das sehen wir, wenn wir das nächste Dorf erreichen."

Sie marschierten kurze Zeit durch das Unterholz, erreichten bald einen gangbaren Weg, der nach Westen führte, wie Fitz mittels seines Kompasses feststellte.

„Das müßte der Weg zu Ossis Anwesen sein", sagte Fitz leise, „ich glaube, wir sind richtig."

Sie marschierten die Nacht hindurch, legten zwischendurch zwei kleinere Pausen ein. Es war bereits hell als sie auf ein Forsthaus stießen.

„Das könnte Ossis Anwesen sein", flüsterte Fitz, „wenn es stimmt, dann sind wir am Ziel. Ich schau einmal nach."

Er schlich sich zum Haus heran, versuchte, durch die Fenster zu schauen um irgend einen Hinweis zu finden, daß es sich um eine Behausung in Cheruskien handelte, kam dann zurück.

„Schwer zu sagen, ich konnte nichts erkennen."

„Was hast du denn erwartet?" fragte Agnes.

„Ein Kalender vielleicht oder ein Plakat mit einem Text in cheruskischer Sprache."

Agnes lächelte.

„Wir sind doch hier in Pruzzorasien. Hat dir Anton gesagt, daß Ossi Cherusker ist?"

„Nein, ich denke er ist Pruzzaner."

„Also, warum suchst du da nach einer Cheruskerbehausung oder nach cheruskischen Plakaten?"

Das hatte sie recht. Fitz schwieg.

„Ich habe mich unterdessen auch kurz umgeschaut. Hinter dem Schuppen dort steht ein Auto. Und stell dir vor", grinste sie, „es hat ein cheruskisches Kennzeichen. Tja, manchmal sind Weiber doch nicht so dumm wie du denkst."

„Na schön, schauen wir einmal nach."

Sie liefen zur Haustür, klopften an. Nach kurzer Zeit wurde sie geöffnet, ein großer, kräftiger Mann stand vor ihnen.

„Guten Morgen", grüßte Fitz, „wir kommen aus Vischna."

„Und wo wollt ihr hin?"

„Nach Halartar."

„Einen Moment."

Der Mann verschwand im Haus, kehrte nach kurzer Zeit mit zwei kleinen Zetteln zurück, blickte abwechselnd die Zettel und die beiden Ankömmlinge an, meinte schließlich.

„Ihr seid es, kommt rein."

Er führte sie in ein größeres Zimmer, bat sie Platz zu nehmen.

„Ich bin Ossi", sagte er schließlich, „mögt ihr Kaffee?"

Sie mochten. Ossi ging in die Küche, kehrte bald mit drei Bechern zurück.

„So, du bist also Fitz, und du Agnes. Ich weiß über euch Bescheid, ihr wurdet mir angekündigt und Photos von euch habe ich auch bekommen. Wir haben da unsere Nachrichtenverbindungen. Man muß vorsichtig sein. Sie könnten uns ja auch einmal Agenten über die Grenze schicken. Es wundert mich überhaupt, daß ihr es geschafft habt, die letzten fünf angekündigten Leute sind nicht erschienen."

„Die wurden sicherlich abgefangen", erwiderte Fitz.

„Abgefangen?"

„Ja, Karloff ist ein Verräter. Uns wollte er auch an die Miliz ausliefern, aber wir haben die Gefahr rechtzeitig bemerkt und konnten entkommen."

„So ist das also. Und ihr habt alles dabei?"

„Du meinst die Speicherkarte?"

Ossi nickte. Fitz griff in seine Tasche.

„Hier ist sie."

Ossi nahm sie in Empfang.

„Ihr seid sicher müde. Schlaft euch erst einmal aus. Den Rest regeln wir dann."

Am Nachmittag, als sie ausgeschlafen hatten, bat sie Ossi auf die Terrasse, bewirtete sie mit Kaffee und belegten Brötchen.

„Also, das Weitere wird kein kein Problem sein; die 'Pruzzanischen Brüder' haben gute Beziehungen zu den cheruskischen Behörden", begann er zu Fitz hingewandt, „und als Mitglied unserer Organisation brauchst du keine Angst vor Abschiebung zu haben; du wirst recht schnell Asyl und auch eine Arbeitserlaubnis erhalten. Das gleiche gilt natürlich für deine Gefährtin. Morgen müßt ihr euch allerdings auf dem Bürgermeisteramt in Tagun, das ist der nächste Ort, melden. Die wissen schon Bescheid, daß ihr kommen werdet. Ich werde euch hinbringen."

„Vielen Dank für deine Mühen", entgegnete Fitz.

„Nicht der Rede wert. Du weißt doch, bei uns steht einer für den anderen ein."

Er schwieg kurz.

„Üblicherweise müssen die Ankömmlinge in ein Auffanglager. Falls ihr das nicht möchtet, könnt ihr auch vorerst hier bleiben. Ich werde das arrangieren. Und Arbeit wirst du bald bekommen. Du hast doch deine Zeugnisse dabei?"

„Sicher."

„Und fließend cheruskisch sprichst du auch. Weißt du, es herrscht hier an Mangel an Ingenieuren. Auch nach zehn Jahren gilt die 'neue Provinz' noch immer als Wildnis. Aus dem Altreich will kaum jemand hierher."

Dann wandte er sich Agnes zu.

„Und wie steht es mit Ihnen?"

„Ich habe natürlich keine Zeugnisse, spreche aber auch fließend cheruskisch. Ich war schließlich Lehrerin."

Ossi lachte.

„Eine geeignete Arbeitsstelle für Sie finden wir auch. Da hatten wir schon härtere Fälle. Aber jetzt lasse ich euch alleine. Genießt die Freiheit und den warmen Nachmittag."

Er ging.

Fitz und Agnes schauten sich an.

„So, und was machen wir nun miteinander?" fragte Fitz schließlich.

Agnes grinste ihn an.

„So schnell wirst du mich nicht los. Das halbe Jahr ist nicht einmal zur Hälfte vorüber."

Das verschwundene Dorf

Die folgende Geschichte ereignete sich während meiner Militärzeit im Bayerischen Wald. An einem freien Wochenende beschloß ich freitags nachmittags, ein kleines, bewaldetes Tal, welches mir einige Tage zuvor bei einer Geländeübung aufgefallen war, zu durchwandern. Ich stellte mein Auto am Waldrand ab und marschierte los; es war ein sonniger, warmer Nachmittag.

Als ich so ungefähr eine halbe Stunde gewandert war, tauchte plötzlich aus einem Seitenweg eine seltsame Gestalt auf. Es war durchaus ein Geschöpf, das einem furchtsamen Zeitgenossen einen tüchtigen Schrecken einflößen konnte. Da ich aber mein Kampfmesser mit mir führte und es auch notfalls zu gebrauchen wußte, war mir nicht bange als sich der Kerl vor mir aufpflanzte und mit unheimlich hohl klingender Stimme rief:

„He du, hilf mir, die verwunschene Prinzessin zu erlösen!"

Ich antwortete ihm ruhig:

„Du willst mich wohl auf den Arm nehmen. Hier gibt es keine Prinzessinnen; und schon gar keine verwunschenen. Verschwinde jetzt!"

Dabei griff ich vorsichtshalber zum Messer. Der Unheimliche sprach weiter, meine Handbewegung wohl mißverstehend:

„Der Zauberer, ja der Zauberer, den müssen wir besiegen."

Ich achtete nicht weiter auf den Unhold und schritt an ihm vorüber, blickte mich aber in kurzen Zeitabständen um. Der Fremde schaute noch einige Zeit hin und her, verschwand aber bald im Unterholz. Beruhigt schritt ich weiter. Nach wenigen Minuten tauchte er allerdings wieder auf. Er faselte erneut wirres Zeug von Zauberern, Hexen und Kobolden, murmelte aber so undeutlich vor sich hin, daß ich nur unzusammenhängende

Satzfetzen verstehen konnte. Er entfernte sich jedoch wieder, als ich ihn anbrüllte, mir endlich aus den Augen zu gehen. Ich hielt ihn für geistesgestört. Das Spiel wiederholte sich noch ein paar Mal. Schließlich wurde mir die Sache doch zu bunt, ich zog das Messer und drohte ihm. Diese Wendung schien der Unhold nicht erwartet zu haben, denn er floh entsetzt in einen Seitenweg.

Nun geschah etwas, was man sich hinterher, insbesondere Jahre später, nur schwer erklären kann: War es durch die Nervenanspannung bedingt oder reine Abenteuerlust ? Jedenfalls beschloß ich, dem Kerl zu folgen. Allerdings lief der vermeintlich Verrückte ziemlich schnell, so daß ich ihn bald aus den Augen verlor und nur hoffen konnte, daß er den Weg nicht verlassen würde. Nach einiger Zeit lichtete sich der Wald, ein kleiner See tauchte zwischen den Bäumen auf. Ich sah den Geheimnisvollen gerade noch zwischen zwei Felsen am Seeufer verschwinden. Ich näherte mich vorsichtig und stellte fest, daß diese den Eingang zu einer Höhle bildeten. Obwohl mir etwas mulmig zumute war, trat ich ein. Je mehr sich das Tageslicht verlor, desto deutlicher bemerkte ich ein schwaches, blaues Leuchten. Von dem Fremden fehlte jede Spur. Neugierig geworden drang ich tiefer in die Höhle ein. Ich folgte dem Leuchten, vergaß jedoch nicht, den Weg zum Ausgang mit dem Messer in dem nicht allzu harten Gestein zu markieren.

Das blaue Leuchten wurde heller.

Schließlich erreichte ich eine Art unterirdischer Halle, in der sich offenbar die Quelle jenes geheimnisvollen Lichtes befand. Ich konnte aber die Ursache nicht finden, vielmehr schien es gleichmäßig den gesamten Raum auszufüllen. Mir fielen jedoch die zahlreichen Türen an den Seitenwänden der Halle auf. Neugierig näherte ich mich der nächstliegenden.

„So müssen Gefängnistüren aussehen", dachte ich bei mir selbst.

Durch ein kleines Fenster konnte ich ins Innere blicken. Zu meiner Überraschung sah ich eine weitläufige Urwaldlandschaft. Zahlreiche schwarze Panther lagen auf dem Boden, auf

den Bäumen saßen Affen unterschiedlichster Art. Doch alle Tiere schienen erstarrt – keine Anzeichen von Bewegung konnte ich wahrnehmen. So sehr ich mich auch bemühte, es war unmöglich, festzustellen, ob sie echt waren oder bloße Attrappen. Gebannt betrachtete ich die Figuren. Sie wirkten in der Tat so echt, soweit sich das in dem schummrigen, blauen Licht beurteilen ließ, daß ich erwartete, sie würden jeden Augenblick aufspringen oder losbrüllen. Ich probierte die Türe zu öffnen, aber sie war verschlossen. Ich nahm das Messer zu Hilfe, aber meine dilettantischen Versuche hatten keinen Erfolg. Ich ging zur nächsten Tür. Hinter ihr erblickte ich einen Märchenwald mit Hexenhaus, schwarzen Raben, Wölfen. Auch diese Tür ließ sich nicht öffnen. Ähnliches zeigte sich hinter allen Türen: Wüsten, Meere, Zauberer, Elfen, Kobolde, Schlösser..... . Eine Märchenwelt hinter jeder Tür.
Schließlich fiel mir ein kleiner Hebel in der Wand auf. Ob das der Schlüssel zu den dahinter liegenden Räumen war ? Ohne an mögliche unangenehme Folgen zu denken, drückte ich ihn nieder. Das Licht erlosch. Erschrocken drückte ich den Hebel wieder nach oben. Sofort ging das Licht wieder an. Ich atmete erleichtert auf.
Ich überlegte, was nun zu tun sei. Sollte ich versuchen, noch tiefer in die Höhle einzudringen ? Der Gedanke war zwar verlockend, aber etwas unheimlich war mir die Situation doch. Was erwartete mich? Die Geschichte mit dem Hebel hatte mir bewußt gemacht, daß überall versteckte Fallen lauern konnten. Eben war es noch einmal gut ausgegangen, aber ... . Ich besaß keine Ausrüstung und außer dem Messer und einem Feuerzeug auch keine Hilfsmittel, nicht einmal eine Uhr. Ich beschloß umzukehren und mich morgen, besser vorbereitet, noch einmal in die Höhle zu wagen. Dank der Markierungen fand ich den Ausgang wieder. Allerdings stellte ich fest, daß ich in der Höhle völlig das Zeitgefühl verloren hatte. Ich mußte mehrere Stunden dort zugebracht haben, denn die Sonne stand schon tief am Himmel. Beeilung war also angesagt, wenn ich vor Anbruch der Dunkelheit den Parkplatz noch erreichen wollte.

Zu meinem Schrecken mußte ich allerdings feststellen, daß vom See aus mehrere Wege in den Wald führten. Welcher war der richtige ? Bei der Verfolgung des Fremden hatte ich nicht auf den Weg geachtet und Hinweisschilder gab es natürlich nicht. Was sollte ich tun. Mir blieb nichts anderes übrig, als auf gut Glück loszumarschieren.

Ich hatte natürlich Pech ! Statt meines Autos erreichte ich bei Anbruch der Dämmerung ein kleines, mir unbekanntes Dorf. Nach einigem Suchen fand ich ein Gasthaus. Ich trat ein. Der Wirt schien über meinen Besuch nicht sehr erfreut zu sein, obwohl die Gaststube leer war. Ich bestellte eine halbe Maß Bier, einen Teller ,hausmacher' Wurst und Brot dazu. Mehr bot die Speisekarte nicht. Der erste Eindruck hatte mich nicht getäuscht. Der Wirt bediente mich nur widerwillig, als sei ich ihm lästig.
Nach dem Essen fragte ich ihn nach der nächsten Bushaltestelle.
„Bushaltestellen gibt es hier nicht", lautete die lapidare Antwort.
Also mußte ich ein Taxi bestellen.
„Kann ich mal telefonieren ?" fragte ich höflich.
„Telefone gibt es in unserem Dorf nicht", brummte der Wirt.
Das war seltsam. Ein ganzes Dorf ohne ein einziges Telefon ?
Na schön, ich mußte also bleiben.
„Kann ich ein Zimmer haben ?"
„Wir vermieten keine Zimmer; außerdem schließen wir gleich."
Ich bezahlte und ging nach draußen; es war inzwischen dunkel geworden. Die Straßen waren wie leer gefegt. Zum Glück war es warm.
Am Dorfrand stand eine Scheune, die als Nachtquartier geeignet erschien. Ich schlich mich hinein und bereitete mir im Heu ein Lager. Doch schon bald wurde es unangenehm. Die spitzen, harten Halme piksten überall, am ganzen Körper begann es zu jucken. Die Luft war stickig und staubig. Nein, hier hielt

ich es keine Nacht aus. Ich kroch wieder ins Freie, setzte mich an einen Baumstamm und begann, über das Erlebte nachzudenken. Mehr als dieses merkwürdige Dorf beschäftigte mich die Höhle. Was hatten die Kammern zu bedeuten ? Man konnte sie für einen Teil eines Freizeitparks halten oder vielleicht auch um ein Lager, in dem momentan nicht benötigte Ausstattung aufbewahrt wurde.

„Ein Lager in einer Höhle unter einem See ?" dachte ich; eine absurde Vorstellung.

Außerdem gab es hier in der Gegend keinen Freizeitpark. Ich war ziemlich müde und schlief bald, trotz der Gedanken, die mich beschäftigten und der unbequemen Lage, ein.

Geräusche, die sich wie eine Mischung aus Tanz, Musik, Singen und Reden anhörten, weckten mich. Es mochte wohl Mitternacht sein. Neugierig pirschte ich in die Richtung aus welcher der Lärm ertönte. Auf dem Dorfplatz herrschte ein wildes Treiben. Ich kroch unter einen Busch und beobachtete die Szene. Hexen, Zauberer, Zwerge und viele andere Märchengestalten tanzten, sangen und schrien wild durcheinander. Ein seltsames blaues Licht, ähnlich dem in der Höhle, erhellte den Platz. Etwas beklommen betrachtete ich das Spektakel. Da niemand von mir Notiz nahm, beruhigte ich mich bald und begann klarer zu denken. Was bedeutete dies alles ? Ein mitternächtliches Fest ? Ein Hexentanz ? Lag hier vielleicht der Grund, warum der Wirt mich so unfreundlich behandelt hatte ? Ich schaute die Gestalten intensiv an. Waren es wirkliche Menschen oder nur Puppen oder gar bloße Einbildung ? Träumte ich ? Langsam faßte ich Mut .... und einen Plan. Ich schlich zurück und holte mir einige Steine vom Kieshaufen neben der Scheune.

Vorsichtig begann ich, meine Wurfkünste an einem Knecht, der mir weniger gefährlich erschien, auszuprobieren. Der Stein durchflog die Gestalt als sei sie aus Luft, ein Geist. Umgekehrt kümmerte sich die Gestalt auch gar nicht um den Stein, so als schien sie ihn gar nicht zu bemerken. Ich probierte es noch bei anderen Figuren, die Wirkung war die gleiche. Während ich mich nach weiteren Zielen umsah, gewahrte ich den Fremden vom Nachmittag. Er saß etwas erhöht auf einer Art Thron mitten auf dem Platz und schaute dem Treiben zu. War er auch aus Luft ? Ich zielte auf ihn. Doch, sei es, daß die Entfernung zu groß war oder die Beleuchtung zu schlecht, ich traf ihn nicht und bald gingen mir die Steine zur Neige.

Ich saß noch eine Weile da. Doch was konnte ich tun ? Warten, bis der Spuk vorbei war ? Auf den Platz zu treten wagte ich schließlich doch nicht ! Also zog ich mich auf mein Plätzchen unter dem Baum hinter der Scheune zurück. Es wurde langsam kühl und ich begann zu frösteln. Dennoch schlief ich irgendwann ein und erwachte erst, als die Sonne schon hoch am Himmel stand. Ich schätzte die Zeit auf etwa acht Uhr. Ich hatte Hunger. Ich suchte also noch einmal das ungastliche Gasthaus auf um zu frühstücken. Der Wirt war noch unfreundlicher als am Vorabend. Trotzdem sprach ich ihn auf die nächtlichen Vorgänge an. Er wurde böse.

„Du warst wohl betrunken, was ? Solchen Mummenschanz gibt es bei uns nicht ! Außerdem wäre es besser, wenn du bald verschwinden würdest."

Ich zahlte und machte mich auf, den Weg zum See zu suchen.

Einen Gemischtwarenladen gab es im Dorf sogar auch. Während ich mir die Auslagen betrachtete überkam mich Lust, die Höhle noch einmal aufzusuchen. Ohne Taschenlampe hineinzugehen schien mir aber zu leichtsinnig. Ich trat also ein und tat meinen Wunsch kund. Die junge, freundliche Verkäuferin zeigte mir mehrere Modelle. Ich entschied mich für die größte.

„Dann brauche ich noch Batterien", fügte ich hinzu.

„Haben wir nicht", antwortete die Verkäuferin, schon weniger freundlich.

Ich verstand nicht so recht.

„Da liegen doch welche", entgegnete ich und deutete auf ein Regal links hinter mir.

„Wir verkaufen keine Batterien zusammen mit Taschenlampen!" erwiderte sie bestimmt, ihr Tonfall hatte bereits jede Spur von Freundlichkeit verloren.

„Aber das ist doch absurd", beharrte ich, „ohne Batterien nutzt mir die Taschenlampe doch nichts."

„Kann sein, kann aber auch nicht sein. Vielleicht", lautete ihre ebenso dumme wie schnippische Antwort.

Ich wurde darüber ärgerlich und verlangte nach dem Chef. Sofort öffnete sich die Hintertür und ein großer, kräftiger Mann trat ein, einen Schäferhund an seiner Seite. Ohne meine Beschwerde abzuwarten sprach er feierlich aber drohend.

„Das ist so. Wir verkaufen Taschenlampen, wir verkaufen Batterien, aber niemals beides zusammen."

Der Hund fletschte dabei mit den Zähnen, als wolle er die Worte seines Herren bestätigen. Angesichts dieser Lage sah ich ein, daß jede weitere Diskussion hier unmöglich war und verließ den Laden – ohne Taschenlampe.

Glücklicherweise fand ich auf Anhieb den Weg zum See, den ich nach einer guten halben Stunde erreichte. Mich ritt der Teufel. Wohl wissend, daß es purer Leichtsinn war, betrat ich noch einmal die Höhle. Vorsichtshalber markierte ich jedoch vorher den Weg zum Dorf.

In der Höhle selbst schien alles so wie gestern. Dank der Zeichen, die ich bei meinem ersten Besuch ins Gestein geritzt hatte, fand ich sehr rasch den Weg zur Halle. An deren Eingang stand mir urplötzlich der Unheimliche gegenüber. Ich faßte nach dem Messer.

„Was willst du schon wieder hier ?" brüllte er mich an, „suchst du nach Gold ? Du glaubst nicht an Geister aber an Gold ! Wirfst sogar mit Steinen nach ihnen. Glaubst du wirklich, wir hätten dich nicht bemerkt ?"

Er lachte schauerlich. Dann fuhr er fort, seine Stimme wurde leiser.

„Ich weiß, du gehörst zu denen, die alles verstehen wollen. Für Leute wie dich ist nur das wahr, was ihr anfassen, analysieren oder berechnen könnt. Aber was ist mit dem Verstand oder der Logik, auf welche ihr so großen Wert legt ? Könnt ihr die sehen oder anfassen ? Ja, es gibt hinter der materiellen Welt noch eine andere Wirklichkeit, die der Märchen, der Wunder,

der Träume, der Gefühle. So ist ebenso wahr, für euch aber unzugänglich. Lebe wohl."

Er lachte fürchterlich. Plötzlich erlosch das Licht, das Gelächter brach abrupt ab. Ich stand da wie gelähmt. Das unerwartete Auftauchen des Unholdes, seine wirren Reden, die jähe Dunkelheit, das alles zusammen hatte mich sehr erschreckt.

Es dauerte eine Weile bis ich wieder die Fassung gewann. Zunächst versuchte ich herauszufinden, ob der Kerl auch wirklich verschwunden war, konnte allerdings keinerlei Anzeichen einer weiteren Anwesenheit feststellen. Dann erinnerte ich mich an den Lichtschalter. Mit Hilfe der schwachen Beleuchtung, die mein Feuerzeug spendete, tastete ich mich vorwärts und fand auch prompt den Hebel. Ich bewegte in hin und her. Nichts tat sich, es blieb dunkel. Ich mußte mich also nun zurück tasten und den Eingang suchen. Erst jetzt, auf dem Rückweg fiel mir auf, daß die Türen zu den Märchenkammern oder wie immer man sie nennen sollte verschwunden waren. Ich konnte jedenfalls keine mehr sehen. Na ja, das mußte später geklärt werden. Jetzt galt es erst einmal den Ausgang zu finden. Die Wände beim Schein der Feuerzeugflamme absuchend tastete ich mich Schritt für Schritt vorwärts. Die Spannung in mir stieg, als ein plötzliches Flackern der Flamme einen Luftzug anzeigte – der Ausgang? Er war es in der Tat, kurze Zeit später stand ich im Freien.

Nun galt es den Weg zum Auto zu finden. Es blieben noch drei Möglichkeiten übrig. Glücklicherweise erwischte ich auf Anhieb den richtigen und erreichte schon bald den Parkplatz. Ich fuhr zur Kaserne zurück. Inzwischen war es Mittag geworden, ich war hungrig und müde. Nachdem ich mich in der Kantine gestärkt hatte, legte ich mich auf mein Bett und schlief bald ein. Ich erwachte erst am nächsten Morgen. Meine Gedanken richteten sich sofort auf die Erlebnisse der vorangegangenen zwei Tage. Ich wollte das Geheimnis klären ! Ich suchte mir zusammen, was mir so als Ausrüstung notwendig erschien: Klappspaten, Taschenlampe, Stahlhelm, Kompaß, ein paar Patronen Übungsmunition, die ich mir abgezwackt hatte, und noch einiges mehr. Ich packte alles in meinen Rucksack und zog los. Schon bald erreichte ich den See. Voller Tatendrang schlüpfte ich in den Höhleneingang, nachdem ich vorsichtshalber den Weg, den ich gekommen war, markiert hatte. Doch nach wenigen Metern kam die Enttäuschung: ein Fels versperrte den Weg. Ich sucht alles ab, aber weder fand sich ein Durchkommen noch ließ sich der Fels beiseite schieben. Entmutigt und verwirrt ging ich nach draußen. Was war das ? Hatte ich alles nur geträumt ?

Das Dorf fiel mir ein. War das auch nur ein Traum gewesen ? Nein, das konnte nicht sein, sah ich doch deutlich das ‚D‘, das ich als Markierung eingeschnitten hatte. Ich schlug diesen Weg ein. Das Dorf mußte etwa eine halbe Stunde Fußmarsch entfernt sein. Doch ich fand es nicht. Nach etwa vierzig Minuten gelangte ich an eine Straße, die ich zuvor mit Sicherheit weder auf den Hinweg noch auf dem Rückweg überquert hatte.

Ich setzte mich hin und begann über die ganze Geschichte nachzudenken. Aber alles verwirrte mich nur. Was blieb mir anderes übrig, als in die Kaserne zurückzukehren ?

Am nächsten Tag besorgte ich mir bei der ersten Gelegenheit eine topographische Karte, Maßstab 1:25000, der Gegend.

Ich fand den Platz, wo ich das Auto abgestellt hatte, die Waldwege, den See, die Straße – ein Dorf aber war in dieser Gegend nicht eingezeichnet.

Eine seltsame Begegnung

Uns jungen mannen sanfte mac an frouwen misselingen.
Ez kam umb einen mitten tac, da horte ich eine swingen.
Wan si dahs.

Guoten morgen bot ich ir, ich sprach, Got müze iuch eren!
Zehant do neic diu schoenee mir, dar in so mueste ich keren.
Wan si dahs

.

Si sprach hien ist der wibe niht ir sit unrechte gegangen,
e iuwer wille an mir geschiht ich saehe iuch lieber hangen.
Wan si dahs.

(Gottfried von Neifen, um 1300)

Es war wieder einmal Samstag. Das ist an sich nichts ungewöhnliches, kommt jede Woche vor. Es ist aber doch so, daß man sich gerade am diesen Tag, man hat arbeitsfrei, kann sonntags ausschlafen, ein Abendvergnügen sucht. Nun fiel mir aber nichts rechtes ein. Das Naheliegende wäre daher gewesen, den Abend zuhause vor dem Fernsehapparat in Begleitung einer oder dreier Flaschen Bier zu verbringen, zumal an jenem denkwürdigen Tag, das Fußball – Weltmeisterschafts – Spiel Deutschland gegen Kroatien stattfand, in dem unsere schlappen Kicker bekanntlich mit null zu drei Toren unterlagen. Allerdings gehöre ich zu jenen Defätisten, die sich weigern, solchen Ereignissen selbst vor dem Bildschirm beizuwohnen und das nicht aus mangelndem Patriotismus, sondern allein aus

Unmut darüber, daß in unserer Gesellschaft Zeitgenossen, die ihren Kopf allein dazu gebrauchen, um damit gegen einen harten Lederball zu stoßen, höheres Ansehen genießen als solche, die ihn zum Denken benutzen. Aber das sei nur am Rande erwähnt und hat mit der Geschichte auch gar nichts zu tun.

Kommen wir zur Planung des Samstag Abend Vergnügens zurück:

Man muß dabei als erstes berücksichtigen, daß ein alleinstehender Mann mittleren Alters, soweit er nicht an nicht näher zu diskutierenden körperlichen oder geistigen Defekten leidet, was ich in meinem Falle weit von mir weise, trotz übler Erfahrungen dem weiblichen Geschlecht nicht abhold ist. Er wird also die Auswahl einer geeigneten Veranstaltung auch unter dem Aspekt einer möglichen Anwesenheit eines geeigneten weiblichen Wesens treffen, das natürlicherweise gewisse Kriterien erfüllen sollte, in meinem Falle also: intelligent, gebildet, schlank, hübsch; in der genannten Reihenfolge, nicht umgekehrt.

Da ich also nicht zuhause bleiben wollte, fuhr ich gegen halb sieben nach Aschaffenburg, schlenderte durch die Innenstadt, in der Hoffnung, auf irgend einem Plakat eine geeignete Veranstaltung angekündigt zu finden. Nach genauem Studium der sich bietenden Möglichkeiten fiel meine Entscheidung schließlich zugunsten des Konzertes einer Gruppe namens ‚Vogelweyde‘, mit Liedern und Tänzen aus Mittelalter, Renaissance und Frühbarock, das im Arkadenhof der Jesuitenkirche stattfinden sollte. Als gewisser Risikofaktor erwies sich wie immer das Wetter, es war eher kühl und regnerisch als sommerlich heiß, aber das mußte in Kauf genommen werden.

Ich erreichte den besagten Ort gegen dreiviertel acht, also eine gute viertel Stunde vor Beginn. Ich hatte daher noch genügend Zeit, konnte mich umsehen. Es zeigte sich dabei wie so oft im Leben, daß Wunschvorstellungen und Realität in der Regel auseinanderklaffen. Nicht etwa, daß die anwesenden Damen abscheulich gewesen seien. Nein, es ist vielmehr so, daß die Menschen im allgemeinen wesentlich weniger kommunikativ sind als man sich das eigentlich wünscht, insbesondere wenn man selbst eher zurückhaltend und schüchtern ist; das heißt, mit Bekannten wird unaufhörlich geschwatzt, aber als Fremder bleibt man eher von jeder Unterhaltung ausgeschlossen, man spürt es an den Blicken und Gesten, daß man eigentlich unerwünscht ist. Also wanderte ich, eine Flasche Mineralwasser trinkend unschlüssig im Arkadenhof umher. Schließlich fiel mein Blick auf zwei Damen, Sie werden es sicher nicht anders erwartet haben, die am äußerem Rande einer mittleren Sitzreihe Platz genommen hatten. Zu meiner großen Freude war der äußerste Stuhl unbesetzt. Ich fragte also höflich, ob er noch frei sei, und ließ mich, nachdem die Antwort positiv ausgefallen war, nieder.

Die beiden Damen, Sie werden es nicht anders erwarten, schwatzten lebhaft miteinander. Es wäre nun wenig sinnvoll, den Inhalt ihres Gesprächs ausführlich zu schildern, aber zum Verständnis der Geschichte ist es notwendig, einen kurzen Überblick zu geben. Natürlich habe ich nicht immer im Detail verstanden, worum sich ihr Gespräch drehte, zumal sie häufig das Thema wechselten, sowie Personen, Orte und Geschehnisse erwähnten, die mir unbekannt waren. Im wesentlichen unterhielten sie sich aber über berufliche Angelegenheiten, diskutierten über soziale und pädagogische Projekte oder gaben ihre Meinung beziehungsweise ihre Beurteilung zu Aufführungen im Rahmen der Clingenberger Festspiele kund und berieten über geplante Besuche weiterer Darbietungen. Aus allem schloß ich, daß beide wohl im Erziehungsbereich tätig sein mußten. Wichtiger erschien mir allerdings der Umstand, daß das Niveau ihres Gesprächs weit über den üblichen Weiberklatsch hinausging und sich daher in mir der Eindruck festigte, daß es sich bei den beiden tatsächlich um intelligente und gebildete Zeitgenossinnen handeln mußte, zumal sich auch ein ordentliches Hochdeutsch sprachen, in das nur gelegentlich eine leichte Färbung durch den örtlichen Dialekt einfloß. Derart positiv beeindruckt, begann ich, ihre äußere Erscheinung näher zu mustern, das heißt, genau gesagt, mein Augenmerk ruhte im wesentlichen auf meiner unmittelbaren Nachbarin, da ihre Begleiterin bestenfalls dreißig Jahre zählte und mir daher zu jung als Kandidatin für eine nähere Bekanntschaft schien. Die Auserkorene dagegen dürfte so um die vierzig gewesen sein, war offenbar schlank und hatte ein eher klein wirkendes Gesicht, das mir um so hübscher erschien, je länger ich es betrachtete.

Natürlich wäre es ein schwerer Fehler gewesen, mich ungestüm mit einigen Komplimenten gewürzt in ihre Unterhaltung einzumischen. Das sei Männern mit ausgeprägtem Charme vorbehalten. Ich möchte in diesem Zusammenhang nur einen ehemaligen Kollegen erwähnen, bei dem ein Blick und ein Wort genügten, um jedes weibliche Wesen zum Schmelzen zu bringen. Bei mir dagegen wirkt so etwas eher abschreckend. So saß ich denn auf meinem Stuhl auf der Lauer, wie eine Katze vorm Mauseloch und wartete auf meine Chance. Doch sie kam nicht. Statt dessen begann der Auftritt von ‚Vogelweyde'. Die wunderbare Musik fesselte mich ungemein, aber selbstverständlich nicht so sehr, daß ich darüber meine süße Nachbarin vergessen hätte. Ich blickte gelegentlich zur ihr hin, sah, wie sie über die kleinen Anekdoten der Musiker lächelte, die diese so nebenbei zum Besten gaben, wenn sie das nächste Stück vorstellten. Es war ein Lächeln, das direkt dem Herzen zu entspringen schien und von einem Leuchten ihrer wundervollen, blauen Augen begleitet wurde. So etwas beobachtet man nur bei Menschen mit einer positiven Lebenseinstellung. Sie werden verstehen, daß dadurch meine Faszination für sie wuchs. Leider mißlang es, Blickkontakt zu ihr aufzunehmen und ihre Aufmerksamkeit auf mich zu lenken. Sie wirkte unnahbar.

Nach etwa einer Stunde kündigten die Musikanten eine längere Pause an, in der ich endlich mit ihr ins Gespräch kommen mußte. Eine günstige Gelegenheit ergab sich, als sie ihrer Freundin ein Erlebnis berichtete, das sie als typisch für die moderne, letztlich die Seele zerstörende Hektik ansah. Sie habe vor wenigen Wochen mit Bekannten auf einem Bauernhof übernachtet. Es sei ein ungemein milder Frühsommerabend gewesen und man habe im Freien gesessen, erzählt, getrunken. Es war die Zeit als die Heuernte eingebracht wurde. Auch noch nach Einbruch der Dunkelheit lief der Betrieb unter Scheinwerferlicht weiter. Sie fand das abstoßend, sehr störend und meinte, wie schön müsse es doch gewesen sein als noch schwerfällige Ochsenkarren über die Wege rumpelten, Sie kennen sicherlich ‚Bydlo‘ aus Mussorgskijs ‚Bilder einer Ausstellung‘, man sich an den Rhythmus der Natur halten mußte und nicht der Motorenlärm der Traktoren die Stille der Nacht zerstörte. Das war die Chance, auf die ich so lange gewartet hatte. Damit Sie mich richtig verstehen: als Technokrat halte ich solche Ansichten selbstverständlich für überzogen idealistisch, aber in diesem Moment überwog der Hang mich einzuschmeicheln und bemerkte daher:

„Heute dagegen gibt es keines Jahreszeitrhythmus mehr, die Industrieproduktion und der Transportverkehr laufen voll durch."

Endlich blickte sie mich an:

„Ja, unglücklicherweise. Dadurch ist das Gefühl für den Lauf der Natur völlig verloren gegangen. Versteht man heute noch, warum der Mai einst ‚Wonnemonat‘ hieß ? Oder kann man noch die Freude unserer Vorfahren nachempfinden, wenn nach einem langen, harten Winter, die lang ersehnte Wärme wiederkehrte ?"

„Nein", pflichtete ich ihr bei, „Mai ? Das sind heutzutage nur noch die Wochen zwischen April und Juni."

„Die Beschaulichkeit früherer Zeiten schlug sich auch in der Musik nieder; sie war viel ruhiger als heute", fuhr sie fort.

„Außer beim Tanz, der als Ausdruck der Freude an Bewegung galt", erwiderte ich.

Ebenso rasch wie das Gespräch begonnen hatte erstarb es auch wieder, der so fein gesponnene Faden wurde nicht aufgenommen, zu meinem tiefsten Bedauern. Nun kamen Bekannte hinzu, ein Mann mittleren Alters nebst halbwüchsiger Tochter. Sie hatten eine CD von 'Vogelweyde' gekauft, zeigten sie mei-

ner Favoritin, welche sofort fragte, ob er ihr die Scheibe aus-
leihen möge, um sie auf Tonband zu überspielen. Der Mann
willigte ein, allerdings mit der Einschränkung, er könne sie ihr
nur für sehr kurze Zeit zur Verfügung stellen, da ein Freund,
der bald abreise, sie mitnehmen wolle. Noch einmal bot sich
mir die Gelegenheit, mich in das Gespräch einzumischen. Ich
lobte die CD, das war aber diesmal keine Heuchelei, denn die
Musik gefällt mir wirklich; aber diese Rede blieb ohne Reso-
nanz. Ich überlegte, ob ihr anbieten sollte, ihr mein Exemplar
zur auszuleihen, sie dürfe es auch längere Zeit behalten; sie
müsse mir nur ihre Adresse nennen. Endlich entschied ich
mich aber doch zu schweigen, da ich fürchtete, diese Angebot
könnte etwas aufdringlich wirken.
Andererseits war ich mit dem bisherigen Ergebnis meines
Flirtversuches doch nicht so ganz unzufrieden. Das Eis schien
gebrochen und erste Anlaufschwierigkeiten konnten und mußten im Laufe des Abends sicherlich überwunden werden.
Schließlich bestand ja noch die Möglichkeit, sie nach Ende des
Konzertes in eine gemütliche Kneipe einzuladen, wobei, wenn
es nicht anders ging, ich bereit war, auch ihre Begleiterin mitzunehmen. Dafür würde das Geld trotz meiner aufgrund unse-
liger Unterhaltszahlungen äußerst angespannten finanziellen
Lage noch reichen. Ich achtete daher im weiteren Verlauf der
Aufführung besonders auf etwaige Zeichen in ihren Gesichts-
zügen, aus denen eventuell eine positive Einstellung mir gegenüber herauszulesen war. Und in der Tat, ich fand welche –
heute würde ich allerdings sagen, ich bildete es mir ein.
Die Darbietung näherte sich ihrem Ende. Als Zugabe kündeten
die Musiker ein Stück an, das sie als ‚Flötenmichels
Dampfroß‘ titulierten. Es war nichts anderes als ihre Version
von ‚Locomotive Breath‘. Ich merkte sofort an ihrer Reaktion,
daß meiner Angebeteten das Lied gefiel. Mein Herz begann zu
jauchzen: Begeisterung für ‚Jethro Tull‘ – jetzt konnte nichts
mehr schiefgehen. Aber, wie sagte schon Napoleon oder irgendein anderer, der es am eigenen Leib erleben mußte: Vom
Erhabenen zum Lächerlichen ist nur ein Schritt. Denn kaum

war die Musik verklungen, so erhoben sich die beiden von ihren Plätzen, baten um Durchlaß. Völlig überrascht bringe ich nur ein ‚Tschüs‘ hervor. Sie erwiderten den Abschiedsgruß und verschwanden dann rasch. Ich blieb noch einen kurzen Moment sitzen, verließ dann den ‚Arkadenhof‘ und ging dann langsam die Pfaffengasse entlang in Richtung Dalbergstraße. Ich war sichtlich enttäuscht wie Sie sich denken können. Doch dann gewahrte ich die beiden erneut, sie liefen Arm in Arm ein gutes Stück vor mir her, bogen dann nach rechts in die Dalbergstraße in Richtung Stadttheater ein. Ich folgte ihnen unauffällig, in sicherem Abstand. Wenig später bogen sie dann wieder nach rechts in die Schloßgasse ein, blieben aber vor dem Finn-Shop stehen, betrachteten die Auslagen im Schaufenster. Eben wollten sie in die Dalbergstraße zurückkehren, als sie mich erblickten. Sie kehrten sofort mitten im Lauf um und eilten hastig in Richtung Schloß davon. Um nicht wie ein Verfolger zu wirken, schritt ich noch einige Augenblicke die Dalbergstraße in Richtung Willigisbrücke weiter, folgte aber dann um so geschwinder ihrem Weg. Sie waren verschwunden, konnten allerdings meiner Ansicht nach nicht weit gegangen sein. Ich hielt es daher für wahrscheinlich, daß sie eines der kleinen Restaurants in der Schloßgasse aufgesucht hatten.

Bevor ich mit der Geschichte fortfahre möchte ich mich für die vielen Ortsangaben der vorangegangen Zeilen entschuldigen, aber sie werden einsehen, daß zum Verständnis der Geschichte die genaue Schilderung des Ablaufs der Ereignisse notwendig ist. Und falls ich sie zu sehr verwirrt haben sollte, dann kommen Sie doch einmal vorbei und schauen sich die Gegend an; es ist sehr hübsch dort, es lohnt sich – selbst wenn Sie aus Düsseldorf kommen.

(Für alle welche diese kleine Anspielung nicht verstanden haben, möchte ich die folgende Anekdote aus meiner Jugendzeit einfügen: an einem warmen Sommerabend im Jahre 1970, so gegen halb zwölf, war ich mit meinem Freund in der Stadt unterwegs, wir waren im Kino gewesen und schauten uns jetzt nach einer geeigneten Kneipe um. Am Ende der Friedrichstraße, in Nähe der ‚Kaufhalle‘, lief uns ein Betrunkener über den Weg. Er redete uns an und sprach: „Aschaffenburg ist ein Dorf gegen Düsseldorf; es gibt hier keine gescheiten Striptease – Bars und die Ampeln werden auch schon abends um elf abgeschaltet.“)

Jetzt muß ich aber mit der Geschichte fortfahren, bevor Sie noch den ‚roten Faden‘ verlieren.

Ich lugte also durch die Fenster der Restaurants, die ich passierte, hatte bereits beim zweiten Glück. Ich sah die beiden an einem Tisch sitzen. Kurz entschlossen ging ich hinein, obwohl ich mir im Unklaren darüber war, was ich eigentlich damit bezwecken wollte. Die beiden hatten ja durch ihr Verhalten in den letzten Minuten gezeigt, daß sie nicht nur keinen Wert auf irgendwelchen Umgang mit mir legten, sondern ihn sogar ablehnten. Aber ebenso wie die Schnake vom Licht, wird ein Mann von einer hübschen Frau angezogen, dagegen kann man nichts machen. Ich nahm also in dezenter Entfernung Platz, positionierte mich aber so, daß ich sie, insbesondere natürlich die Auserwählte, gut beobachten konnte. Doch zu meinem Schreck erhoben sich die beiden bereits nach sehr wenigen Minuten und verließen fluchtartig das Lokal. Es schien mir offensichtlich, daß ich der Grund für dieses seltsame Verhalten war.

Was sollte ich nun tun? Ihnen folgen? Nein, man muß die Lächerlichkeit nicht auf die Spitze treiben. Ich blieb also, aß eine Kleinigkeit, trank ein alkoholfreies Bier, weil ich ja noch mit dem Auto nach Hause fahren mußte, erfuhr zwischendurch von dem Debakel unserer Kicker und sann über die Moral dieser Begebenheit nach, fand aber keine rechte.

Schließlich fiel mir ein, daß intelligente Frauen Männern oft verwerfen, sie würden hübsche Dummchen bevorzugen. Aber ist das ein Wunder, wenn sie selbst vor den intelligenten und gebildeten Männern davonlaufen?

Die Geschichte von der dünnen Frau

Dieser ruhige Freitag abend in einem Hotelzimmer im hohen Norden, mehr als zweitausend Kilometer von zuhause entfernt, schon dadurch ist eine gewisse Distanz zu den Geschehnissen erreicht, bietet eine gute Gelegenheit, einen Bericht über jene Ereignisse niederzuschreiben, die mir durchaus für einige Wochen die Ruhe raubten. Es wird auch höchste Zeit, denn schon beginnen die Bilder zu verblassen und manches haftet bereits jetzt nur noch schemenhaft in meinem Gedächtnis, obwohl sich doch alles innerhalb des letzten Monats abspielte. Aber so ist es eben im Leben: vieles, was sich unter dem unmittelbaren Eindruck als unauslöschlich einzuprägen scheint, verliert mit zunehmendem zeitlichen Abstand rasch seine Wirkung, wenn es nicht ständig durch Nachfolgeerlebnisse, wie man sie nennen könnte, genährt wird. Offenbar sind diese Eindrücke doch nicht so stark wie man anfangs glaubt oder zu glauben scheint. Man kann das auch als Warnung auffassen: vielfach wird man ja angesichts eines unmittelbaren Eindrucks zu Entscheidungen genötigt, wobei, und das stellt man oft erst viel später fest, die Richtung der Entscheidung durch die Art, wie das zu beeindruckende Ereignis präsentiert wird, schon festgelegt ist. Aber das sei nur am Rande erwähnt, um dieses Problem geht es meiner Geschichte gar nicht – oder vielleicht doch, wenigstens ein bißchen ? Urteilen Sie selbst !
Vielleicht hätte ich die Niederschrift nicht so lange – was heißt das schon ? – hinauszögern sollen, doch wer schreibt schon gerne Geschichten, die nur einen Anfang, aber weder Höhepunkt noch Ende haben.
Den Beginn der Erzählung muß ich wohl in die letzte Januarwoche legen, obwohl die Handlung, wenn man überhaupt von einer solchen sprechen kann, erst am Freitag Abend, es war

übrigens der 30., aber ich möchte aus verständlichen Gründen keinen Punkt aus diesem Datum machen, einsetzte, und ohne jene Begegnung der Rest wohl nur eine unwichtige Randnotiz in meinem Leben geblieben wäre.

Es begann also im Grunde genommen sonntags zuvor. Beim Durchblättern eines Werbeprospektes wurde ich auf ein Autoradio mit Kassettenteil aufmerksam, das von einer im wesentlichen auf Computer und Unterhaltungselektronik spezialisierten Handelskette preisgünstig angeboten wurde. Montags abends kaufte ich das Gerät, mußte jedoch feststellen, daß es sich mit den gelieferten Anschlußkabeln nicht in mein immerhin schon über zehn Jahre altes Auto einbauen ließ, sondern einige kleine Änderungen notwendig waren, die ich, weil auch zwei weitere Adapter beschafft werden und Zusatzanschlüsse gebastelt werden mußten, in den nächsten Tagen nach und nach bewerkstelligte. Zuletzt war nur noch ein Schalter an der linken Seite des Ablagefachs neben dem Fahrersitz anzukleben. Ich hatte während der Woche immer wieder vergessen, den notwendigen Kleber zu kaufen und holte dies am Freitag Abend, es war kurz nach sechs Uhr, endlich nach. Ich besorgte in dem Geschäft, es war ein kleiner Supermarkt, außer dem Kleber noch einige Kleinigkeiten. Ich habe aber mittlerweile vergessen, was es im einzelnen war. Es ist für die Geschichte auch nicht so wichtig.

Ich stellte mich an der Kasse an, und obwohl der Andrang gering war, dauerte das Bezahlen doch eine Weile, da es bei einer Kundin wohl Unklarheiten gab, ich weiß aber nicht, worum es sich handelte.

Mittlerweile gesellte sich eine Frau hinzu. Sie hatte mehrere Sachen besorgt, die sie nun im Arm hielt. Unter anderen Umständen hätte ich sie wohl kaum beachtet, doch da Zeit war, begann ich sie zu beobachten und merkte rasch, daß ihr die Fracht unbequem war. Es erschien mir daher als ein Gebot der Höflichkeit, ihr den Vortritt zu lassen, damit sie ihre Waren auf das Förderband vor der Kasse ablegen konnte. Nun bin ich von Natur aus etwas schüchtern und die Dame, etwa vierzig

Jahre alt, hatte ein recht hübsches Gesicht; ich erinnere mich jetzt nur noch an ihre auffällig rot geschminkten Lippen und ihre dunkelblonden Haare, die unter einer Art Kapuze hervorlugten. Vom Rest ihrer Gestalt konnte ich wegen der dicken Winterkleidung, die sie trug, es waren die kältesten Tage in jenem Winter, nicht viel sehen. Kurzum, ich fürchtete ins Stottern zu geraten und übte daher rasch ein im Stillen ein entsprechendes Sprüchlein. Dabei muß ich wohl in Gedanken die Worte leise und undeutlich vor mich hin gemurmelt haben. Es ist so eine meiner Angewohnheiten, Selbstgespräche zu führen. Jedenfalls schaute mich die Frau plötzlich halb freundlich, halb spöttisch an, als wollte sie sagen:
„Na, was ist denn ? Sag schon, was du willst, ich beiße nicht."
Ich erschrak; hatte ich doch mal wieder Selbstgespräche geführt und möglicherweise einen befremdlichen Eindruck erweckt, doch sofort erwies ich mich als geistesgegenwärtig und sagte schnell:
„Sie dürfen ruhig vorgehen, wenn Sie wollen. Es ist doch unbequem, so viele Sachen im Arm zu halten."
Der junge Mann vor mir hatte das, nebenbei bemerkt, mit angehört und ließ ihr auch den Vortritt. Sie lächelte:
„Danke, aber nur zum Ablegen, bezahlen können Sie vor mir."
Sie wurde nun etwas gesprächig.
„Ja, es wird halt doch immer mehr, als man anfangs denkt und die Milch gehört bei mir unbedingt dazu."
Sie wies dabei auf zwei oder drei handelsübliche Plastikbecher, die allerdings, und das sei nur am Rande aus Gründen der Genauigkeit erwähnt, Trinkschokolade (in unserer Gegend bezeichnet man das sprachlich etwas schlampig als ‚Kakao‘, schlampig deshalb, weil mit diesem Ausdruck normalerweise das Kakao - Pulver bezeichnet wird; ich will da aber schon deshalb keinen Punkt daraus machen, weil ich viel lieber Bier trinke und solche Getränke auch gar nicht kaufe) enthielten. Nachhaltig beeindruckend war für mich der unendlich weiche Klang ihrer Stimme, aus dem ich einen leichten fränkischen Akzent herauszuhören glaubte. Kurz vor dem Bezahlen klaub-

te sie noch einige Süßigkeiten aus den kleinen Regalen, die üblicherweise vor den Kassen aufgebaut sind, zusammen und legte sie aufs Band. Sie merkte meinen prüfenden Blick.

„Ich esse das nicht alles auf einmal", sagte sie lächelnd.

„Ich mag solche Sachen nicht, ich werde zu dick davon", erwiderte ich.

Sie blickte mich an als bezweifele sie meine Worte. Ich bezahlte, grüßte zum Abschied, verließ das Geschäft.

Den ganzen Abend über ging mir jene Frau nicht mehr aus dem Kopf. Sie faszinierte mich; sie war sicherlich keine ausgesprochene Schönheit, es war vielmehr der Klang ihrer Stimme, der in meinem Gedächtnis nachhallte und mir so die Ruhe raubte. Im Laufe des nächsten Vormittags überwältigte mich der Gedanke, ich würde sie in jenem Geschäft heute wiedersehen. Das mag recht lächerlich klingen, aber Sie kennen das sicherlich. Hat sich erst einmal eine solche Idee im Gehirn festgefressen, ist man ihr hilflos ausgeliefert. Es wird dann völlig unmöglich, an etwas anderes zu denken oder sich auf irgend etwas zu konzentrieren, selbst Zeitung lesen wird schwierig. Unerbittlich verdrängt diese Vorstellung jeden Ansatz eines Nebengedankens und fordert ihr Recht. Obwohl ich eigentlich nichts einzukaufen hatte, fuhr ich schließlich zu dem kleinen Supermarkt, wandelte etwas unschlüssig durch die Gänge und in der Tat – ich begegnete ihr. Ich grüßte sie besonders freundlich und sie lächelte mich groß an:

„Wir sind uns doch gestern Abend schon begegnet."

„Stimmt !"

Ich war einerseits erstaunt, daß sie mich noch kannte, andererseits aber auch verlegen, ging weiter. An der Kasse traf ich sie wieder, sie unterhielt sich mit einer Bekannten. Ich glaube, wir sprachen auch ein paar Worte miteinander, erinnere mich aber nicht mehr an Einzelheiten, lediglich daran, daß sie sich nochmals rasch an mir vorbeischlängelte, um sich noch einige Süßigkeiten zu holen. Sie lächelte mich an als wollte sagen „ich mag das eben", offenbar als Reaktion auf meinen vorwurfsvollen Blick, aus dem sie wohl ein „Sie haben ja doch schon alles

genascht" las. Als sie in Richtung Ausgang lief konnte ich zum ersten Mal ihre Beine sehen, natürlich nur den Teil unterhalb des Knies, der obere Teil war ja durch den Mantel verdeckt. Sie waren spindeldürr, die Hosenbeine flatterten. Kurze Zeit später, ich fuhr bereits im Auto in Richtung Hauptstraße, sah ich sie noch einmal auf dem Gehweg. Sie trug einen kleinen Rucksack auf dem Rücken und führte einen größeren, schwarzen Hund an der Leine und bog gerade in eine Seitenstraße ein. Diesem Umstand maß ich einige Bedeutung: einmal, sie mußte in der Nähe wohnen, weil sie zu Fuß unterwegs war und die Straße in ein reines Wohnviertel führte, zum anderen, Hunde brauchen bekanntlich Auslauf, also mußte sie regelmäßig spazieren gehen, vermutlich in der Gegend, da das Wohnviertel direkt an ein größeres Waldstück grenzte. Der Tag war kalt aber sonnig, das ideale Spazierwetter. Es schien daher nicht aussichtslos, sie am Nachmittag irgendwo wiederzusehen. Und tatsächlich: ich begegnete ihr, folgte ihrem Weg mal in größeren, mal in kleineren Abständen, rief, als die Gelegenheit, mit ihr ins Gespräch zu kommen günstig schien, ihr scherzhaft zu:
„Langsam wird die Sache mit den Begegnungen unheimlich."
Sie antwortete aber nur:
„Wieso, Sie gehen hier spazieren und ich auch."
Auf die Idee, daß diese Begegnungen nicht zufällig waren, kam sie entweder nicht oder sie ignorierte sie bewußt. Ich überlegte, wie es anzustellen sei, um dennoch mit ihr ins Gespräch zu kommen ohne aufdringlich zu wirken, fand aber keine geeignete Lösung, zumal noch mehr Hundebesitzer unterwegs waren und sie sich ständig mit irgendwelchen Leuten unterhielt. Schließlich sprach ich sie doch noch einmal an, scheinbar harmlos nach dem Weg fragend, um aus dem Tonfall ihrer Stimme eine mögliche Bereitschaft zur Annahme einer Einladung zu einer Tasse Kaffee herauszulesen. Der Eindruck war negativ, also trat ich den Heimweg an, mit der Erkenntnis, daß sie wirklich sehr dünn war.

Am Sonntag versuchte ich mein Glück natürlich nochmals, allerdings vergeblich. Obwohl ich fast zwei Stunden die Gegend durchstreifte traf ich sie nicht an.

Eine lange Woche stand bevor. Ich hoffte, sie abends in jenem Geschäft anzutreffen, ging regelmäßig hin, fand sie aber nie vor, auch nicht am Freitag, obwohl ich mich genau nach der Uhrzeit der vorherigen Woche richtete und besonders lange in diesem kleinen Supermarkt blieb. Der Samstag Nachmittag erwies sich dagegen als günstiger; kaum hatte ich mein Auto am Waldrand abgestellt, erblickte ich sie schon in der Ferne: Hund und Rucksack waren unübersehbare Erkennungszeichen. Sie bog auf einen Weg ein, der zwischen einem Campingplatz und dem Waldrand entlang führte. Sie war offenbar zu einer Feier unterwegs, da sie in der rechten Hand eine Tasche und in der linken einen großen Blumenstrauß trug. Ich folgte ihr, überholte sie, grüßte. Sie trug ein langes, enges Kleid oder Kostüm, den Mantel offen, da es mittlerweile nach der großen Kälte recht mild geworden war. Irgendwie kam sie mir in dieser Kleidung gar nicht mehr so dünn vor. Ich bog rasch in einen Waldweg ein, der parallel zu dem ihren verlief, mit der Absicht rasch voranzuschreiten, um ihr nach kurzer Zeit wieder auf ihrem Weg entgegenzukommen. Dabei kam mir der Umstand zugute, daß sie unterwegs jemanden traf, den sie offenbar kannte und längere Zeit bei ihm stehen blieb.

Der Hund (er hieß übrigens ‚Caruso', den Namen hatte ich aus dem Gespräch mit dem Bekannten erlauscht) rannte mir entgegen, beschnupperte mich.

„Keine Angst, der tut nichts."

Sie hatte wirklich eine bezaubernd süße Stimme. Ich überlegte fieberhaft, wie ich diesmal mit ihr ins Gespräch kommen könnte, leider fiel mir nichts gescheites ein, so sagte ich schließlich (Sie haben völlig Recht, etwas dümmeres hätte ich wohl kaum von mir geben können):

„Ist ihr Hund eigentlich schon alt ?"

„Nein, erst zwei Jahre ! Wie kommen Sie darauf, daß mein Hund schon alt sein könnte ?"

Ein leichter Tadel lag in ihrer so wundervoll klingenden Stimme. Das wußte ich natürlich selbst nicht, kam mir vor wie ein ausgeschimpfter Schuljunge, stammelte etwas zu meiner Rechtfertigung oder Entschuldigung, verabschiedete mich. Das war ein eindeutiger Fehlschlag gewesen !

Am nächsten Tag, dem Sonntag, wiederholte sich das gleiche Spielchen. Nach einigem Herumlaufen entdeckte ich sie, folgte ihr einige Zeit. Langsam kam mir mein Treiben kindisch vor. So naiv kann doch niemand sein, diese ständigen Begegnungen und Annäherungsversuche für Zufälligkeiten zu halten. Was mag sie bloß von mir denken ? Zu bedenken gab mir nämlich der Umstand, daß sie plötzlich den Hund anleinte und schneller davonlief. Da beschloß ich umzukehren, man muß die Grenzen kennen.

Vielleicht, so überlegte ich, ist es doch besser, es in dem kleinen Supermarkt zu versuchen, Kontakt zu knüpfen als auf den Waldwegen. Allerdings hatte ich in der folgenden Woche damit kein Glück, auch nicht freitags. Das war schade, da ich samstags für anderthalb Wochen nach Finnland reiste und sie daher sowieso so bald nicht mehr sehen würde.

Mittlerweile, nach einer Woche im Norden, frage ich mich ob ich das Spielchen nach meiner Rückkehr überhaupt noch fortsetzen soll, zumal es mir nunmehr immer deutlicher als schon von Anfang an recht kindisch vorkommt; außerdem, Sie werden mir ohne Zweifel beipflichten, habe ich mich von Beginn an äußerst dumm angestellt, geradezu lächerlich war das Ganze. Außerdem frage ich mich weiter, was ich mit einer möglichen Bekanntschaft bezwecken will; eine Geliebte zu finden ? Nein, hier auf dem Bett liegend, kommt mir dieser Aspekt völlig unrealistisch vor. Ich verspüre keine Sehnsucht, kein Verlangen nach ihr. Hatte ich es jemals ? Ich werde darüber nachdenken, vielleicht erinnere ich mich.

Seit jenem Abend im Hotel „Alba" als ich diese Notizen niederkritzelte sind mittlerweile fast vier Monate vergangen, die teilweise turbulent verliefen, aber das soll hier nicht näher erläutert werden.

Erst heute, am Fronleichnamstag, an dem ich zwar arbeitsfrei aber keine religiösen Verpflichtungen habe, weil ich evangelisch bin, finde ich Zeit und Lust die beschriebenen Blätter herauszukramen, in ordentliches Deutsch umzusetzen (ach, hören Sie doch auf zu lachen !) und in meinen Computer einzutippen.

Natürlich habe mein Spielchen nicht gleich aufgegeben, jedoch immer lustloser betrieben, je mehr ihr Bild und der Klang ihrer Stimme in meinem Gedächtnis verblaßte. Das ist eben der Lauf der Welt. Nebenbei bemerkt, neulich habe ich ein altes Bild meiner großen Jugendliebe, das einzige, das ich besitze, vergrößern lassen und dann in meinem Zimmer aufgehängt. Ja, das ist Erinnerung. Genug damit, mein Rücken schmerzt schon vom langen Sitzen und die Sonne strahlt noch einmal verlockend vom Himmel. Vielleicht sollte ich nochmals kurz in diese Gegend fahren. Mit dem Fahrrad schaffe ich das in fünfzehn Minuten. Aber glauben Sie wirklich, daß die dünne Frau ausgerechnet heute abend, gegen neun Uhr, mit ihrem Hund im Wald spazieren geht ?

Die Erzählungen entstanden großteils zwischen 1993 und 1998; sie spiegeln daher auch die damaligen politischen Rahmenbedingungen in Europa wieder, insbesondere auch Aufenthalts- und Arbeitserlaubnisse für Bürger aus damals noch nicht zur EU gehörenden Ländern.

Im einzelnen entstanden die Erzählungen:
Neptun, Das verschwundene Dorf: 1996
Facetten, Begegnung in Tours: 1997 / 1998
Eine seltsame Begegnung, Die Geschichte von der dünnen
    Frau: 1998
Der Teufel, Gott und ich: begonnen 1998, nach längerer Pause
    2016 fertig gestellt
Das Beziehungsexperiment: 2018

Der Autor:

Fritz Peter Heßberger, Jahrgang 1952, studierte Physik; 1985 Promotion zum Dr. rer. nat.; von 1979 bis zum Eintritt in den Ruhestand 2018 als wissenschaftlicher Angestellter in einer Großforschungsanlage tätig.